JN112545

詩と世界のヴィジョン

イギリス・ロマン主義から現代へ

道家英穂

平凡社

詩と世界のヴィジョン

――イギリス・ロマン主義から現代へ

目次

1は引用等の出典についての注を、○1はその他に本文に補足説明がある場合の注を示す。

はじめに

詩は、詩人の世界観の表明であり、詩人が属する時代において世界や宇宙がどのように認識されていたかを表したものである、と言ったら大げさに聞こえるだろうか。世界を認識するのは哲学や自然科学の役割であり、詩とはせいぜい個人の感懐を述べたものにすぎない、というのが今日の一般的な了解であろう。だが西欧の歴史においては、古代ギリシア・ローマの英雄叙事詩以来、詩は世界を理解するうえで最も包括的な役割を担ってきた。ホメロス（前九―前八世紀頃）とウェルギリウス（前七〇―前一九年）の英雄叙事詩には、それぞれ古代ギリシアとローマの世界観を見て取ることができ、そしてそれらを凌駕しようとの意図をもって書かれた、ダンテ（一二六五―一三二一年）の『神曲』（一三〇七―二一年）とミルトン（一六〇八―七四年）の『失楽園』（一六六七、七四年）は、それぞれ中世カトリックと近代プロテスタントの世界観を表す叙事詩であった。宗教上の神話に基づくこのような世界観は一八世紀までに失われるが、ロマン主義の時代になると宗教に代わって詩的想像力そのものが世界観構築の礎となるのである。詩にそのような特権的役割があるとするロマン主義の主張は、現代詩人マクニース（一九〇七―六三年）によって揶揄され、パロディーの対象にされる。だがそれによって彼はロマン主義に代わる新たな世界観を提示しようとしたと言えるだろう。

一七九〇年代から一八三〇年頃にかけてのイギリス・ロマン主義の時代は、中世以来の世界観が完全に崩れ去ったあとの時代だった。ロマン派の詩人たちはもはや、ダンテのように、何層にも分かれた天国を憧れの女性ベアトリーチェに導かれて巡っていくことや、ミルトンのように、宇宙的なスケールを持った壮大な叙事詩に、神や天使そしてサタンを実在のキャラクターとして登場させることはできない。彼らは、天国は『神曲』に描かれているように、文字通り空の上のほうにあるのではないということを知っており、またミルトンが『失楽園』を書くにあたって典拠とした、キリスト教にまつわる神話をそのままのかたちでは受け入れられなくなっていた。

人々に共通の世界観を与える権威ある神話が失われたとき、人は存在の根拠をどこに求めたらよいのだろうか。一八世紀の古典派詩人ポープ（一六八八―一七四四年）は、「人間の幸福は、（思いあがった奴にはわからんだろうが）人間の分を超えて行動したり思考したりしないことにあり、人間の性質や状態が耐えられないほどの、肉体の力や精神の力を持たないことにあるのだ」（『人間論』I、一八九－九二行）と言い、そのような形而上の問題は棚上げすべきだと主張する。

しかしロマン派の詩人たちは、ポープの言う幸福に安住することができなかった。彼らはダンテの天国に代わる拠り所を求めずにはいられない。外側の世界にそれを求めえないことを知った彼らは、心のなかに、人間の精神に最終的な拠点を見い出したのだった。そしてまた芸術家であった彼らは、想像力というものに、われわれが通常考える以上の意味を付与したのである。これがロマン主義時代に起きたパラダイム・シフトである。以下、本書の見取り図を示すために、各詩人について具体的に触れておきたい。

ロマン派の自然詩人として名高いワーズワス（一七七〇－一八五〇年）は、親友のコウルリッジ（一七七二－一八三四年）からこまごまとした事実にこだわりすぎるとの欠点を指摘されている。だが詩人としての彼のねらいは、単に客観的な風景描写や出来事の叙述にあるのではなかった。ワーズワスは（コウルリッジと共作した）『抒情民謡集』（一七九八年）の序文（一八〇二年以降の版）において、この詩集の目的は、題材を日常生活に求め、それを実際の話し言葉で語ることに加え「それらの上に想像力によるある色づけを施すこと」であったと言う[1]。

ワーズワスがライフワークと考えていた、大哲学詩『隠者』の構想では、外側の事物よりもむしろ人間の心のほうに力点が置かれている。この作品は未完に終わったが、全体の構想を語った「『隠者』の趣意書」なる百行あまりの韻文がある。そこでワーズワスは、大胆にもスケールのうえで、ミルトンの『失楽園』を超えた作品を書くことを宣言し、そのうえで「人間の心」こそ「私の生息地であり、私の歌の主要な領域」だと述べる（四〇－四一行）。ただ彼は心の深淵を直接のぞき込むのではなく、それを外側の事物と結合させ心象風景として描こうとした。人間の心と外側の世界が結びつくことによってなされる「創造」こそが、ミルトンの「大いなる主題」（『失楽園』第一巻二四行）に取って代わる「気高い主題」であるというのだ（「『隠者』の趣意書」六九－七一行）[2]。

ワーズワスが心と共に客観的世界、日常の事物を重視したのと対照的に、コウルリッジの目は超自然の世界とそれを産み出す人間の想像力へと向けられた。彼は、想像力を認識（第一次想像力）と芸術作品の創造（第二次想像力）のふたつの作用に分けている。第一次想像力とは人間の認識作用の主要な担い手であって、無限の絶対自我の永遠の創造活動を人間の心のなかで反復するものであるという。これに対し第二次想像力は、第一次想像力の反映であり、再創造するために対象を溶解したり拡散したりし、常に理想化と統一への方向性を持っているものである[3]。彼は幻想詩「クブラ・カーン」（一七九七、九八年）〔補遺5〕で現実にはない不思議な光景を描き出した。それは川や海、火山といった自然のイメージで構成されるが、ヒントは外界の事物にあったとしても、それが詩人の心のなかで解体され、超自然的のものに作りかえられている。コウルリッジにとっては、想像力が産み出した世界が、日常の現実とは別個のリアリティーを持っていたのである。

コウルリッジは、『抒情民謡集』における自らの創作原理をのちに「不信の中断」という言葉で説明した。彼は超自然的な人物を描くことを目指すが、その際に、読者を作品の世界に惹きつけて、その非現実性に不信感を抱かせないようにする必要があると述べたのである。[4]『抒情民謡集』に掲載された、彼の「老水夫の歌」は超自然的な物語詩で、「不信の中断」をして読むべき作品である。これを叙事詩的規模で展開したのがサウジー（一七七四－一八四三年）だ。彼は、主人公の若者が悪の魔術師たちと戦う『タラバ、悪を滅ぼす者』（一八〇一年）、人間でありながら特別な霊力を持つ、インドの邪悪なラージャが登場する『ケハーマの呪い』（一八一〇年）といった、奇想天外な長編詩を書いた。そこでは内容の真実性は問われない。サウジーのこのふたつの物語詩は、魔女裁判が廃止され、魔女や魔法使いが実在するとは考えられなくなった時代に誕生した、エンターテインメントとしての文学なのだ。ロマン派の二流詩人として等閑視されてきたサウジーだが、二〇世紀に興隆し、現在も人気のあるファンタジーの先駆的作家として見直す必要があるだろう。

　一方ブレイク（一七五七－一八二七年）の場合は、心の目で見た光景、すなわちヴィジョンこそが真実になる。彼は外界を重視したワーズワスの価値を認めない。「精神的なものだけが真実である」「ヴィジョンや想像は永遠に存在しているものを表したものである」と言うブレイクは、さらに一歩進んで、そのような想像力を持った人間を神格化してしまう――「人間は徹頭徹尾想像力である。神は人であり、われわれのうちに存在し、われわれは神のうちに存在する」。このような認識のもと、彼は自分の想像力を頼みに、疑似宗教とでも言うべき独自の神話体系を構築し、『預言書』と呼ばれる一連の作品を書いたのだった。[5]

キーツ（一七九五－一八二一年）はブレイクのような幻視者ではなかったが、「想像力が美として把握したものこそ真実であるに違いない――あらかじめ存在していてもいなくても」と友人宛の手紙のなかで述べている。[6]「ギリシア壺のオード」（一八一九年）〔補遺7〕で彼は「聞こえるメロディーは美しい、だが聞こえないメロディーは、さらに美しい」（一一－一二行）と言う。古代ギリシアの壺に、若者が笛を吹く様子が描かれている。そのメロディーは聞こえぬがゆえに、見る者の想像力をかきたて、この世のものとも思われぬような美しいメロディー、理想の音楽を直観させるのである。しかし他方でキーツは、本当に、心のなかで理想化された美が真実であると言い切れるのか、という疑念も抱いていた。

❦

自然科学の進歩、特に天動説から地動説への移行に伴う世界観の変化に加え、より直接的にロマン派の詩人たちに影響をおよぼしたのがフランス革命だった。第一世代のブレイク、ワーズワス、コウルリッジ、サウジーは革命が勃発すると、あたかもユートピアが現出したかのように思う。ワーズワスは自伝的な『序曲』（一八〇五、五〇年）のなかで、当時のことを回想し、現実の世界が、思い描いたとおりに理想の姿に変わっていくように感じたと言う（第一〇巻六八九—七二七行）[7]。だが実際はそのようにはならなかった。ロベスピエールによる恐怖政治が始まると、ブレイクを除く三人は革命に深く失望する。ワーズワスは幻滅のあまり一時期全くの無気力状態に陥るが、やがてそこから立ち直り、詩の世界に新たなユートピアを産み出すことを考えるようになる。楽園やユートピアは現実の政治の世界には存在しえない。しかし人間の「ものを認識する知性」が、外側の「このうるわしい世界と結びつくと、これらが日常のなかにたやすく産み出されるのがわかるだろう」と彼は「『隠者』の趣意書」で主張する（四七—五五行）。

これを実現したのが『序曲』であった。『隠者』を構想したものの、その困難な企てを前に彼はたじろぎひるんでしまう。そんなとき、生家の裏を流れるダーウェント川のせせらぎがふと頭に浮かぶことで、幼年時代の記憶がよみがえる。そこから自伝的回想を内容とする、全く新しいジャンルの詩が始まるのである。

幼年時代に回帰することにより、ワーズワスは図らずも「『隠者』の趣意書」で宣言している「気高い主題」を実現することになる。というのも彼が語り始めるのは、子どもの頃に実際に経験した出来事であるが、それらは記憶のなかで内面化されており、客観的事実と詩人の心が一体となっているからである。また回想、特に幼年時代の回想は、記憶のなかで美化され、理想化される傾向がある。『序曲』で語られる印象的な出来事は、楽しいものばかりではなく、むしろ恐ろしい体験であることも多いが、それも含めて楽園的な世界として描かれる。

このように自伝的回想詩の『序曲』の世界は、主観と客観の結合によって創造されたものであった。ワーズワスは、「詩人とは、まさに預言者のように」「それまで見えていなかったものを知覚できる、ある感覚を、特別なたまものとして持っているもので」、詩人の末席に連なる自分にもある種の特権によりインスピレーションが与えられ、自分の作品が偉大なものになるとの希望を持ってきたと言う（『序曲』第一二巻 二九八―三一二行）。ブレイクに比べれば控えめだが、ワーズワスも預言者的な詩人としての特権意識を持っていたのである。

しかし彼は『序曲』を生前に発表することはなかった。彼が目指したのは「人間と自然と社会についての見解を含む哲学詩」だったが、自身のことを語った自伝的な詩では、社会性がなくスケールの大きさに欠けると考えていたようだ。ワーズワスにとって『序曲』は『隠者』という「ゴシック教会」の「入り口の間」にすぎなかったのである。[8]

社会性を持ち、預言者的詩人像をよりはっきり打ち出したのがシェリー（一七九二―一八二二年）だった。第二世代の彼はフランス革命を経験していないが、むしろそれゆえに第一世代のように幻滅して保守化することなく、急進的な改革思想を持ち続け、それを詩や散文で訴えた。詩論『詩の擁護』（一八二一年執筆）で彼は、古代社会において詩人は「立法者あるいは預言者と呼ばれていた」ことを指摘し、「詩人は本質的に、このふたつの性格を併せ持っている」と言う。そして「詩人は世界の非公認の立法者である」との一文でこの評論を締めくくる。[9]「西風へのオード」（一八一九年）では、自分の思想を、春になれば「宇宙に吹き散らし、新しい生命をもたらせ！」「私の唇をとおして、まだ目覚めぬ大地に、預言のラッパを吹きならせ！」と西風に呼びかける（六三―六四、六八―六九行）。このような預言者としての意識は自己愛に、さらに社会から疎外されているとの自己憐憫にもつながった。

キーツは、シェリー、あるいはバイロン（一七八八―一八二四年）のような高い政治意識は持たなかったが、詩において理想の美を追究する一方で、早くから人道主義的な傾向も見せていた。ワーズワスが、現実の世界に想像力を合体させ一種の楽園を現出させたのに対し、キーツは想像の世界と悲惨な現実とのギャップに悩んだ。この両者のあいだで揺れ動きつつ、次第に現実を直視しようとの姿勢を示すようになる。医者の卵から詩人に転じた彼は、詩は無益なものではなく、詩人が「賢者であり、ヒューマニストであり、万人を癒す医者」（『ハイペリオンの没落』〈一八一九年〉一八九―九〇行）であることを願ったのである。

『序曲』においてワーズワスは、人生に意味を与えるものとして、時を超えて記憶に残る思い出を見い出し、それを「時のスポット」と名づけた。彼はしばしばこの回想の世界に立ち返り、泉の水を飲むように味わうのだという。このように『序曲』では回想が至福の源泉になっていたが、「霊魂不滅のオード」(一八〇七年)〈補遺2〉では、子どもの頃の新鮮で輝きに満ちていた世界が大人になると色あせていってしまう、と幼年期に戻ることのできない嘆きが強調される。実は「時のスポット」とは、時の経過のうちに記憶のなかで内面化されることによって形作られるものであり、失われて初めて得られる楽園なのである。そこから得られる喜びは、「霊魂不滅のオード」の深い悲しみと表裏一体をなしている。

二〇世紀モダニズムの詩人T・S・エリオット(一八八八―一九六五年)もワーズワス同様、流れゆく時のさなかにあって、いかにして永続的な価値を確保しうるかという問題に取り組んだ。初期の「ゲロンチョン」(一九二〇年)や『荒地』(一九二二年)では、時間や歴史に意味を見い出せない現代人の姿を描いたが、次第に宗教的傾向を強め、第二次世界大戦前夜から戦時中にかけて執筆した四編の瞑想詩からなる『四つの四重奏』(一九四三年)を発表する。この作品の基底にはキリスト教的歴史観があるが、そこにはさまざまな時間・歴史の考え方が混在し、単純明快にワーズワスが陥ったジレンマ(過去の回想に拠り所を求めると喪失感から逃れられない)に解答を与えるものではない。むしろ時間や歴史の意味を真摯に模索する、その過程を描いた作品と言えるが、最後に至って、すべてを神の経綸にゆだねた楽観的な終末観が表明される。だがドイツ軍の空爆を浄化の炎とし、神の愛の証(あかし)とする被虐的な戦争肯定の姿勢が、その終末論的展望を容易には受け入れがたいものにしている。

エリオットが、ロマン派の詩人たちのように私的感情を表現することを嫌い、作品は没個性であるべきとしたのに対し、次の世代のマクニースは、積極的に私生活や自分の思いを詩に表した。その一方でロマン主義に対しても批判的な見方をする。評論『現代の詩』(一九三八年)で彼は、ワーズワスの描く自然を、プラトン(前四二八、七-前三四八、七年)のイデアのようなものの顕現であるとし、ワーズワス的なやり方で詩を哲学的なものにすべきではないと説く。またワーズワスが考えていたように、気高い感情のみが詩的表現に値するわけではないとし、彼の詩にはユーモアのセンスが欠けていて血が通っていないと言う。マクニースが最も手厳しいのはシェリーに対してで、シェリーの自己憐憫、彼の作品の抽象性とプロパガンダ性を批判し、『詩の擁護』を意識して、詩人は「いかに認められていなかろうと立法者ではないし、本質的に預言者でもない」と断じる[10]。ところが第二次世界大戦前夜の世相を背景に、個人的感懐を吐露した『秋の日記』には、現代的に洗練されたかたちでの自己憐憫の表出が見られる。加えて、刻々と事態が切迫するなかで、語り手は次第に政治へのコミットメントの姿勢を強め、作品はプロパガンダ性を帯びていく。そして最後のセクションでは実現可能な理想の国を思い描き、その語りは預言者の語りへと変貌するのだ。

本書は、ロマン主義時代の世界観の変化が、詩のテクストにどのように現れているか、ワーズワスを中心に論じ、さらにそれが現代詩人にどう受けとめられ、受け継がれたかという観点から、エリオットとマクニースの場合について検証を試みたものである(最後に戦争を背景にしたこのふたりの詩人の社会的・宗教的ヴィジョンの違いを補足している)。網羅的な研究ではないが、抽象論に陥らず、具体的に詩のテクストに即して論ずることを心がけた。

「あとがき」に初出を示したように、各章はもともと単独の論文として書かれたものである。本書に組み入れるにあたって大幅な加筆修正を施し、対象となっている詩を読んでいなくとも理解できるよう配慮したつもりである。詩の引用は最小限にとどめ、代わりに詩の翻訳を補遺として巻末に収録した。また取りあげた詩の原文のほとんどはインターネット上で公開されている。原文で味わいたい読者のために補遺と索引には作品の原題を記した。

第一章　彼岸の世界をどう描くか

――ダンテとワーズワス

I　ラスキンの風景論とダンテ

ヴィクトリア時代の批評家ラスキン（一八一九―一九〇〇年）は『近代画家論』第三巻（一八五六年）で、古代・中世・近代の「風景」を論じている。そのうち中世を扱った第一四章と第一五章では、美術作品などに表された一般的特徴を述べたあと、時代を代表する文学作品としてダンテの『神曲』を取りあげ、そこに描かれた景色について多くの頁をさいているが、特に興味深いのは天候に関するところだ。ラスキンはダンテが喜ぶのは全くの晴天だけだったと言う（第一五章二〇節）。ダンテの光に対する絶妙な感覚を示すものとして、ラスキンが言及している「煉獄篇」と「天国篇」の冒頭を見てみよう。地獄の中心から南半球の煉獄の島に抜け出

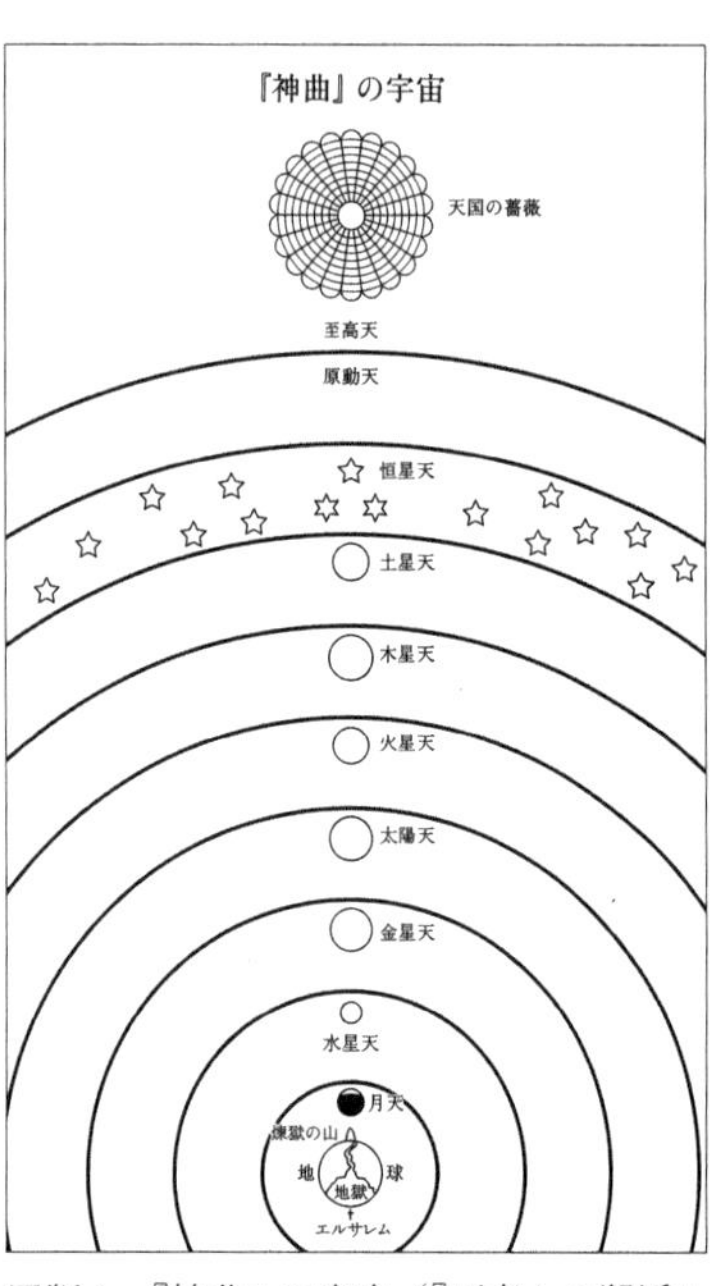

図版1 『神曲』の宇宙（『死者との邂逅』p. 34 より引用）

たとき、「オリエントのサファイアの持つ優しい色合いが、晴朗な大気を満たし水平線まで澄みきって、再び私の目を喜ばせてくれた」とダンテは言う（「煉獄篇」第一歌一三―一六行）。東の空には明けの明星が、南極の方角には南十字星が輝いている。やがて「曙光が暁闇の時を打ち負かし、敗走させたので、遠くからも海の震えを見ることができた」（一一五―一一七行）。さらに日が昇り始めると、「私のいた場所では、美しい曙の女神の、紅を差した白い頬が、時のたつにつれオレンジ色に染まっていった」（第二歌七―九行）。

天国に入ると、そこはまばゆいばかりの光にあふれていて、「突然、昼に昼が加わったように見え、あたかも全能の神が、さらにもうひとつの太陽で空を飾ったかのようだった」（「天国篇」第一歌六一―六三行）。そして天を昇っていくと、「空一面が太陽の炎で燃え上がったように見え、いかなる湖も雨や川のせいでこれほど広がったためしはなかった」とダンテは言う

（七九―八一行）。

他方、「霧、流れる雲、降りしきる雨」をダンテは毛嫌いしていた、とラスキンは指摘し、地獄で暴食者たちが罰せられている地獄の第三圏の描写を例にあげている。

私は第三圏に来たが、そこでは
永遠の、呪われた、冷たく重い雨が降る。
その降り方も程度も決して変わらない。
大粒のひょう、汚れた雨や雪が
暗い大気のなかを降りしきる。

（「地獄篇」第六歌七―一一行）

ダンテが雲に対して抱く嫌悪感は、当時の一般的な感覚からいって少し度を越していた、とラスキンは言う。確かに当時誰もが晴れた空を愛し、雨や嵐を恐れてはいた。しかし晴れた夏の日に低くたなびく白雲は、画家たちがたいそう好んだ光景で、霊的な存在の顕現と結びつけられ、時に神の祝福のしるしと見なされることもあった。また天国の絵ではその基底部や天使たちの玉座として、大抵の場合平たい雲が描かれていた。にもかかわらず、ダンテの描く天国は初めから終わりまで晴れわたっているというのである（第一五章二一節）。

図版2　モンテリジョーニの城塞　GagliardiPhotography/Shutterstock.com

以上ラスキンに沿って述べてきたが、補足する意味で、もう少し『神曲』の天気について考えてみたい。『神曲』では霧や雲は迷妄や疑念と結びつけられ、それが晴れることが真実を知ることとされる。

地獄の第九圏で、ダンテは薄闇のなか、遠くに高い塔のようなものをいくつも見る。「あれはどういう都市ですか」(「地獄篇」第三一歌二一行)と尋ねるダンテに、導き手のウェルギリウスは、彼が塔だと思ったものは実は巨人たちで、その下半身が地獄の底の大きな円い穴に入っているのだと教える。実際近づくにつれ、穴の内側を取り巻くかたちで並んで、上半身を穴の上にそびえ立たせている巨人たちの姿が現れてきて、ダンテは恐怖に駆られるのであるが、彼はそのときの様子を次のように述べている。

霧が晴れるにつれて
たちこめていた靄(もや)に隠れていたものを

視線は少しずつはっきりととらえていくが、
ちょうどそのように、重く暗い大気に目をこらして
徐々に断崖に近づいていくと、
迷妄が去っていき、恐怖が増してくるのであった。
というのも、モンテリジョーニの城塞で
円い城壁の上に冠の如く塔が立っているように、
この井戸を取り巻く断崖から
恐ろしい巨人たちが
上半身をそびえたたせていたからだ。

（三四―四四行）

『神曲』とは、現し身（うつしみ）のまま来世を旅することを許されたダンテが、導き手の案内によってそのしくみを学んでいく話である。天国篇第二八歌では、ベアトリーチェによって疑問が解消されたときの爽快な気分が、霧の晴れる様子にたとえられている。

風神ボレアースがその穏やかなほうの頬から
吹きつけるとき、天の半球は

輝き、澄みわたり、
先ほどまでたちこめていた
霧が払われて消え去り、私たちにほほえみかけてくる空は
すみずみまで美しい。
わが淑女が明晰に答えてくれたとき
私もちょうどそんな気持ちになった。
そして真理が空の星のように見えた。

（七九―八七行）

今、ダンテとベアトリーチェがいる天国の第九天（原動天）では、九階級の天使が九つの火の輪となって神の火のまわりを回っている。ダンテが不思議に思ったのは、天使の火の輪は、中心の神に近いものほど澄みきっているのに、なぜ地球を中心とする九つの天では、遠い天ほど神聖さが増すのか、というものだった。これに対しベアトリーチェは、天使の火の輪と物質的宇宙は、外見ではなくヴィルトゥ（力・徳）（七三行）によって対応していると答え、その疑問を晴らしたのである。

このような神学上の議論は、今では意味をなさないだろう。しかしトマス・アクィナス（一二二五頃―七四年）の『神学大全』の理念を継承した『神曲』の世界は、神のもとで合理的な

秩序を形成しており、形而上の事柄も含めて森羅万象が明晰に説明しうると考えられているのである。

ラスキンは、ダンテが極端なまでに雲を嫌ったと主張していた。しかし天国篇第二三歌の次のたとえでは、日光と雲が美しい風景を織りなしている。

すきとおった日の光が、雲の切れ目から
花咲く野辺に燦々と降り注ぐさまを
私自身は日陰にいながら目撃したことがあるが、
そのように、光源は見えないのだが、
強烈な光線に上から照らされた
無数の輝きの群れを見た。
ああ、このように光を刻印する慈悲深い力よ、
あなたに耐えられぬ私の目のために
あなたはその場を私に与えて、高く昇り給うたのだ。

（七九―八七行）

ここでの光源はキリストである。この前にキリストは大勢の救われた霊を引き連れて姿を現

したのだが、ダンテはキリストのまばゆさに目がくらんでしまう。そこでキリストはダンテの視力がまだ十分ではないことを慮り、自らは至高天に昇って姿を隠し、霊たちの姿がダンテに見えるようにした、というのである。この比喩では雲はキリストたる太陽の光をさえぎるものである。だがそれはこの世の人間であるために、いまだキリストを直視できないダンテを守る神の慈悲を示すものでもあるのだ。

雨も天国では、神の恵みの比喩として用いられる。太陽天で、アクィナスを初めとする神学者・哲学者たちが光の輪をなして、踊り歌うのを見たダンテは、「天上で生きるために地上で死ななくてはならないことを嘆く人は、天上でのさわやかな永遠の雨を見たことがないのだ」と言う（「天国篇」第一四歌二五—二七行）。

また光と雨が比喩において一体化している箇所もある。恒星天で、聖ヤコブから希望について尋ねられたダンテは、「多くの星々」（聖書の諸書）から「この光」（希望）は私のところにやってきたが、それを「私の心に最初に注ぎ込んだのは」、詩編作者のダビデであり、希望は神にあることを教わったと言う。その後、聖ヤコブも書簡（「ヤコブの手紙」）によって希望を注いでくださったので、「私は満たされ、あなた方からの雨を、ほかの人々に降らせます」と、地上に戻ったのち人々に希望を説くことを約束する（第二五歌七〇—七八行）。

以上のように天国では雲や雨にもよいイメージが付与されており、ラスキンの説は修正が必要だろう。それでも天国がまずもって光の国であることは間違いない。高く昇れば昇るほど輝かしさを増すベアトリーチェに導かれて天国をめぐりながら、ダンテは途中何度も目のくらむ思いをしつつ、次第に光に負けない視力をつけていく（第二五歌一一八－三九行、第二六歌一－一八、七〇－七九行）。そして至高天に入ると、突然強い光がダンテを包み、またもや何も見えなくなってしまう。だがそれは、新参者のダンテにその場にふさわしい視力をつけさせるための、神の計らいであった。そのことがベアトリーチェによって告げられると、たちまちにして「自分が自分の力以上に高められるのがわかり、新たな視力の炎がともって、どんなにまばゆい光といえども、私の目が耐えられぬものはもはやなかった」（第三〇歌五六－六〇行）。こうした経過をたどって、ついにダンテは見神を試みる――「私の視力は澄み清められ、それ自らが真理である、かの崇高な光輝のその光線のなかへ、深くさらに深く分け入っていった」（第三三歌五二－五四行）。その先に見たものは、言葉の表現力を超えており、記憶の再現力を超えたものだったとダンテは言う。それでも彼は大胆にも神に視線を向け、視力が使い尽くされる限界まで永遠の光を見すえる。

神の恩寵によって、光に対してそれに負けないだけの視力をつけ、さらにより強い光を受けてはいっそう鮮明に見る力をつける。こうした過程を経てついには神を見るに至る。そこで彼の知力はつき、最終的にダンテが得たのは、自分が、万物を動かす神の秩序のもとにあり、常に神の愛に守られているという感覚だった。だがそこに到達するまでは、曇りなく「見る」ことが何よりも重要だった。第二八歌で、天使たちの見神について説明したベアトリーチェはダンテに言う――「これでおわかりでしょう。至福の状態は見る行為に基づくのであって、愛する行為に基づくのではないことが。愛することは見ることの次に来るのです」(二〇九―一一行)。

2 ラスキンの風景論とワーズワス

中世の風景から近代の風景[1]に目を転じると、最初に目を引くのは、それが「曇っていること」であるとラスキンは言う。風のない光にあふれた世界から、突然われわれは曇り空の下、風の吹きすさぶところへ来てしまっている。気まぐれに射す日光を顔に受け、あるいは雨に濡れながら、われわれは草の上の影の変化を追い、入道雲の裂け目にたそがれの光を見ることを余儀なくされる。中世の人間の喜びが「安定、明確、鮮明」にあったのに対し、近代人は暗いことを喜び、刻々と移ろいゆくものに幸福を見い出し、とらえがたく理解しがたいものにこのうえない満足を覚えるよう求められる(第一六章一節)。そして雲の形状や霧の効果を描くことに関心が持たれるようになってきている。ひとつの白い雲を際立たせるために、前景が惜しげもなく陰のなかに投げ込まれる(二節)。

昔の画家たちは可能な限り明瞭に描くことを旨(むね)とした。木の葉であれ石であれ、また動物にも人間にも等しく注意が払われ、その本質的特徴が現れるように描かれた。かしの木を描く場合はどんぐりが、入江を描く場合はそこに棲む魚が描かれ、群衆を描く場合もひとりひとりの顔や服装が細かくかき込まれた。これに対し今では技巧が凝らされるのは雲だけで、それ以外はどれもぼんやりと不完全に描かれる。一番手前の前景を調べても木の葉はなく、一番大きなかしの木もどんぐりをつけておらず、人間の場合には、顔の代わりに赤い点が打ってあるだけだ（四節）。

色彩に関しても中世と近代は対照的だ。近代の絵画では全体的にくすんだ色、灰色や茶色が好まれる。中世の画家が空を明るい青、前景を明るい緑、城の塔を金色に描くのに対し、今では空を灰色に、前景を黒、木の葉を茶色に描く。従って「暗黒時代」という中世に対する呼称は、美術に関しては全く不適切である。比喩ではなく文字通りの意味で、中世こそ明るい時代、黄金の時代であり、近代は暗い時代、焦げ茶色（アンバー）の時代なのである（八、九節）。

そしてこのようになった一番の原因は信仰の喪失にあると、ラスキンは主張する。現在の文明化したヨーロッパ人ほど、希望を持たず、神を無視している世代はない。近代の有力者のほとんどは信仰を持たず、その最良の者たちは懐疑と苦悩のなかにあり、最悪の連中は向こう見ずな反抗を試みている。そして多くの人はためらいがちに、ただ目の前にある実際的な仕事に専念しようとしているのである（一〇節）。

ラスキンは近代を代表する画家としてターナー（一七七五―一八五一年）を、詩人としてスコット（一七七一―一八三二年）を挙げている（一二節）。彼は、スコットが良かれ悪しかれ近代の時代精神を体現する最大の文学者であることを主張するために、ほかに候補になりうる詩人として、ゲーテ（一七四九－一八三二年）、バイロン、シェリー、キーツ、テニスン（一八〇九－九二年）らを挙げ、さまざまな理由をつけて退けている（二五、二九、三四節）。ラスキンがスコットの自然描写で最も評価するのは、自身の感情によって描写がゆがめられない、すなわち感傷的誤謬（パセティック・ファラシー）に陥っていないという点である（三七節）。ワーズワスはバイロンやシェリーよりスコットに近いが、哲学者ぶっていて、いつも何か賢いことを言わなくてはいけないと思っている。また「自然」は自分がいなくてはやっていけないのだ、とどことなく思い込んでいる節があり、彼の喜びのかなりの部分は自然に加えて自分自身を見つめるところからきている。スコットの自然への愛のほうがずっと謙虚だとラスキンは言う（三八節）。

加えてラスキンは、スコットの色彩感覚の豊かさも長所として挙げている（四二節）。章の初めに近代の風景の特徴が「曇っていること」にあると指摘し、なかばではその時代精神を体現する詩人としてスコットを挙げていたのに、次第にスコットを称揚することに力点が移り、矛盾が生じてしまっている。

もし雲や霧が印象的に描かれているという観点から、ターナーの絵に匹敵する文学作品を選ぶとするなら、スコットの作品よりワーズワスの『序曲』こそふさわしいのではなかろうか。『序曲』は、『近代画家論』第三巻が出る六年前の一八五〇年に出版されたが、ラスキンが言及するワーズワスの詩は『逍遥』が主で『序曲』への言及はない。一九世紀のあいだワーズワスは『逍遥』の詩人として知られ、『序曲』が注目されることはなかったのである。[2] ここではスコットの詩以上にラスキンの言う近代の風景をよく描き出していると思われる『序曲』を取りあげ、該当する箇所をいくつか拾っておこう。

『序曲』において印象的な出来事が起きるのは、悪天候のときか夜であることが多い。「時のスポット」（第一一巻二五七行）と名づけられた幼少期の思い出のひとつで父の死にまつわるエピソードもそうだ。ワーズワス一三歳のときの冬休みの前日、彼はふたりの兄弟と共に、自分たちをグラマー・スクールのあるホークス・ヘッドから家に送り届けてくれる馬を待っていた。なかなか馬が来ないのを待ちかねて、彼は外に飛び出し、街道が見渡せる丘の上に登る。

その日は
嵐のような、荒れ模様の天候だった。草の上、
むきだしの石垣になかば身を隠すように私は座っていた。
右手には一匹の羊がいた。
また左手では山査子（さんざし）がヒューヒューと音をたてていた。その場所で
これらの仲間をかたわらにおいて、私は見ていた。
じっと目を凝らし、
霧が間欠的にのぞかせてくれる

眼下の森や平地の眺望をとらえようと努めて。

（『序曲』第一一巻三五五―六三行）

その休暇中、彼の父は亡くなった。彼は父の死を、馬の来るのをじっと待てなかった自分に対する神の懲罰であるという受けとめ方をする。そして彼の心にはそのとき丘の上で見た光景が焼きつくのである。ところがその荒涼とした景色は、いやな思い出として残ったのではなく、ワーズワスの心のなかで不思議な神秘性を帯び始める。そののち彼はしばしばその記憶のなかの風景に立ち返り、泉の水を飲むようにそれを味わうようになる。そして「時を経た今に至っても、真夜中に嵐や雨が屋根に打ちつけるとき、また昼日なか、森のなかにいるとき」など、知らず知らずのうちにその思い出から彼の「魂の活動」が生まれてくるのだと言う（三八二―八八行）。荒れ模様の天気に父の死という、客観的な因果関係はなく、いずれも否定的な価値しか持ちえないように思える事柄が、ふたつ相まってワーズワスの心を高揚させひとつの原風景を形成した。それがその後、想像力の源泉となったと彼は言うのである。

ワーズワスにとって霧は、真理を覆い隠すものではなく、日常見慣れたものをヴェールに包み神秘化するものだった。彼がごく幼い子どもであった頃、道に迷って家からずっと遠いところに来てしまったことがあったが、そのときある光景を目にし非常な喜びを覚えたという。

それは山々に霧が広がった日だった。
蒸気のような靄が
至るところに立ちこめていた。荒れ狂うのではなく、
静かで穏やかに、やさしく、美しく。
日差しが丘の上に銃眼のような
光のスポットを作るが、どこでもそれが見えたかと思うと
静かな霧の流れによって隠され、またすぐに
開けたかと思うと再び縮んでしまうのだった。
狭くて深い谷を
私は進んでいった。とそのとき頭上遥かに
銀色の霧のなかから日のあたるところに
羊飼いと犬が姿を現したのだ。
彼らは霧を身にまとって立っており、
その小さな囲い地からあたりを見回していた。
まるで宙に漂う浮島の住人のようで、
その住処は
灰色の岩のわずかに張り出した部分で

そこだけそよ風で霧が吹き払われていたのだ。

（第八巻八四―一〇一行）

流れる霧が刻々とかたちを変え光と戯れる、そのとらえがたさ。銀色の霧に灰色の岩という単調な色彩。ラスキンが述べた近代の風景の特徴がそのままここにあてはまる。そして羊飼いと犬という、ワーズワスにとってはごく身近な存在が、霧の効果でおとぎの国の住人に変貌してしまうのである。

有名な「スノードン登山」のエピソードにおいても霧は重要な意味を持っている。一七九一年の夏、友人のジョーンズとウェールズを旅行したときのこと、ワーズワスはスノードンの山頂で御来光を仰ごうと夜半に山に登り始める。それは生暖かいどんよりとした晩で「しずくを落とすほどの霧が、厚く低くたれこめて空一面を覆い、今にも雨や嵐になりそうな気配だった」という（第一三巻一一―一三行）。濃い霧のなか、急な坂道を彼は組み討ちをするときのような前傾姿勢で黙々と登っていく。

やがて一時間ほど登ったところ――

そのとき、足もとの地面が明るくなったような気がし、
さらに一、二歩進むといっそう明るさを増した。

その理由を尋ねる間もなく、
たちまちひと筋の光が芝草の上に
閃光のように射した。私はあたりを見回した。
なんと、月が頭上遥か高く、
さえぎるものなく、中天に輝いているではないか。
そして私は広大な霧の海の岸辺に立っていることに気づいた。
その海は穏やかに静まり返って私の足もとに横たわっていた。

（三六―四四行）

ダンテも煉獄の山を登る途中で煙霧に包まれ、やがてそこから抜け出ている（「煉獄篇」第一五歌一四二行―第一七歌一二行）。だがその描写はこれほど印象的ではない。霧が発生する時点では夕日が輝いていたが、ダンテが抜け出たときには沈みかけている。これに対し、見通しの悪い霧の層をつき抜けて月が煌々と照らすところに出た、というワーズワスの体験は、一見したところ煉獄でのダンテの体験以上に優れてダンテ的である。しかしワーズワスが感銘を受けたのは、単に視界のきかない霧のなかから明るい光の世界へ出たということではなかった。やがて夜が明ければあたりはもっと明るい光に包まれるはずだ。ところがもともと御来光を仰ぐ目的でスノードンに登り始めたにもかかわらず（四―五行）、ワーズワスは実際に日の出を見たかどうかについては全く触れていない。彼が印象づけられたのは、むしろ眼下に広がる、月光に照らされた雲海だった。月光と雲海は、彼が予期していなかった非日常的な光景を作り出した。ここで月光は、事物を明るく照らしてくまなく見せる日光とは異なり、雲と同じく、景色にある種の神秘性を付与する働きをしているのである。

以上のように天候という観点から見た風景は、ダンテの『神曲』とワーズワスの『序曲』とでは対照的だが、その違いがそれぞれの置かれた自然環境に由来することは言うまでもない。イタリアはトスカーナ地方の人間であるダンテが晴天を愛し、イギリス湖水地方に生まれ育ったワーズワスが霧に親しみを覚えたのはごく自然なことであった。しかしそういった地理的条件によって育まれたふたりの天候に対する好みに、時代的な要素が反映されていたことも否定できないように思われ、逆にダンテは中世の、ワーズワスは近代の時代精神を形成するうえで重要な役割を果たしたとも言えるだろう。次の章ではまた違った角度から『神曲』と『序曲』の風景をとらえ、さらに掘り下げて考察してみたい。

3　アウエルバッハのダンテ論とワーズワス

アウエルバッハ（一八九二―一九五七年）の『ミメーシス』（一九四六年）は、ホメロスの『オデュッセイア』と旧約聖書の「創世記」からヴァージニア・ウルフ（一八八二―一九四一年）

の『灯台へ』（一九二七年）まで、古代から現代に至るヨーロッパ文学の作品を取りあげ、それぞれの作品において真実（リアル）であると考えられた世界がどう描かれているか、その変遷を具体的なテクストの分析をとおして解明した古典的名著である。彼の研究の出発点は『世俗詩人ダンテ』（一九二九年）として発表されたダンテ論にあり、その後の「フィグーラ」（一九三八年）でも『神曲』は中心的に扱われている。そして『ミメーシス』においても全二〇章のうちの一章とはいえ、『神曲』を扱った章は全体のなかで重要な位置を占めている。アウエルバッハはこの三つの著作において、『神曲』に描かれた彼岸の世界をどのように解釈したのだろうか。

『世俗詩人ダンテ』において彼は次のように言う――「『神曲』の内容はひとつのヴィジョンである。しかしそのヴィジョンにおいて見られるのは、具体的なリアリティーとしての真実である。従ってそれはリアルでありかつ合理的なのだ」。そして彼によればそれを語る言葉は記録する言葉であって、叙事詩の言葉ではない。空想を遠く伝説の国へと自由に遊ばせることはできないのである。「語り手は自分自身の目ですべてを見てきた証人であり、正確な報告を期待されている」、しかもその対象は全くの超越的世界であるだけに、超人的な表現力が求められる。[3]

「フィグーラ」においては、予型論的歴史観を『神曲』の解釈に援用して、『神曲』が真のリアリティーの世界を記録した作品であることを実証しようと試みている。アウエルバッハは『神曲』の登場人物のなかから、ウティカのカトー（前九五―前四六年）、ウェルギリウス、ベアトリーチェを取りあげて、現世での彼らは歴史上実在した人物でありながら同時に予型（フィグーラ）であって、それが『神曲』の彼岸の世界において決定的に成就しているのであると主張する。ウティカのカトーは、カエサルに敵対した古代ローマの人物で、自ら命を絶っている。『神曲』においては、一般に紀元前の人物は異教徒と見なされて救いを得られることはなく、また自殺者は地獄の第七圏に落とされる運命になっている。ところが彼は、政治的隷属からの自由を守るために死んだゆえ、来世では煉獄の入り口にいて、罪への隷属からの自由を守る番人に定められている。カトーの本当の姿が来世で初めて明らかにされたのだ。同様に、現世において後進の詩人たちにインスピレーションを与え、『第四牧歌』によってキリストの誕生を予言した（と中世には信じられていた）ウェルギリウスは、来世では地獄と煉獄におけるダンテの導き手となり、現世において生身の女性でありながら、ダンテにとっては天の奇蹟のような存在だったベアトリーチェは、来世において天啓の化身として彼を見神へと導く。このように『神曲』とは予型（フィグーラ）が成就したもののヴィジョンである。近代の詩人は歴史上の人物を、歴史的コンテクストにおいて描く。たとえばシェイクスピア（一五六四－一六一六年）は、現世のまっただなかにいるカエサル（シーザー）（前一〇〇－前四四年）を描いて、彼の歴史的性格を明らかにした。これに対しダンテにとっては、人物が予型（フィグーラ）とその成就というかたちで、神の救済計画のうちに深く組み込まれれば、その人物像はそれだけいっそうリアルなものとなる。また古代詩人は現世をリアルなものとし、来世を陰の世界として描いた。だがダンテにとっては来世こそ真のリアリティーであって、現世のリアリティーは来世を指す予型（フィグーラ）としてのものなのである。[4]

　ところが『世俗詩人ダンテ』のなかには、これとは少しニュアンスの違う見解も見られる。『神曲』に登場する人物は地上の生から切り離されて、最終的な運命に定められているが、現世での性格はそのまま保たれている。というより、むしろそれが究極的な自己実現を遂げたかたちで現れ、本質が成就して明らかにされているのである。だから実のところ『神曲』は地上生活を描いたものなのだ。地上の出来事の混乱は、隠されたり弱められたりせずにそのまま神の秩序のうちに取り込まれている。[5]

　そして『神曲』を扱った『ミメーシス』の第八章においては、「フィグーラ」の予型論的歴史観を踏まえながらも、いま述べた見解をさらに発展させ、それを「いわゆるダンテ的リアリズムの驚くべきパラドックス」と呼ぶ。[6]

> われわれは地上を離れて、永遠の国にいるが、そこでも具体的な人の姿と具体的な出来事に出会う。（……）つまりダンテは地上の歴史性を彼の彼岸の世界に持ち込んだのであった。（……）彼は彼岸の世界のまっただなかに、地上の人間とその情念の世界を創り出したが、それはとても強力であるあまり枠を破って独立を宣言している。予型はそれが成就した本型を凌駕する、より正確に言えば、本型は予型をさらに印象的に際立たせる役割を担っているのである。（……）彼岸の世界は、人間とその情念のための舞台となる。[7]

章の結末部でアウエルバッハは、神の秩序において不滅のものとされた人間の個性・歴史性は、ダンテの人間に対する深い共感のゆえにその秩序をくつがえし、人間のイメージが神のイメージを凌駕してしまうのであると言う。そして（地獄、煉獄、天国からなる）強固な枠組みは、それが包含するイメージの豊かさに圧倒されて崩れ、地獄にも偉大な魂が存在し、煉獄にも、人間が作った一編の詩の美しさに心打たれて、一瞬贖罪への道を忘れる魂が出てくると言うのである。[8]

『世俗詩人ダンテ』に見られる矛盾、「フィグーラ」と『ミメーシス』の見解の相違はどう説明したらよいだろうか。ひとつにはダンテ自身の世俗性のゆえに、彼岸の世界を描きながらもそこに現世を持ち込むことになってしまったと言えるだろう。彼は教皇党（グエルフィ）の白党に属しフィレンツェ共和国の政治にたずさわったが、政争に巻き込まれて祖国を追われる。追放の身であったダンテの為政者たちへの怒りはすさまじく、それは『神曲』の随所に表されている。天国においてすら、聖ペテロが空を真っ赤な怒りの色に染めて、ボニファティウス八世ら、ダンテの時代の教皇たちを非難するのである（『天国篇』第二七歌）。その一方、アウエルバッハが『ミメーシス』で取りあげたファリナータは、対立する皇帝党（ギベッリーニ）の領袖ながら誇り高い偉大な人物（霊魂）として『地獄篇』第一〇歌に登場する。また『神曲』ではダンテが出会った霊魂がしばしば現世での身の上話をするしくみになっており、なかでもパオロとフランチェスカの悲恋

(『地獄篇』第五歌)やウゴリーノ伯が子どもたちと共に幽閉されて餓死した話(『地獄篇』第三三歌)などは、特に感動的な、あるいは緊迫した場面を作り出している。地上で起きた事件の決定的な場面が、当事者の口から、前後関係を大胆に省略したかたちで劇的に語られるので、緊張を高め、あとに余韻を残して効果を挙げているのである。

しかしそれとは別に、そもそも現世を超越した世界をどう認識し、どう表現するかということが「ダンテ的リアリズムのパラドックス」には関わっているように思われる。アウエルバッハが主張するように、ダンテの意図は、現世が成就した世界、真のリアリティーとしての来世を描くことにあったと思われるが、現世の詩人であるダンテにそれが可能なのだろうか。仮にダンテが彼岸の世界を実際に見てきたとしても、それを地上の人々に伝えるためには地上の言語で語らなければならない。ダンテが彼岸の世界の風景をどのように描いたのか、比喩の使い方に注目してみよう。

丘の上で休息する農夫は
世界を照らす者(太陽)が
われわれに顔を隠すことが少ない時期(夏)に、
蝿に代わって蚊の出てくる頃(夕刻)
谷底にたくさんの蛍を見かける、

おそらく彼が（秋に）ぶどうを摘み取り、（春には）畑を耕すあたりだ。
その蛍さながらの無数の炎で
第八の堀は一面に輝いていた。それに私が気づいたのは
堀の底が見えるところまで来たその刹那だった。

（「地獄篇」第二六歌二五—三三行）

見るとそこでは双方から霊たちが
急いでやってきては互いに接吻し
短い挨拶で満足すると立ち止まろうともしない。
それは、暗褐色の群れをなして
蟻と蟻が互いに顔をすりあわせ、
おそらくは道と餌のありかを探っているさまそっくりだった。

（「煉獄篇」第二六歌三一—三六行）

静かで水の澄んだ養魚池に
餌に見えるものが落ちると
魚が集まってくるが、

それと同じように千を超える光明が
　私たちの方に近づいてくるのを見た。
（「天国篇」第五歌一〇〇―〇四行）

『神曲』の直喩表現が優れていることは、つとに指摘されているが、それはダンテが彼岸の世界の様子を描くのに、非常にわかりやすいたとえを用いているからである。右に挙げたのはほんの数例だが、このように印象的な比喩が『神曲』の随所に見られる。だが皮肉なことに、ダンテが身近な比喩によって彼岸の世界をあざやかに描き出せば出すほど、彼岸の世界は現世に引き寄せられてしまう。「ダンテ的リアリズムのパラドックス」はこうした比喩を用いた描写の仕方にも現れているのだ。

ダンテは身近なたとえで永遠の世界を描こうとした。これに対しワーズワスが描くのは身近な世界そのものである。『序曲』の冒頭には、ワーズワスが詩の題材を決めるのに、苦心惨憺したことが述べられている。彼は心のうちに創作意欲が湧いてきたのを感ずるが、何をテーマにしてよいかわからない。というのも彼の時代には、ダンテが拠り所としたような堅固な神話的枠組みを持った世界観はもはや存在しなかったからである。さんざん悩んだあげく、ほとんど無気力状態に陥りかけたとき、突然、生家の裏を流れるダーウェント川のせせらぎが記憶のなかによみがえり、彼は救われる。これをきっかけに彼は幼年時代に立ち返って、そこから自伝的回想を始めることになる。『序曲』で語られるのは、ワーズワスが実際に体験した出来事である。従ってときにその語りは、コウルリッジがワーズワスの欠点として指摘した「こまごまとした事実描写」('matter-of-factness')[9]になってしまう。しかしその優れた箇所においては、すでに前節での引用からも明らかなように単なる事実描写にとどまってはいない。ここで『神曲』と『序曲』から対照的な描写の仕方をしている例を取りあげ比べてみよう。

地獄の第九圏でダンテとウェルギリウスが、上半身を地獄の底の円い穴から出している巨人たちの群れに出会う場面についてはすでに述べたが、そこでふたりは巨人のひとりアンタイオスに頼んで、穴の谷底に降ろしてもらう。アンタイオスが手を差し伸べようと身をかがめたときの様子をダンテは次のように語る。

まるでガリゼンダの斜塔を
傾いている側の下に立って見上げ、雲がその上を
塔の方に向かって流れるのを見るときのようであった、
アンタイオスが身をかがめるのを
じっと見ていたときは。その瞬間は恐ろしさのあまり
別の道を行きたいと思ったほどだった。

(第三一歌一三六―四一行)

少しわかりにくいたとえだが、手前に覆いかぶさるように傾いている斜塔を下から見上げ、雲がその上を塔のほうに向かって流れるのを見ていると、一瞬、背景の雲が静止していて塔のほうが手前に迫ってくるような錯覚にとらわれ、恐ろしくなることがある。ダンテとウェルギリウスに向かって巨人が身をかがめたときも、ちょうどそれと同じ感じがしたというのである。

一方、少年時代のワーズワスにも、これにいくらか似通った恐怖体験があった。ある年、夏休みになって徒歩で帰省する途中、彼はアルズウォーター湖に近いパターデイルに一泊した。夜、湖に行ってみると、ほとりの洞窟の柳にボートがつないであったので、勝手に乗り込んで漕ぎ出してしまう。他人のものを無断で持ち出したがゆえのスリルを味わいつつ、彼は洞窟の上にそびえる崖のてっぺんに目を据え、月明かりに照らされた湖面の上を調子よくオールを漕いでいった――

そのとき、それまで空との境界をなしていた
岩の崖の背後から、巨大な岩山が
まるで意志の力に満ちあふれているかのように
ぬっと頭をもたげた。私は漕ぎに漕いだ。

するとその巨大な岩山は、ますます背丈を増しながら
私と星々のあいだにそびえ立ち、常に
一定の動きで、生き物のように
大股で私のあとを追ってきた。

（『序曲』第一巻四〇五―一二行）

ワーズワスの体験が常にそうであるように、ここに述べられているのも、全く合理的に説明のつく出来事である。それは、ボートが進むにつれて視界が変わり、それまで前の崖の背後に隠れていた岩山が現れ、ボートのひと漕ぎごとに、よりあらわになってきたということにすぎない。しかし少年ワーズワスには、まるで巨人がのっしのっしと追いかけてきたように感じられ、それは彼の心に大変な恐怖感を呼び覚ます。そしてその後いつまでも彼は、その巨人のようなものの影を頭からぬぐい去ることができない。昼間はそれがゆっくりと動く様子が彼の心をよぎり、夜になると夢に現れて安眠を妨げるのである。

さてダンテの場合は、彼岸の世界の巨人を現世の塔にたとえ、巨人が自分の方に身をかがめる様子を、塔のほうに向かって雲が流れることで起きる錯覚によって説明している。巨人の大きさや恐ろしさを、現実の世界で起こる具体例によって示しているのである。一方ワーズワスの場合は、岩山が巨人のように感じられたのだが、その巨人はアンタイオスでもエピアルテス

でもなく、もっと漠然とした存在である。そもそもワーズワスはそれを巨人のように描いているだけで、巨人という言葉は使っていない。彼は「存在の未知の様相」(四二〇行)とか「生きている人間のように生きているのではない巨大で強力な形体」(四二四―二五行)という言い方をしている。彼が見たものは実際には岩山でありながら、少年の非合理な意識においてはほかの何かを指し示すのだが、それをはっきり特定することはできない。指示されるものはその意味が開かれている。だが開かれているがゆえに、それは人間には把握しきれない超自然の存在であると感じられるのだ。大人になった詩人ワーズワスは、この体験を振り返り、それがただの錯覚だったと一笑に付すようなことはしなかった。彼はそれを宇宙の精神の、少年の心への働きかけであったととらえるのである。このような体験によって育まれ活性化された想像力は、やがて自然が超自然の存在の象徴であることを感得するようになる。のちに『序曲』第六巻(五五三―七二行)に組み込まれる詩「シンプロン山道」はそのような風景を描く。

(……)この薄暗い山道では
渓流と道とが旅の道連れで
私たちもそこに加わって数時間
ゆっくりとした足取りで歩き続けた。限りなく高くそびえ立つ森は
朽ちかけながらも、決して朽ち果てることはなく、

滝の轟きが絶えず響きわたる。
また空ろな峡谷の至るところで、
行き暮れ寄る辺を失って、風が風とぶつかり合う。
急流は澄みわたった蒼穹（そうきゅう）から矢のように流れ落ち、
岩はわれらの耳元でつぶやく——
しぶきを浴びて黒く光った岩山が、あたかも声を持っているかのように
路傍から語りかけてくるのだ——怒号する渓流の
めくるめく、気も遠くなるような光景、
足かせを取りはずされた雲、高い空、
激動と平安、暗黒と光明、
それらすべてがひとつの精神の作用のようであり、
同じ相貌のいろいろな表情であり、一本の木に咲く花々であり、
大いなる黙示のさまざまな記号であり、
永遠なるもののしるしであり、象徴なのだ、
初めにして、終わりの、そして中心であってなおかつ極みないものの。

『序曲』ではワーズワスがこの光景を見るまでの経緯が説明されている。一七九〇年夏、ワー

ズワスはジョーンズと、アルプスを目指して旅に出る。革命勃発一周年に沸き立つフランスを通って、いよいよアルプス越えを試みることになるが、途中で道に迷ってしまう。運よく出会った農夫に尋ねると、ふたりが進むべき道はすべて下り坂だと言われ、全くの期待はずれに終わったことに気づく――「つまり、私たちは、すでにアルプスを越えてしまったのだ」（五二四行）。作者ワーズワスがここまで書き進んだとき、突然、心の奥底から想像力が湧き起こり、山中で雲に包まれたかのように、彼は外的な感覚を失う。やがて意識を取り戻し、再びペンを取って書いたシンプロン山道の情景描写は、それ以前の、知らずしてアルプスを越えてしまった経緯の散文的な説明（コウルリッジが批判した「こまごまとした事実描写」）から一変するのである。

　実は、このシンプロン山道の描写は、一八四五年と四九年に出た詩集に単独の詩として収録され、いずれの版でも執筆年が一七九九年とされている。とすると一八〇四年の『序曲』執筆中に突然、想像力が湧いてきて、それまでの事実描写が一変したというのは、後づけの創作ということになる。[11] 従って実際にはどのような経緯でこの一節が書かれたのか不明だが、それが外的な自然と心の奥底から湧き起こった想像力の結合によって生まれたことを、ワーズワスが『序曲』において読者に強く印象づけようとしていることがわかる。

　コウルリッジは「詩もしくは芸術について」（一八一八年）と題する講演において、もし芸術家が「単なる自然、所産的自然（ナトゥーラ・ナトゥーラータ）」を模写するのなら、空虚でリアリティーのない作品になってしまう。芸術家は「本質である能産的自然（ナトゥーラ・ナトゥーランス）をつかまなくてはならず、それは高尚な意味での自然と人間の魂の結合を前提として産み出される」と言う。[12]「シンプロン山道」に描かれた風景はその能産的自然（ナトゥーラ・ナトゥーランス）を体現していると言えるだろう。

そして想像力によって自然が生きている自然、能産的自然（ナトゥーラ・ナトゥーランス）に変貌したとき、混沌のかなたにそれを統一する「ひとつの精神」が直観されるのだ。超自然の世界に自然を持ち込んだダンテとは対照的に、ワーズワスは自然の背後に超自然を暗示する。

ダンテの世界観は、堅固で安定したものであった。彼の宇宙像は『神曲』のテクストにはっきりと表され、図版1に示したように、地獄は地下に、煉獄は南半球に、天国は空の上にあって、それぞれが何層にも分かれていた。明晰であること、よく見えるということが彼にとっては重要だった。そしてダンテは特別の恩寵によって神自身を見ることが許されたのである。

これに対しワーズワスは、霧・雨・夜といった、ものを明確に見るという点では否定的な働きをする自然現象が、明るい日中とは違った光景を現出することに惹かれ、そこに神秘性を感じ取った。神を見ることを許されなかった近代人のワーズワスは、人間の心と結びついた自然の風景の背後に、永遠なるものを感じていたのである。近代人にとっては、永遠の世界は直接描くことができないからこそ永遠たりうるのだ。

第二章　『序曲』における『失楽園』の変容

Ⅰ　『序曲』の特徴と『失楽園』への引喩（アリュージョン）

第一章ではラスキンとアウエルバッハを手がかりに、『神曲』と『序曲』において、風景がどのように描かれ、超自然の世界がどう認識されているかを比較考察した。ただワーズワスは、ケンブリッジの学生時代に『神曲』を原書で読んでいたと推定されるものの、『序曲』には『神曲』の直接的な影響はほとんど見られない。コウルリッジがダンテに惹かれ、ダンテ講義を行ったのに対し、ワーズワスはさほどダンテを評価していない。彼はある手紙のなかで、ダンテの文体を簡潔で力強いと評価しつつも、「彼の作り話は不快なまでにグロテスクで空想的であると感じられることがよくあった」と述べている。[1] ワーズワスが『神曲』を、真実の世界としての来世の見聞録ではなく、フィクションと見なしていたことがわかる。

ワーズワスは、模範として自分が伍していくべき詩人はチョーサー（一三四〇頃―一四〇〇年）、シェイクスピア、スペンサー（一五五二頃―九九年）、ミルトンの四人のみであることを詩人を志したときに確信した、とヘンリー・クラブ・ロビンソン（一七七五―一八六七年）に語っている。[2]なかでもワーズワスが特に強く意識したのがミルトンだった。彼の作品における、この四人の詩人への引喩（アリュージョン）を調べると、ミルトンに対してのものが圧倒的に多い。[3]ただワーズワスは、『神曲』の来世をフィクションと見なしたように、『失楽園』のエデンの園も実在のものとは信じていなかった。「はじめに」でも述べたようにミルトンの時代とワーズワスの時代のあいだにパラダイム・シフトが起きていたのである。彼は『失楽園』を偉大な叙事詩と認めつつ、それを凌駕する新しい詩を書こうという野心を抱いていた。ワーズワスの構想においては『序曲』はその一部にすぎなかったが、結果的にこの作品で『失楽園』に代わる新たな世界観を示すことになる。『序曲』の特徴として、神話上の楽園が否定され、代わりに現実の自然が肯定されていることが挙げられる。またこの作品では、自然科学においてすでに浸透していた地動説が、感覚的にとらえられ詩的表現を得ている。そして天動説的宇宙観が崩れ去ったことから、神の存在する天国が空の上にあるという考え方は成りたたなくなり、代わってこの作品では、超越的な存在が自然の背後や人間の心の奥底に求められている。

　興味深いのは、これらの特徴が『序曲』のテクストにある『失楽園』への引喩（アリュージョン）によって浮彫りにされているということだ。ワーズワスは引喩（アリュージョン）を用いて、キリスト教神話に基づくミ

図版3　ワーズワスが住んだ、グラスミアのダヴ・コテッジ

ルトンの世界観と対比させるかたちで自身の新たな世界観を提示した。従って『序曲』に見られる『失楽園』への引喩(アリュージョン)を検討すれば、両者の世界観の違い、ひいてはロマン主義時代のパラダイム・シフトの一端が理解できるのである。

2　神話の楽園から自然の楽園へ

「喜びの序」(『序曲』第七巻四行)とワーズワスが自ら呼んだ『序曲』第一巻冒頭の五四行は、一七九九年一一月、彼がダヴ・コテッジを借りるために、湖水地方を二日間かけてグラスミアまで徒歩で移動したときに書かれた。その初めの部分は、『失楽園』末尾の数行を踏まえていることで知られている。[4]語り手は、「長いあいだ閉じ込められていた牢獄」(八行)であった都市(ロンドンとも、またワーズワス兄妹が一七九八年から翌年にかけての冬を過ごしたドイツのゴスラーとも考えられる）から解放されて、湖水地方と思われる自然豊かな田園に足を踏み入れ、「いまや私は自由なのだ」（九行）と言う。

大地は広々と私の前に横たわっている。心は
喜びにあふれ、自由に怖じ気づいたりせずに、
私はあたりを見回す。たとえ私の選ぶ導き手が
さまよう雲にすぎなくとも
道に迷うことなどありえない。

（一五―一九行）

この詩行が下敷きとする『失楽園』の結末では、対照的に楽園を追放になったアダムとイヴが寂しくこの世界に向かう。

目からおのずと涙がこぼれ落ちたが、彼らはすぐにそれをぬぐった。
世界が広々と彼らの前に横たわっていた。そここそが安住の地を
求め選ぶべき場所であり、摂理が彼らの導き手であった。
ふたりは手に手を取って、さまよいつつゆっくりとした足取りで、

エデンを通って寂しい道をたどっていった。

（第一二巻 六四五－四九行）

ここには人類の安住の地はこの世界にあり、神の摂理が導き手であるという肯定的なメッセージも読み取れる。ミルトンは『失楽園』の冒頭で、この作品において「永遠の摂理を肯定し、神が人に示す道の正しさを証する」（第一巻二五－二六行）ことを宣言しており、それとも呼応する結びである。一方『序曲』にも父の死にまつわる「時のスポット」のエピソード（第一一巻三四四－八八行）のように、神が懲罰によって人間を導くという言説はあるが、神の摂理を説くことがこの作品の目的ではない。少なくともこの冒頭の箇所では、語り手は導き手を必要としていないのである。加えて一九行目の「道に迷うことなどありえない」は『失楽園』の別の箇所への引喩になっている。[5] 地獄の門の内側に座っていた「罪」は、サタンがアダムとイヴを堕落させることに成功したことを知ると、そばにいる「死」に対し共に人間の住む世界へ行くことを求め、「死」がそれに応じる場面が第一〇巻にある。このとき「罪」は「私が道に迷うことなどありえない」（二六二行）と言う。これは原罪により人間界に罪と死が確実に入り込むことになったことを意味する。『序曲』の語り手が自由の喜びを感じつつ進んでいく先は、その罪も死もある現実の世界であることが暗示されている。

『失楽園』には『序曲』の冒頭と同じく、稠密な都市から広々とした田園に出たときの解放感を表現した箇所もある。第九巻で、サタンは人類を堕落させるべく楽園に侵入するが、意に反して、楽園とイヴの美しさに心を打たれてしまう。その喜びが次のように表現されている。

ごみごみした家並みや下水のために空気が汚れている
人口稠密な都市に長いあいだ閉じ込められていた人が、
夏の朝、出かけていって
近くの気持ちのよい村や農場で息を吸い、
そこで出会うあらゆるもの——
穀物や干し草の匂い、牛や搾乳場といった
あらゆる田園の風景、あらゆる田園の音から喜びを感ずる、
(……)
ちょうどそのような喜びを、この蛇は
この花園を見て、こんなにも朝早く、ただひとりでイヴがたたずんでいる
この奥まった美しい場所を見て味わったのだ。

(四四五—五一、四五五—五七行)

『序曲』の冒頭は、この箇所も踏まえていると思われる[6]。とすると、語り手が足を踏み入れた

ところは、罪も死もある現実の世界でありながら、同時に楽園的な性質を持った場所ということになる。

ワーズワスは『序曲』第八巻でも、故郷の湖水地方が一種の楽園であることを主張している。彼は湖水地方の美しさを強調するために、「一万本の木を擁する、かの楽園、ジェホールの有名な庭園」（一二二―二三行）を引き合いに出し、「だがこれよりも遥かに美しいのだ、私が育ったあの楽園は」（一四四―四五行）と言う〔補遺1参照〕。ジェホールの庭園とは、現在の河北省にあたる熱河（ローホー）省承徳にある清朝皇帝の夏の離宮「万樹園」を指す。ワーズワスの情報源は、イギリス最初の中国外交使節団として、一七九三年九月にここを訪れたジョージ・マッカートニーに随行したジョン・バローの『中国旅行記』（一八〇四年）であるが、「かの楽園、ジェホールの有名な庭園」を引き合いに出して、自分の育った「あの楽園」のほうが美しいと主張するレトリックは、『失楽園』にならったものである。[7] その第四巻でミルトンは、エデンの園の美しさを表現するために、エンナの野原、ダプネの森、ニュサの島、アマラ山といったギリシア神話等で楽園とされた場所を列挙し、どんなに美しいとされた場所も「このエデンの楽園にはおよぶべくもなかった」（二七四―七五行）と主張する。『失楽園』では「エデンの園」だけが本当の楽園で、あとは偽物である。同様に『序曲』では湖水地方が本物の楽園で「ジェホールの庭園」は偽りの楽園ということになる。ところが奇妙なことにその「ジェホールの庭園」の描写のなかに『失楽園』のエデンの園の描写への引喩（アリュージョン）が見られる。

（……）橋、ゴンドラ、
岩、洞穴、葉の生い茂る木立、これらの色調が、
互いに溶け合ってなじむようにしつらえられ――
その色の違いは、丹念に目で追っても追いきれぬほど
微妙な変化を見せ、ほとんど消えかかり、また消えてしまう、
（『序曲』第八巻一三四―三八行）

セリンコートやジョナサン・ワーズワスは、この一節が楽園に侵入したサタンの次の台詞を踏まえていると言う[8]。

もし私が何かに喜びを覚えるとしたら
どんなにか喜んで、この大地を
歩きまわることであろうか！　ここでは丘、谷、川、森、野原が
互いに入れ替わって美しい変化を見せ、
陸と思えば、海、そして森に覆われた岸辺、
岩場、洞穴、洞窟へと変化する。

（『失楽園』第九巻一一四―一一九行）

この指摘が正しければ、ワーズワスは『失楽園』のエデンの園自体を偽りの楽園に含めていることになる。パッチは、地上楽園としてのエデンの園を描写した、最も時代の下った例のひとつとして『失楽園』を引用し、その後一八世紀の初めまで、その場所を突きとめようとした文献があることを指摘しているが、[9] ワーズワスの時代にはもはやそのような場所が実在するとは思われなくなっていた。それに代わって、湖水地方の自然こそが楽園に匹敵する場所であると彼は主張しているのだ。

3　『隠者』の趣意書」と『序曲』

しかし、ワーズワスにとって自然は、ただ外界に存在するものではなかった。「ジェホールの庭園」よりも自分の育った楽園のほうが美しいと言う彼は、そこでは「太陽や空、四大（地・水・風・火）、そして移りゆく季節が、そこに最も親しい仕事仲間、すなわち人間の心を見い出す」（『序曲』第八巻一四七―五〇行）と言う。外界が人間の心において認識され、両者が結びついたときに初めて楽園としての自然が詩において現出するのである。

ワーズワスはライフワークとして、『隠者、もしくは自然、人間、社会についての見解』

と題する大哲学詩を書くことを考えていた。『序曲』もその一部として含まれる、その計画はあまりに壮大であったため、結局彼はそのわずかな部分しか書きあげることができなかったが、『隠者』の「構想と範囲についての「趣意書」とでもいうべきもの」と自ら呼ぶ百行あまりの韻文が『逍遥』の序文にある。[10]この「『隠者』の趣意書」では、ミルトンが強く意識されている。ミルトンは『失楽園』の、第一、第三、第七巻の祈願（インヴォケーション）（詩神（ミューズ）への呼びかけ）および第九巻の冒頭で、原罪による楽園喪失をテーマとするこの叙事詩が、ホメロスやウェルギリウスの英雄叙事詩に取って代わるものであることを宣言している。そのくだりを踏まえてワーズワスは「『隠者』の趣意書」において、『失楽園』に匹敵し、それをも凌駕するような全く新しい詩を書くことを宣言する。そこで扱われるのは人間の心である。「人間の心」こそ「私の生息地であり、私の歌の主要な領域」（四〇―四一行）だと彼は言う。ただワーズワスは心の深淵を直接のぞき込むのではなく（それは大変恐ろしいことだと彼は言う）、それを外側の事物と結合させて描こうとする。そうすれば日常の世界に楽園が現出するという。

　　楽園、エリュシオンの木立、
幸福の野辺――昔、大西洋のただなかに探し求められた
同じたぐいの場所――どうしてそれらは
消え去ったものとしての歴史にすぎないか、

存在しなかったものの単なる作り話でなくてはならぬのか？
というのも人間の、ものを認識する知性が、
愛と聖なる情熱によって、
このうるわしい世界と結ばれたら、楽園は
日常のなかにたやすく産み出されることがわかるだろうから。
（四七―五五行）

ミルトンはギリシア・ローマ神話の楽園を偽物とし、聖書に従って、エデンの園のみが本当の楽園であったが、人類はそこを追われたとした。それに対しワーズワスは、人間の精神が外界と結びつくことで楽園が生まれるという。彼は「人間個人の心」と「外側の世界」がいかに似つかわしい取り合わせであるかを主張して、両者が「相交じり合う力をもってなし遂げる創造」こそが「われわれの気高い主題である」と結論づける（六三―七一行）。それがキリスト教叙事詩『失楽園』の、神に対する「人間の最初の反逆」（第一巻一行）とそのあがないという「大いなる主題」（二四行）に取って代わる新しい詩の主題であった。
『序曲』第一巻の「喜びの序」に続くくだりでは、都市から解放された語り手の詩人にインスピレーションが湧き、テーマの選定に迷ったのち『隠者』のテーマに思いあたる。だが「日常の生活をいつくしみ、人の心の奥底から湧き起こる情熱的で深い思いを伴った、真実を歌う

哲学詩」（二三〇－三三行）というその難題にひるみ、たじろいでしまう。そのとき、ふと生家の裏を流れるダーウェント川のせせらぎの調べを思い出すことで、彼は無力感から救済される――「このためだったのか、あらゆる川のなかで最も美しいあの川が、（……）ハンの木の木陰や岩間の滝から、州や浅瀬から、私の夢のなかを流れる声を送ってよこしたのは。このためだったのか、おお、ダーウェントよ、（……）おまえが夜となく、昼となく、絶えず音楽を奏でては、そのしっかりしたリズムで（……）人間のいらだたしい住処にあって、自然が丘や森のなかで呼吸する静けさのきざし、かすかな前兆を、私に与えてくれたのは」（二七一－八五行）。これを境に、叙述は彼の幼年時代へ飛び、自伝的回想を内容とする、全く新しいジャンルの詩が始まるのである。[11] それは、紅茶に浸したプチ・マドレーヌを口にした途端、その味覚から幼い日の記憶がありありとよみがえったという、プルーストの『失われた時を求めて』における、無意識的記憶の蘇生のエピソードに先行する、西欧文学史上の一大事件であったと言っても過言ではない。

ワーズワス自身は、『序曲』を『隠者』という「ゴシック教会の大伽藍」の「入り口の間」と位置づけ[12]、生前この作品を単独で発表することはなかった。しかし幼年時代に回帰することにより、「『隠者』の趣意書」の「気高い主題」は『序曲』において実質的に実現されることになる。というのも彼が語り始めるのは、子どもの頃に実際に経験した出来事であるが、それらは記憶のなかで内面化されており、外界の事実と詩人の心が一体となっているからである。ま

図版4　コッカマスの生家（上）とダーウェント川（下）

たワーズワスが書こうとしていたのは「哲学詩」だったが、回想というかたちを採ったおかげで、幼い日に体験した出来事を、哲学的に解釈し直すことが可能になった。さらに回想、特に幼年時代の回想は、記憶のなかで美化され、理想化される傾向がある。「時のスポット」(『序曲』第一一巻二五七行)とワーズワスが名づけた、『序曲』で語られる印象的な出来事は、楽しいものばかりではなく、むしろ恐ろしい体験であることも多いが、それも含めて楽園的な世界として描かれるのである。

4　「スケートのエピソード」と地動説

「スケートのエピソード」(『序曲』第一巻四五二―八九行)は、少年ワーズワスが、冬の日没後に、氷結した湖で友人たちとスケート遊びをしたという素朴な体験を述べたものである。だが少年時代のほかのエピソードと同様、ここでも自然が、少年の感性に対し、不思議な様相をあらわにする。

　　そしてしばしば
私たちが風に身をゆだねると、
両岸の暗い土手は

闇のなかを次々と現れては通りすぎていき、絶え間なく
すばやい動きで糸を紡ぎ出すようだった。そんなとき突然
私は、かかとに体重をかけて
急に止まってみた——それでも寂しげな崖はなおも
私のまわりを回り続け、まるで地球が回転して（roll'd）
目に見える動きで、日周の（diurnal）ひとめぐりをしているかのようだった。
崖は私の背後におごそかに連なって伸びていき
その動きはどんどん弱まっていって、立ったまま見ているとやがてすべては深い眠りのように静まり返った。

（四七八―八九行）

実際には、スピードを出してすべっていたときに急に止まったため、めまいがしたということにすぎないが、ワーズワスはそのとき地球の自転の動きを感じたような気がしたと言う。すでに科学的事実として認められていた地動説が感覚的にとらえられ、詩的表現を得ていると言えるだろう。[13]そして興味深いのはこの言い回しが『失楽園』への引喩（アリュージョン）になっており、その宇宙観と対比的に地動説が打ち出されているということだ。

『失楽園』第四巻の、楽園に訪れた最初の日没の描写で、ミルトンは日没をもたらしたのが

太陽の動きによるものか地球の動きによるものかわからないと言う――「宇宙第一の天球である太陽が、信じがたい速さで、日周の回転をして（rolled / Diurnal）そこへ行ったのか、あるいはもっとゆっくり回るこの地球が短い距離を東に飛んで、あとに残された太陽が、その西の玉座に伺候する叢雲（むらくも）を、深紅や黄金の反映で彩っていたのか、いずれにしろ今や静かな夕暮れがやってきた」（五九二―九八行）。ミルトンは一六三八年から翌年にかけてのヨーロッパ大陸旅行の際に、ガリレオ（一五六四―一六四二年）に会ったこともあり[14]、地動説の存在を知っていた。彼はほかの箇所（第八巻一六〇―六八行、第一〇巻六六八―八一行）でも、天動説と地動説の両論があることに言及しており、この問題に深い関心を抱いていたことがわかる。

『失楽園』の宇宙像自体は天動説的である。しかしそれは『神曲』の宇宙像と比べるととても曖昧だ。『神曲』の宇宙は明確で、図版1（一八頁）に示したように、テクストの記述に基づいて、地球を中心にした宇宙の地図が描ける。しかし『失楽園』の宇宙は図示することができない。それはミルトンの生きていたのが、天動説から地動説への過渡期にあたるためである。ワーズワスはこのミルトンの曖昧さを意識し、ミルトンが天動説のほうを表現するのに用いた'roll'と'diurnal'という言葉を地動説の表現に用いて、はっきりと地動説的宇宙観を打ち出しているのである。

5　「シンプロン山道」と内在論／観念論

地動説的宇宙観は、内在論（汎神論）と観念論という互いに関連したふたつの思想へとつながる。空の上に神の住む天国があるという宇宙観が成りたたなくなると、神は宇宙に内在するか、宇宙そのものが神であるとの考え方が出てくる。内在論あるいは汎神論では自然は被造物（所産的自然〔ナトゥーラ・ナトゥーラータ〕）ではなく、自ら生成・展開する有機的な自然（能産的自然〔ナトゥーラ・ナトゥーランス〕）ととらえられる。

もうひとつの考え方は、人間の精神の重要性を強調する観念論である。もし天国が外界に存在せず、それでも天国という観念を人間が持っているとしたら、それは心のなかに求められることになる。『失楽園』第七巻の祈願〔インヴォケーション〕でミルトンは、詩神〔ミューズ〕のひとりウラニアに呼びかけて「汝に導かれて、私は地上からの客人として、大胆にも天の天まで昇り、汝によって和らげられた至高天の空気を吸ってきた」（一二―一五行）と言う。これに対し、ワーズワスは「『隠者』の趣意書」で、自分は「天の天さえヴェールにすぎない世界で呼吸しなければならない」（二九―三〇行）と、『失楽園』以上のスケールを持った詩を書くことを宣言するが、そんな彼の「歌の主要な領域」は「人間の心」（四〇―四一行）なのである。

「スケートのエピソード」では少年の心・感性に対し、自然が普段は隠れている動的な様相を示すという点で、観念論と能産的自然〔ナトゥーラ・ナトゥーランス〕が共存しているが、同様のことは「シンプロン山道」

(『序曲』第六巻五五三―七二行)にも言える。そしてここにも『失楽園』への引喩(アリュージョン)が対比的に用いられている。

「シンプロン山道」の眩暈(げんうん)感を起こさせるような、能産的自然(ナトゥーラ・ナトゥーランス)としての光景は、(本書第一章ですでに触れた)その描写に至る経緯についての本文中の説明によれば、外的な自然と心の奥底から湧き起こった想像力の結合によって生まれたものである。同時にそれは、永遠なる宇宙の精神の顕現でもある。

(……)怒号する渓流の
めくるめく、気も遠くなるような光景、
足かせを取りはずされた雲、高い空、
激動と平安、暗黒と光明、
それらすべてがひとつの精神の作用のようであり、
同じ相貌のいろいろな表情であり、一本の木に咲く花々であり、
大いなる黙示のさまざまな記号であり、
永遠なるもののしるしであり、象徴なのだ、
初めにして、終わりの、そして中心であってなおかつ極みないものの。
(Of first, and last, and midst, and without end.)

（五六四―七二行）

この最後の行は、『失楽園』第五巻のアダムとイヴの朝の祈りから採られている。その祈りは、造物主としての神を称える言葉で始まる。

これらの万象は汝の御業（みわざ）、善を産み給う者よ、
全能なる主よ、この宇宙は汝の造りしもの、
かくもすばらしく美しい。
（……）
　汝ら、天にある者よ、
また地にある者よ、すべて汝ら被造物はほめ称えよ
初めにして、終わりの、そして中心であってなおかつ極みない御方を。
(Him first, him last, him midst, and without end.)

（一五三―五五、一六三―六五行）

『失楽園』で繰り返されている「御方」(him)という言葉が『序曲』では削除されている。それにより人格神で造物主である、オーソドックスなキリスト教の神が、内在論的な宇宙の精神

に代わっているのである。

6　「スノードン登山」と人間の神格化

ミルトンにとっての神は人格神であり造物主であり、超越的な存在であった。だがその一方で神は自然に内在するとも彼は述べている。『失楽園』第一一巻で、アダムが、楽園を追放されたのちは神の尊顔を拝することができなくなると嘆くと、天使ミカエルが「神は陸に海に空に、そして生きとし生けるものに遍在し給う」（三三六―三七行）と答える。ミカエルはさらに「谷にも平野にもここ（楽園）と同じように神はいらっしゃり、同じように見い出され、神の存在のしるしが、いつくしみと父の愛をもって常におまえと共にあり、常におまえを囲んでくださることを（……）疑ってはならぬ」（三四九―五三行）とアダムに言う。

ミルトンはまた、楽園喪失後も、心のなかの楽園があると言う。第一二巻で天使ミカエルは、いよいよ楽園を出ていくアダムに対し、おまえが持っている知識に、それにふさわしい行動、信仰、美徳、忍耐、節制、そして愛を加えよ、そうすればエデンの園よりも「遥かに幸福な内なる楽園をおまえは持つであろう」（五九六―九七行）と予言する。現実の世界での、心のなかの楽園のほうがエデンの園よりずっと幸福だというのだ。

このようにワーズワス同様、ミルトンも自然のなかに神性を見ていたし、楽園の内面化にも言及していた。それでも両者のあいだには大きな違いがあった。『序曲』第一三巻の「スノードン登山」にある『失楽園』への引喩(アリュージョン)がそれを端的に示している。このエピソードでは、御来光を仰ぐ目的で夜半に霧のなかを登っていくと、霧の層を抜けて、思いがけず、足もとに月光に照らされた雲海を見ることになる。

> 私はあたりを見回した。
> なんと、月が頭上遥か高く、
> さえぎるものなく、中天に輝いているではないか。
> そして私は広大な霧の海の岸辺に立っていることに気づいた。
> その海は穏やかに静まり返って私の足もとに横たわっていた。
> この静かな海原のいたるところでは
> 百もの山々が黒々とした背をもたげていた(backs upheaved)(……)
>
> (四〇―四六行)

これはワーズワスが実際に目にした光景の描写だが、同時に『失楽園』への引喩(アリュージョン)を含んでいる。天地創造に際して神が「天の下の水は一箇所に集まり、乾いた土地が現れよ」と命ずると「たちまち巨大な山々が姿を現して、雲のなかに広々としたむき出しの背をもたげ(backs upheave)、頂上は大空にそびえ立つ」（第七巻二八三－八七行）というくだりである。[15]『失楽園』では造物主としての神が山々を造った。これに対しスノードン山から見た風景についてのワーズワス自身の解釈によれば、月光と雲海が、昼間に見る日常的な景色を変容させ統一して新たな世界を現出している。そしてその意味でこれらは人間の想像力の寓意（アレゴリー）になっているのである。

それに加え、ワーズワスはこの雲海に裂け目ができていて、そこから下界の海や急流の轟きが聞こえてくることに気づき、強く惹きつけられる。彼はその水音の立ち昇ってくる「暗くて深い通路」に「「自然」は魂を、その場全体の想像力を」宿していたのであるとし（第一三巻六五－六六行）、そこに「ある意識下の存在」すなわち「神または何であれそれ自体の存在において茫漠としたものの感覚」によって高揚させられた、人間の「力強い精神の完璧なイメージ」を見る（六九－七三行）。ワーズワスは、眼下にある雲海の「暗くて深い」穴から湧き上がる水音を聞いて、その背後に超越的な存在を感ずると共に、その様子から、超越的な存在とつながって心の深淵から湧き起こる人間の想像力を連想するのである。

ワーズワスは、『失楽園』における神による天地創造の叙述を念頭に置きながら、「自然」の力を示し、かつ人間の想像力の寓意（アレゴリー）ともなっている光景を描いた。[16] そこでは自然も人間も創造者である。自然は自ら生成して、普段は隠されている姿を露呈し、人間の想像力は外界に働きかけて新しい世界を創り出す。つまりワーズワスは自然と、人間の能力を神格化していると言える。それは、自然は神による被造物であり、また人は全能の神に常に従順であるべきと考えたミルトンの敬虔さとは相容れないものである。

7 『隠者』と『序曲』

『序曲』は、『隠者』という「ゴシック教会の大伽藍」の「入り口の間」と位置づけられ、ワーズワスの生前に発表されることはなかった。一八〇四年三月の手紙でワーズワスは、自伝的な詩を大学時代（第三巻）まで書いたが、これが補助的な役割を果たす「より大規模でより重要な作品を仕上げるまで」この詩は出版されることはないだろうと述べている。[17] より大規模な作品（『隠者』）のほうは、「道徳的で哲学的な詩」であり、テーマは「自然、人間、社会について何であれ私がとても興味深いと思うこと」だと言う。ところが『序曲』の第三巻では、コウルリッジに呼びかけて、これまで語ってきたのは、「外面的な事象ではなく（……）私自身の心、私の若い精神についてであった」と言い、「人間の魂の力」、まだ幼い頃の魂の振舞いは実に高邁で、「これこそ真に英雄的な主題」だと述べている（一七四―八二行）。これは「『隠者』の趣意書」にある、『失楽園』を凌駕する「気高い主題」を指すと考えられる。一方で、『序曲』を『隠者』の補助的な作品としつつ、他方で『序曲』の主題は、ワーズワスが考えていた『隠者』の主題そのものということになる。

完成が見えてきた、翌年五月の手紙では、『隠者』に取り組む自信がなかったために、自伝的な作品に逃げたように述べている。

（私自身の人生についての詩は）あと二巻で完結する。九千行は下らないだろう。九百ではなく九千。驚くべき長さだ！　自分のことをこんなに語るなんて、文学史上前例がない。わかってくれると思うが、うぬぼれのせいでこうなったわけではない。そうではなくて全くの謙虚さゆえなのだ。私がこの作品を書き始めたのは、もっと困難なテーマに取り組む心構えができておらず、自分自身の能力に自信がなかったからだ。これなら少なくともある程度は成功するだろうと思った。自分が感じ、思ったことだけを書けばよいのだから。だからすぐに行き詰まったりはしないのだ。[18]

ワーズワスは自分のことのみを語るのでは、『失楽園』のスケールの大きさに太刀打ちできないと考えていたように思われる。他方で、その『序曲』が文学史上前例のない斬新な詩であるという自負も文面からうかがえる。

「ゴシック教会の大伽藍」にワーズワスがなぞらえた『隠者』の本体は三部構成となる予定だった。このうち実際に書かれたのは、第一部第一巻の「グラスミアの家」、第二巻に予定されたと思われる「サクラソウの草むら」ほか三篇の短詩、第二部にあたる『逍遥』である。[19]　一八一四年に刊行された『逍遥』は九巻からなる大作で、ワーズワスの生前のみならず、一九世紀末までワーズワスの代表作と見なされていた。ワーズワスはこの作品に複数の登場人物を配することで、『序曲』にない劇的・物語的要素を取り入れ、より社会性を持たせようとしたと考えられる。[20]しかし内面と外界の結合による楽園の創出という「気高い主題」はこの作品からは見えてこない。

「サクラソウの草むら」(一八〇八年執筆)は、四世紀の聖人カッパドキアのバシレイオスの隠遁生活についての叙述を含むという点で『隠者』のタイトルには合っているが、「気高い主題」とは特に結びつかない散漫な詩で、この作品自体が未完に終わっている。残りの三篇の短詩にも「気高い主題」との関連性は見られない。唯一「グラスミアの家」(一八〇〇、〇六年執筆)だけがそれに関連した内容を持っていると言え、この作品でワーズワスは、日常の世界に実現された楽園のパノラマを描こうとしている。

一七九九年一二月、ワーズワスは妹ドロシー(一七七一―一八五五年)と共にグラスミアに移り住んだ。その土地で受ける恩恵はこの上なく、「幸福に満ちたエデンの木陰」(一〇四―〇五行)でも与えられることがなかったものだという。豊かな自然に恵まれたグラスミアはエデンの園を彷彿(ほうふつ)させるが、そこの住民は「利己心、ねたみ、復讐心、近所との折り合いの悪さ(……)、こびへつらいとふたごころ、争いと不正に関して、ほかの土地の人とほとんど変わらない」(三五四―五七行)。すなわちそこは楽園喪失後の現実の世界である。けれども孤独な都会と異なり、住民はひとつの家族のように「真の共同体」(六一五行)を形成している。グラスミアは客観的にすばらしい場所であるにとどまらない。「私がより多くのものを見れば見るほど、私の心はより多くの喜びを受ける、というより内省によって産み出しうるのだ」(四九八―九九行)とワーズワスは言う。実のところワーズワスの思いのほうがグラスミアに投影されているのだ――「喜びが広がり、悲しみが広がる。そしてこの谷全体が、無学な羊飼いたちの住処のままでありながら、感情に満ちあふれる。ちょうど陽光の輝きや、陰やそよ風、香りや音に満ちあふれているように」(四四五―四八行)。

ワーズワスはまた「あるひとつの感覚」(一三七行)が谷全体を統一し、自足させていると言う。彼はこの感覚をほかのどこにも見い出せないと言うが、それはグラスミアの風景のなかに客観的に存在しているのではなく、その風景を認識している彼の主観のうちに存在している。この谷は、彼の主観において初めて統一され、完結した世界を形成するのである。

このようにしてワーズワスは、グラスミアの日常的世界にひとつの楽園を見い出した。彼は自分に「ある内なる光明」(六七五行)が授けられていると感じており、それを世の中に伝えたいと言う。それゆえ彼は伝統的なタイプの叙事詩に別れを告げる――「では戦士の策略よさらば、さらば(……)詩神(ミューズ)の息吹で英雄的なラッパを吹き鳴らすことの望みよ」(七四五―五〇)。ならば、それに代わる新たな「主題とは何だろう?」(七五三行)。その答えは「『隠者』の趣意書」だった。「『隠者』の趣意書」の詩行でもってワーズワスはこの作品を閉じる。

もともと「グラスミアの家」は一八〇〇年に、「『隠者』の趣意書」の「気高い主題」を展開すべく書かれた詩であった。ところがワーズワスは、この詩で自分の目的を遂げることができなかったので、一八〇六年になって、末尾に数行を加え、「『隠者』の趣意書」を連結させたとジョナサン・ワーズワスは指摘する。[21]「グラスミアの家」には、主観が客体を統一し、理想化された世界を形作るという、ワーズワスの認識論・芸術論は読み取れる。しかし『序曲』の有名なエピソードと比較するとわかるように、具体的な情景描写となると、日常性が強調されすぎて平俗なものに終わってしまっている。「内なる光明」を持っているというワーズワスの主張にもかかわらず、彼はそれをグラスミアの描写のなかに十分反映させることができなかったのだ。

「グラスミアの家」より早く、ワーズワスは二部構成の『序曲』を一七九九年に書きあげている。それはダーウェント川の記憶がよみがえることで、回想の世界に入っていく「このためだったのか、あらゆる川のなかで最も美しいあの川が」で始まる一節に「時のスポット」のエピソードを含む幼年期の回想を合わせたものである。回想により、主観と客観が結びつき、一種の楽園を現出することに成功したにもかかわらず、ワーズワスはその後も『隠者』についての模索を続けていたことになる。しかし本人の意識とは裏腹に、『失楽園』に取って代わる、新しい主題が十全に展開されているのは『序曲』のみであり、これまで見てきたように、その特徴は『失楽園』への引喩（アリュージョン）によって浮彫りにされているのである。楽園の喪失をテーマとした『失楽園』に対し、『序曲』の核となる部分は、回想の世界において回復された楽園を歌ったと言えるだろう。

だが『序曲』のテクストはあるパラドックスをはらんでいる。それは、回想のなかの楽園は失われた楽園にほかならないということだ。この問題については稿を改め、第七章で検討したい。

第三章　ロマン主義とエンターテインメント

――ロバート・サウジー『タラバ、悪を滅ぼす者』をめぐって

序

ロバート・サウジー（一七七四－一八四三年）は長らく、他のロマン派の大詩人の陰に隠れてきた。彼はラディカルな反体制派から保守派に大きく変節したために、バイロンやハズリット（一七七八－一八三〇年）から強く批判された。特に桂冠詩人としてジョージ三世を追悼した詩『審判の夢』（*A Vision of Judgment*）（一八二一年）の序文で、暗にバイロンを批判したことで彼の逆鱗に触れる。バイロンによるそのパロディー『審判の夢』（*The Vision of Judgment*）（一八二二年）が諷刺詩の傑作であったために、サウジーはバイロンによって徹底的に虚仮にされた御用詩人という不名誉なイメージが定着してしまった。

サウジーは大変多作で、五つの長編詩を初め、数多くの作品を残したが、二〇世紀の終わりまでは、いくつかの短い抒情詩と散文の『ネルソン提督伝』(一八一三年)でのみ知られる詩人・作家だった。しかしポストコロニアリズムが興隆すると、ヨーロッパのみならず、中近東、インド、中南米におよぶ彼の長編詩の広い作品世界が注目されるようになる。それでもその芸術的評価ということになると、サウジーを遅れてきた二流の叙事詩人と見なす従来の考え方に大きな変化はないように思われる。[1]

彼の長編詩は歴史に取材した『ジャンヌ・ダルク』(一七九六年)、『マドック』(一八〇五年)、『ロデリック、最後のゴート人』(一八一四年)と、空想的な『タラバ、悪を滅ぼす者』(一八〇一年)、『ケハーマの呪い』(一八一〇年)に大別できる。このうちの後者、特に『タラバ、悪を滅ぼす者』については、叙事詩というより、二〇世紀に興隆し、現在も盛んに読まれているファンタジーの先駆的作品と見なすことができるのではないだろうか。この章では『タラバ』を取りあげ、この作品をファンタジーの原点として再評価することで、従来等閑視されてきたロマン主義のエンターテインメント的要素に光を当てたい。

また『タラバ』には詩の本文に対して、サウジー自身によるおびただしい注がついている。彼は作品を書くにあたってたくさんの資料を参照したが、注で出典を明らかにするだけでなく、律儀にそのテクストを引用した。文学のヴンダーカンマー(驚異の陳列室)とも言うべきこの自注は、詩の本文の単なる裏づけにとどまらず、メタフィクションの役割も果たしている。加えて注の断片性は、その背後に膨大な書物からなる豊かな世界が存在することを感じさせるのである。

I　作品の背景

『タラバ』は、イスラム教徒のアラブ人を主人公とする、全一二巻、約六千行の物語詩である。「運命の書」に、タラバの一族はドムダニエルの悪の魔術師の一味を滅ぼす、と書かれているために、かえって魔術師たちから命をねらわれる。父ホデイラと兄弟姉妹を殺され、母ゼイナブとおさなごのタラバだけが生き残る。やがて母も死に、孤児となったタラバは親切な老人モアスに拾われ、その娘オネイザと共に育てられる。成長したタラバは、悪を滅ぼすという自らの使命を悟り、父の復讐をするために旅に出、その途上で、ドムダニエルから次々と放たれる刺客の魔術師たちと戦う。

中東を背景にしたのは、一七、八世紀のオリエンタリストたちの旅行記や博物誌の影響による。厳格な伯母に育てられ、外で遊ぶことを禁じられたサウジーは幼い頃から本の虫だった。他方で、当時イギリスの交易の中心都市であったブリストルで生まれ育ったために、彼は異郷への憧れを抱くようになっていった。ドムダニエルの悪の魔術師は、ロバート・ヘロンが翻訳したアラビアン・ナイトの続編『アラビア物語』(一七九二年)から採った。その原典はフランス語で、作者はフランス幻想文学の創始者ジャック・カゾット（一七一九―九二年）と目されている。

サウジーは『タラバ』を構想する一方で、コウルリッジとの共作により、ムハンマドの生涯をテーマにした詩「モハメッド」を書こうとしていた。これは『タラバ』の注でも繰り返し引用される、ジョージ・セールによるコーランの英訳の序論（一七三四年）に触発されたものである。しかしコウルリッジが不熱心であったことに加え、サウジー自身が、シリアスな詩の主人公に、自分が信じていない宗教の教祖をすえることに内心の葛藤を覚え、この計画は挫折する[2]。

「モハメッド」とは異なり、『タラバ』は魔術師たちとの戦いを描いた活劇である。舞台をイスラム世界に設定したおかげで、タラバを一神教の神を信じ正義を求める若者として描きつつも、キリスト教の教義にとらわれずに奇想天外なストーリーを展開できたといえる。『タラバ』は宗教上の真理を問う作品ではなく、魔術の世界を舞台とした、エンターテインメントのファンタジーなのだ。

2　魔術のエンターテインメント化

魔術は、一七世紀前半まではイギリスでも広く信じられていた。魔女裁判が最も多かったのは一六四〇年代の内乱期である。だが王政復古後には下火になる。魔術の犯罪による最後の絞首刑が執行されたのが一六八四年、最後の有罪判決が一七一二年のジェイン・ウェナム事件であった。ハートフォードシャーの貧しい老婆ウェナムは、牧師館のメイドに呪いをかけたと疑われたのをきっかけに裁判にかけられ、有罪判決を受けるも執行猶予付きになる。そして一七三六年には魔術を罪とする法律が廃止された。これによって魔術は現実には存在しないことが公に認められたことになる。[3]

世紀が代わる頃から、人々の意識のなかで、事実と虚構がはっきりと区別されるようになってくる。文学の世界では、一八世紀は小説(ノヴェル)が興隆した時代だった。小説(ノヴェル)はフィクションでありながら、リアリズムを旨とし、現実に起こりそうな出来事を写実的に描くという点で、それ以前の伝奇物語(ロマンス)とは異なっていた。

一八世紀の後半になると、恐怖や怪奇を特徴とするゴシック・ロマンスが誕生する。これは、この頃主流になっていた小説(ノヴェル)に対し、現実に縛られずに想像力を働かせることでフィクションの持つ可能性を広げようとする動きと言え、その後のロマン主義につながるものである。

最初のゴシック・ロマンスとされるのが、ホラス・ウォルポール(一七一七―九七年)の『オトラント城』(一七六四年)である。ウォルポールは、この作品を世に問うことにためらいを感じ、変名を用いたうえに、自分は作者ではなく翻訳者であると偽った。初版の序文で彼は、中世イタリアを舞台とするこの作品はイングランド北部にあるカトリックの旧家で発見されたものだと述べる。その執筆年代はおおよそ一一世紀の終わりから一三世紀中頃と推定され、話の内容は「キリスト教の暗黒時代に信じられていたような代物」だが、言葉遣いや筋の運びに粗野なところはない。ただ、「今日ではこの作品はエンターテインメントとしてしか提供できないし、そうであっても何らかの弁解が必要である」と彼は言う。というのも、一八世紀の今日では「奇蹟、幻、魔術、夢その他の超常現象は伝奇物語(ロマンス)からも放逐され」ているからである。このように、魔術はもはやフィクションのエンターテインメントでしかないと彼は考えていた。[4]

『タラバ』は一般に叙事詩として扱われる。だがこの作品の初版の副題は「韻文によるロマンス」であり、むしろゴシック・ロマンスの系譜に位置づけられるべきだろう。事実サウジーはテイラー(一七六五―一八三六年)宛の手紙で、ベックフォード(一七五九―一八四四年)のゴシック・ロマンス『ヴァテック』(一七八六年)から着想を得たと述べている。[5] これは暴君のカリフ、ヴァテックが悪行の限りを尽くし、最後は永遠の刑罰を受ける話であるが、サウジーはそれを正義のヒーローが悪と戦う話に変えている。

3 「不信の中断」とファンタジー

従って『タラバ』はゴシック・ロマンスの流れをくんでいるうえに、魔術師が跋扈（ばっこ）する異世界を舞台に主人公が悪と戦うという、現代のファンタジーの要素を備えているのである。この物語詩のプロットは奇妙なまでに、『ハリー・ポッターと賢者の石』（一九九七年）と符合する。どちらの主人公も悪の魔術師に親を殺され、養父（母）によってその子どもと共に育てられる（ただしハリーの場合はいじわるな伯父夫婦に育てられ従兄弟にいじめられる）。やがていずれの主人公も、親のかたきを討ち、悪を滅ぼすという使命を得て旅立つ。J・K・ローリングが『タラバ』に着想を得たのか、偶然の一致であるのかは定かではないが、『タラバ』が、ヒロイック・ファンタジーの先駆的作品であることは明白であろう。ロマン主義の作品である『タラバ』において、このようなファンタジー的要素はどのように形成されたのか。

　コウルリッジは『文学的自叙伝』（一八一七年）で、自分の詩の創作原理を「不信の中断」という言葉を用いて説明した。彼は「超自然的な、あるいは少なくとも伝奇物語的（ロマンティック）な人物」や出来事を描くことを目指すが、その際に、読者を作品の世界に惹きつけて、その非現実性に不信感を抱かせないようにする必要があることを述べたのである[6]。

　この「不信の中断」は、現代人がファンタジーのような作品を読むときに取っている態度にほかならない。コウルリッジの作品で、この創作原理がよくあてはまるのは、本人も言及している「老水夫の歌」（一七九八年）や「クリスタベル」（一八一六年）である。いずれも六五〇行程度の物語詩だが、ファンタジーのエンターテインメント的要素を持っていると言えよう。そしてそれを叙事詩的規模で展開したのが『タラバ』なのである。

『タラバ』はほかにもファンタジーにつながる性質を備えている。主人公が目的を持って旅をする点で、この作品はスペンサーの『妖精の女王』（一五九〇、九六年）以来の探求物語（クエスト・ロマンス）に属する。ハロルド・ブルームはロマン派の特徴として探求物語（クエスト・ロマンス）が内面化されたことを指摘したが、[7]『タラバ』は内面化されていない。タラバはバイロニック・ヒーロー（バイロンの物語詩の主人公）のように深い内面の葛藤を抱えることはなく、魔術師たちとの戦いを経て成長していくものの、それはワーズワス『序曲』のサブタイトルにある、想像力に関連した「詩人の魂の成長」とは異なる。

この作品のプロットを構想するにあたって、サウジーが取り入れたのが、イスラム教の根本にあると彼が考えていた「宿命論」である。彼はテイラー宛の手紙で、「宿命論はイスラム教の土台です。ゆえにイスラムのヒーローは運命の力のもとで行動することになっていたのです」と述べている。[8]悪を滅ぼすことを目指した探求の旅の途中で何度もタラバは窮地に陥る。だがドムダニエルの魔術師たちは「運命の書」に記されていることを一文字たりとも変えることはできず、[9]目的を遂げるまでタラバが敗れることはない。純文学の観点から言えば、他のロマン派の作品に比べて浅薄であると批判できようが、『タラバ』は現代のいわゆるヒーローもののエンターテインメント作品に定番となっているパターンを備えており、その原点とも言うべき作品なのである。

しかし『タラバ』は決して単純な物語ではない。タラバは悪を滅ぼすという使命を帯びてドムダニエルを目指すが、彼にとって旅の目的は父のかたき討ちでもあった。にもかかわらずタラバは結局かたきを討つことをしない。彼はドムダニエルに着く前に父を殺したオクバに出会うが、オクバはタラバに宿を提供した、純真無垢な乙女ライラの父親であることが判明する。オクバがタラバを刺し殺そうとしたとき、ライラはあいだに割って入って命を落とす。娘を殺してしまって悲嘆に暮れるオクバを最終的にタラバは許すことになる。実はオクバは「運命の書」にホデイラの一族により自分たちが滅ぼされると書いてあったことを知って、娘だけは守ろうと人里離れた場所に隔離し、魔法で誰も近づけないようにしていた。しかしタラバは「運命」によってライラと出会ってしまう。

このようにこの物語詩では、愛や許しといったテーマも見られ、また意外なストーリー展開に力点が置かれている。都合のいい偶然があったり、死んだはずの悪者が実は生きていたりするなどプロット上の難点はあるが、それもエンターテインメントとしてみれば、話を面白くするためのテクニックと言えるだろう。

4　ヴンダーカンマー（驚異の陳列室）としての自注

ピーコック（一七八五—一八六六年）は『四つの詩の時代』（一八二〇年）で、サウジーの創作態度を評して、次のように言う。

サウジー氏は長ったらしい旅行記や昔の年代記を渉猟し、そこから入念に、なべて虚偽のもの、無用なもの、ばかげたものを、本質的に詩的であるとして選び出す。そして備忘録が奇怪なものでいっぱいになるとそれをつないで叙事詩にするのだ。[10]

このようにピーコックはサウジーを批判するが、この言葉がサウジーの長編詩の特徴をよく表している。彼は膨大な備忘録を作り、そこから作品を紡ぎ出すと共に、もとのテクストをそのまま自注に引用した。年代記が『ジャンヌ・ダルク』のような歴史物に使われる一方、『タラバ』と『ケハーマの呪い』のファンタジー的作品では、博物誌（旅行記のなかの博物誌的記述も含めて）を典拠とすることが多い。

さまざまな文献の寄せ集めからなる自注は、ヴンダーカンマー的と言える。[11] ヴンダーカンマーとは王侯貴族や資産家が珍しい物品を収集・展示した部屋で、一六世紀から一八世紀にかけて盛んに作られ博物館の前身となったものである。博物館が、収集した資料を科学的に分析・分類するのに対し、ヴンダーカンマーが体現するのは古いタイプの博物学で、プリニウス（二三－七九年）以来の驚異的なものへの関心と言える。たとえば博物学者のアルドロヴァンディ（一五二二－一六〇五年）がボローニャ大学に創設したヴンダーカンマーには、たくさんの標本や絵が集められたが、そのなかには怪物や架空の動物の絵も含まれていた。[12] それは啓蒙主義以前の、フィクション・ノンフィクションの区別を意識しないメンタリティーの産物と言えるが、サウジーは両者の区別を意識しつつ、種々の資料を物珍しさという観点から作品に取り入れている。

従ってこの自注は単なる出典の明示ではない。注自体が、博物誌の宝庫の様相を呈して自己主張し、本文と等価と言ってよいほどの読み物となっているのである。詩の本文では善と悪の戦いを描く壮大な物語を展開しつつ、サウジーは啓蒙主義を経た当時の視座から、滑稽でばかばかしいと思われる逸話を好んで注に引用する。それによって注にメタフィクションの役割を担わせ、本文が「不信の中断」をして読むべきテクストであることを示すと共に、読者にコミック・レリーフ（笑いによる息抜き）を提供する。かと思うと実際の旅行記を注に引用しつつ、それを魔術の世界を舞台とする本文のプロットに効果的に取り入れて両者の違いを浮彫りにし、詩人・物語作者としての技を読者に見せつける。以下、具体例によって『タラバ』の本文と注の関係を検証したい。

タラバはベドウィン族の老人モアスに拾われ、その娘オネイザと実の兄妹のように育てられるが、やがてふたりが思春期を迎えると、オネイザがタラバに恋心を抱くようになる。サウジーはオネイザの熱い視線の比喩として、ダチョウの親鳥がまなざしだけでひなを孵（かえ）すという言い伝えを用いる。

明るい月がタラバの顔を照らす一方で
オネイザのいるところが暗がりになるようなとき、
彼女のまなざしは、言い伝え（fables）にあるように、
ダチョウの母鳥が卵を見つめるときのようだった、
ダチョウはその強い愛情で
命の火をともすという。
そんな深く息をも飲むようなやさしさで、
オネイザは気持ちを若者に集中し
熱いまなざしで見つめて身じろぎひとつしなかった。
ただ目に涙がいっぱいたまって
彼の姿がぼやけると
彼女はあふれる涙をさっとぬぐうのだった。

（第三巻　三二八―三九行）

この一節への自注にサウジーはヴァンスレーブの『エジプトの現状』（一六七八年）から、ダチョウについての逸話を引用する。[13] ある古いアラビアの写本によると、ダチョウがひなを

孵すときは、ほかの鳥のように卵を抱かず、雄と雌が協力し、まなざしの効果だけで孵すという。どちらかが餌を探しにいくときは、残ったほうがじっと卵を見つめて相手の帰りを待つ。このように交替しながら卵を見つめ続けるのだが、それが一瞬でも途切れたらたちまち腐ってしまう。この引用のあとにサウジーは、「これは創造主の絶えざる配慮の象徴であると言われている」と述べている。

詩の本文で「言い伝え・作り話」(fables) と言っていることから、サウジーが注に引用した話を事実と認めていないことがわかる。注で、親鳥の愛を示すダチョウのまなざしの逸話を紹介し、それが神の愛の象徴であるとコメントしているが、詩の本文では、それを恋愛感情の比喩に用いている。そのいささか強引な関連づけを見ると、本文の補足や典拠の明示のために注をつけたというより、注で紹介したい面白い文献があるので詩の本文で言及したのではないかと思われる。

注が本文の補足を超えて、博物誌的読み物になっている典型例が宝石についての記述だ。魔術師のアブダルダールは、タラバを殺すため、旅人を装ってモアスの天幕に来るが、天罰が下って死んでしまう。死体の手に、宝石のついた指輪がはめられていることにタラバが気づくと、モアスが宝石には、毒を感知する、魔術から身を守ってくれる、埋もれた財宝をあらわにするなど、さまざまな効力があると話す(第三巻　四五―五七行)。タラバはアブダルダールの指輪を身につけることにする。

注では「『宝石の鑑』から、宝石について、かつて広まっていたばかげた考えをいくつか拾ってみよう」と言い、カミルス・レオナルドゥス（カミッロ・レオナルディ）の『宝石の鑑』（英訳一七五〇年、原著一五〇二年）を引用する。[14] それによるとアレクトリアは水晶のような色の石で、持っていると姿が消えたり、妻を夫の目に好ましく見せたりするばかりか、失った王国の回復やよその領土の獲得にも役立つという。ヒキガエルの体内から採れるボラックスには、抜群の解毒作用がある。毒を飲んでしまった者に、この石を飲み込ませると「石は体内を下り、腸内をめぐって、腸に宿るすべての毒気を駆除する。そのあと肛門から排出されるのでまたとっておくことができる」。富を増し、名誉が得られ、予知能力が授かるコーヴィアの入手方法は独特だ。四月一日にカラスの巣から卵を採り、固ゆでにしてもとに戻す。カラスはそれに気づくと、この石を求めて遠くに飛んでいき、見つけたら巣に戻ってくる。「卵が石に触れると卵は生（なま）になり、ひなが孵るのだ。石は即座に巣から奪い取らねばならない」。

タラバは、アブダルダールの魔法の指輪をはめているおかげで魔術師ロバーバから危害を加えられずにすんだり（第四巻 一九二―九六行）、また魔術師モハーレブから挑発されると指輪を投げ捨て、素手で戦って相手を倒し、それによって魔法に頼らない真の信仰を持っていることを証明したりする（第五巻 四四三―五一五行）。このように指輪の宝石の効力は物語の展開に大きく関わっているが、注に引用された、それに関するばかばかしい話は、本文の信憑性を否定するメタフィクションと、コミック・レリーフの役割を担っている。

この本文の信憑性の否定と笑いの要素は第九巻末尾から第一〇巻にかけて登場する、毒の木ウパス（第一〇巻 二行）についての注にも見られる。サウジーは、この木についての「作り話」（fiction）はエラズマス・ダーウィン（一七三一－一八〇二年）の『植物園』（第二部、一七八九年）の記述でよく知られているので繰り返すまでもないとしつつ、水でうすめた人糞を大量に飲むとたちどころに毒は消えるという一三、四世紀のフランチェスコ会修道士オドリクス（オドリコ）の説[15]を紹介している。詩の本文は、キリスト教徒の青年の残酷な公開処刑に熱狂する群衆に天罰が下り、人々が滅んで、死のウパスの木が生えてくる、という凄惨な場面だが、（民話などによく見られる）素朴で野卑な笑いを誘う注の糞尿譚が、いわばその毒消しをしている。

以上三つの例を挙げたが、ほかにも、博物誌に関連した珍妙な話が多数集められていて枚挙にいとまがない。『タラバ』の注は文字テクストによるヴンダーカンマーの様相を呈しているのである。

高山は、『幻想博物誌』（一九七九年）、『ドラコニア綺譚集』（一九八二年）、『私のプリニウス』（一九八六年）等、澁澤龍彥（一九二八－八七年）の博物誌的著作を評し、それらは、「書物が起承転結や序破急を経てある目的（エンド）／終わりに収斂しなければならないとする書物観、知識観を原理的に嗤（わら）う」と言う――「何をどういう順序で扱おうとかまわない。どこかへ行きつく必要から解放されたとき、人間の想像力がいかに奔放、猥雑に働くものか。博物学的知はそれを見せ、それを愉しむ[16]」。

高山が評価する、目的・結末から解放された、気ままな知の散策は、『タラバ』の注にもそのままあてはまるだろう。ただ『タラバ』の場合は、本節冒頭で紹介したピーコックの言葉にあるようにこの注を本文がつないでいる。

この物語詩の本文は、終着点である結末を目指して疾走し、時間的、終末論的である。常に次の展開と結末を意識させる点で、現代のエンターテインメント作品に通じる要素を持っている。読者はタラバと共に、復讐の旅に出、最後にドムダニエルの悪の巣窟にたどり着くことになる。その一方、注は空間的、ヴンダーカンマー的である。読者は気が向けば、注ごとに途中下車して多種多様な綺譚に触れることができるのだ。

ただし、注も文字テクストである以上、読み進めながら理解する必要があり、時間性・ストーリー性を完全に免れているわけではない。第四巻五〇八行目の注は、探検家のジェイムズ・ブルース(一七三〇-九四年)がヌビア砂漠で遭遇した竜巻の描写の引用で、空間的であると同時に特に時間性を帯びたテクストと言える。

広大な砂漠の、さまざまな距離のところに、たくさんの途方もない砂の竜巻が見え、ブルースの一行は「世界で最も壮大な景色を前にして、驚きおびえた」という。それらはものすごい速さで動くかと思えば、ゆっくり堂々と進んだりする。何度も彼らは、あっという間に竜巻がやってきて飲み込まれてしまうのではないかとの思いに駆られる。あるときは一一個もの竜巻が、彼らから約三マイルの距離に連なったという。風が吹いて離れていったが、竜巻が残していった印象は、恐怖に驚嘆・驚愕が入り交じり名状しがたいものだった。逃げようと思っても無駄だったので彼はその場に釘づけになって立ち尽くしていた。別の日にも同様の姿の動く砂の柱が現れた。何度か彼らのほうに近づき、二マイル以内のところまで来ていたと思うと言う。「日が昇るとすぐに発生して、深い森のようにほとんど日を陰らせた。日の光は一時間近く砂の柱を通して射し、それらは火の柱のように見えた」。そのとき、彼の従者たちはパニックに陥り、「審判の日が来た」、「地獄だ」、「世界が火に包まれた」などと叫んだ。

この真に迫った竜巻の描写は、現代なら映像で示すこともできようが、ヴンダーカンマーでは再現できない。ここに文字テクストの長所があると言える。

注に引用されたブルースの記述は、詩の本文に効果的に取り入れられている。魔術師のロバーバが竜巻を起こして、タラバに対し指輪の魔力でそれを止めてみよと挑発したり、竜巻から逃れるために魔法の車に一緒に乗るよう誘惑したりする。タラバが拒絶すると、ロバーバは彼を置き去りにして飛び立とうとするが、神の罰が下り、自ら起こした竜巻に巻き込まれて死ぬ。

砂の柱が何本も近づいてきていたのだ、
燃えるような光を発して赤々と、

まるで火のオベリスクのように
風に追い立てられて突進してくる。
逃れるすべをどんなに考えても無駄だろう！
（……）
「もう一度自分の危険を考えよ！」彼は叫んだ、
「私と共にこの車に乗れ、
そうすれば思いを馳せるその速さで
砂漠の果てを越えられる」。
タラバは怒って答えなかった、
するとなんと！　魔法の車が動き出した！
聞け！　聞け！……叫んでいる……ロバーバが叫んでいる！
あわれな奴、
砂漠を迫りくる恐怖の竜巻を起こしたのは
自らの頭上に呼ぶためだったのか？
死だ！　死だ！　不可避の死だ！
神の息吹に吹かれ
砂漠の柱は彼の行く手へ突進した。

（第四巻　四九九―五〇二、五五七―六九行）

サウジーの注はブルースの記述[17]から冗長な部分を省き、より緊迫した描写になっているが、その迫力ある竜巻の描写が、詩の本文において、タラバの危機一髪とどんでん返しというプロットに活かされ、注と本文が密接に結びつきながら、それぞれが面白いテクストとなっている。

このように『タラバ』の注は、単に本文を補足する普通の注ではない。両者は複雑にからみ合いながら、本文は奇想天外なファンタジーとして、注は博物誌の宝庫としてそれぞれが興味深い読み物となっている。注は虚実取り交ぜた驚異の世界を描くと同時に本文に対するメタフィクションの役割を果たし、詩の本文が「不信の中断」をして読むべきフィクションの世界であることを意識させる。また、ナンセンスな笑いの要素を提供することで、不信を完全にはぬぐえない読者の批判的なまなざしを和らげる効果も持っている。

5　断片としての注

コウルリッジの「クブラ・カーン」〔補遺5〕は、『タラバ』とはジャンルも長さも全く異なるが、『タラバ』と共通するイメージの多いことが指摘されている。サウジーとコウルリッジは、共に理想の共同体「パンティソクラシー」の建設を目指した同志だった。この計画は挫折するも、運動の過程でコウルリッジはサウジーの婚約者の姉と知り合い、それぞれ結婚するなど、非常に近い関係にあった。ふたりは「モハメッド」共作には失敗したものの多くの情報を共有し、互いに切磋琢磨して創作に励んだ。そこからそれぞれの詩人としての特性を活かした『タラバ』と「クブラ・カーン」が生まれたと考えられる。[18]

コウルリッジは一八一六年「クブラ・カーン」を出版するにあたって序文をつけ、この詩が「断片」であると主張している。それによれば、彼は鎮痛剤の効果で眠り込み、非常にリアルな夢を見た、目覚めるなりそれを詩にしようとしたが、来客があって応対に手間取っているうちに、夢の記憶がほとんど消えてしまい、わずかに書き留められたのがこの詩である、という。[19] この序文の信憑性については疑義が持たれており、その問題については次章で検討するが、コウルリッジの主張に従って、この詩を断片ととらえるならば、断片ゆえに、それが垣間見せる大きな広がり、理性で把握しきれない形而上的な全体を予感させることになる。[20] これに対し、『タラバ』の詩の本文では完結したストーリーが提供される。最後にタラバは、悪の権化たる生きた偶像を倒してドムダニエルを滅ぼす。と同時に、自らも命を落とし、先に不慮の死を遂げたオネイザに天国で迎えられる。読者はこの結末にカタルシスを覚えるが、『タラバ』の物語は現実離れした異世界の枠のなかに閉ざされている。それゆえ「クブラ・カーン」がロマン主義を体現する幻想詩として評価されるのに対し、『タラバ』には二流の叙事詩というレッテルが貼られてきた。それを叙事詩とはジャンルの異なるファンタジーの先駆的作品として再評価すべきである、というのが本章の第一の主張だったが、注に着目するとそれだけにとどまらない。

前節で『タラバ』の注の役割について述べたが、注の特徴としてもうひとつ、そのほとんどが既存の文献の抜粋であるという点に注目したい。注は断片の集積なのだ。引用された、オリエンタリストたちの文献の抜粋はそれ自体がエキゾチックであることに加え、その断片性によって読者の好奇心を一層かき立てる。それは「クブラ・カーン」のように形而上の世界を予感させることはないが、注に引用されたさまざまな文献の抜粋から、読者は掲載されていない部分に思いを馳せることになり、広大な書物の宇宙を感じ取る。遠いもの、容易に手に入らぬものへの憧れがロマン主義の特徴だが、『タラバ』の注もその特徴を備えたテクストなのである。

第四章　「クブラ・カーン」における楽園のイメージ

序

コウルリッジの幻想詩「クブラ・カーン」(一七九七、九八年執筆)〈補遺5〉に描かれた謎めいた風景は、読者を惹きつけると共に困惑させる。この詩の第一連には楽園的な風景が描かれるが、第二連では楽園とは相容れない荒々しい光景が展開する。またザナドゥ(中国の上都)を舞台としながら、アビシニア(エチオピア)の娘への言及があったり、「アマラ山」という架空の地名が出てきたりする。この不統一性は、この詩がいろいろなテクストからイメージを借用していることからきていると思われる。「クブラ・カーン」の材源については、ローズの詳細な研究『ザナドゥへの道』(一九二七年)以来、さまざまなテクストが指摘されてきた。この詩に特有の不思議な光景は、多様な文献から拾ってきた別々のイメージが合わさることで生まれたと考えられる。本章では最初にミルトンの『失楽園』の影響を論じ、続いて、サウジーの『タラバ、悪を滅ぼす者』、パーチャス（一五七七頃－一六二六年）やブルースの旅行記との関連を考察する。材源となったテクストとの比較により、「クブラ・カーン」の複雑で曖昧な風景には、伝統的なエデンの園の表象に加え、異教的なイメージや偽りの楽園のイメージも含まれていること、そしてこの作品がキリスト教神話の世界観が崩れ去ったあとの時代の産物であることが明らかになるだろう。またこの作品は断片であると序文にあるが、断片であることの意味は何か、断片であるがゆえに形而上的な全体を暗示しているのか否かについて最後に考察したい。

I　ミルトン『失楽園』

コウルリッジは「ミルトン覚え書き」で『失楽園』におけるエデンの園の描写を評して、「楽園そのものの描写において（……）（ミルトンの）描写力が最大限に発揮されている[1]」と高く評価した。『失楽園』のエデンの園は次のように描かれている。

エデンを通って南へとひとつの大きな川が、
川筋を変えずに流れているが、鬱蒼とした丘に達したところで

地下に吸い込まれる。これは神がその山を
持ち上げ、己の庭園の築山として
急流の上に据えられたからだ。そうやって地下に潜った水脈は、
自然の渇きに応じて吸い上げられ、
清冽な泉となって噴出し、多くの小川となって
この園を潤していた。（……）
（……）
そのサファイア色の泉から、幾筋もの小川がさざ波を立て、
きらめく真珠と黄金の砂を川床に、
こんもりと垂れさがった木陰をぬってうねうねと
神酒（ネクタル）さながらに流れ、一本一本の木を訪れ、
楽園にふさわしい花々を育んでいた。

（第四巻 二二三―三〇、二三七―四一行）

このようにエデンの園自体は美しい場所だが、それは丘の上にあり、その「グロテスクで荒涼とした」（一三六行）山腹は「杉、松、もみ、枝を広げた棕櫚」（一三九行）で覆われている。人類を堕落させるべく楽園を目指したサタンはこの「険しく荒々しい（savage）丘」（一七二行）

を登ってエデンの園への侵入に成功することになるが、「美しい楽園」（一三二行）を守るために周囲に荒々しい自然が配置されていたのである。

「クブラ・カーン」のザナドゥでは「聖なる川アルフ」が「洞窟をくぐり」（三―四行）、「くねくねと流れる、幾筋もの小川で輝く庭園があり、たくさんのかぐわしい木々が花を咲かせて」いる（八―九行）。他方、杉に覆われた緑の丘には深い亀裂が走り、そこを「荒々しい（savage）場所だ！」と語り手は言う（一二―一四行）。そしてこの亀裂からは「力強い噴泉が刻々と噴き出して」いる（一七―一九行）。ザナドゥの美しい景色と荒々しい景色のいずれにも『失楽園』の影響を見て取ることができるだろう。

しかし「クブラ・カーン」では、美しい庭園と、杉に覆われた荒々しい丘の位置関係が、『失楽園』のように明確ではない。また『失楽園』のエデンの園では地下に潜った川が「泉となって噴出し、多くの小川となって」園を潤すのに対し、アルフ川は、丘の亀裂から間欠泉として噴き出て、森や谷を抜けて流れたのち洞窟に至り、「生き物の棲まぬ海に轟々と音を立てて沈ん」でいく（二八行）。庭園を流れている複数の小川は、アルフ川の支流と思われるがはっきりとしない。またコウルリッジは温泉の噴出と火山の噴火を混同しており、丘の亀裂から間欠泉と共に岩のかけらも飛び出しているが、火山の噴火は『失楽園』では、地獄を描写する際に比喩として用いられている（第一巻 二二七―三七行）。このようにコウルリッジはザナドゥの風景描写において、『失楽園』にあるイメージを脈絡なくつなげているのである。

語り手である詩人のミューズとして第四連に唐突に出てくる、ダルシマーを奏でながらアボラ山のことを歌うアビシニアの娘も『失楽園』の複数の箇所に典拠を求めることができる。『失楽園』においてダルシマーは、神が天地創造を終えたとき、その御業を称えて天使たちが奏でる楽器のひとつである（第七巻 五九六行）。一方、アボラ山の由来については諸説あるが、有力な説として『失楽園』第四巻の「アマラ山」から採ったとするものがある。[2] アマラ山は「アビシニアの王たちが、その子らを保護したところ」で、「これこそ本物の楽園だと思っている者もいる」（二八〇―八二行）が、エデンの園にはおよばないという。アマラ山はエデンの園の優越性を強調するために引き合いに出された偽の楽園のひとつなのだ。従って、アビシニアの娘には神を讃美する天使と同時に、偽の楽園を歌う怪しげなミューズという両義的なニュアンスが生まれる。

以上のように、「クブラ・カーン」のザナドゥの美しい風景と荒々しい風景、第四連の「ダルシマー」「アボラ山」「アビシニア」はいずれも『失楽園』と関連づけることができる。しかし『失楽園』では、「神の摂理を証する」（第一巻 二六行）というその目的に照らして、肯定的なものと否定的なものに振り分けられていたこれらのイメージが、「クブラ・カーン」では渾然一体となっていて混沌とした印象を与えるのである。

2　サウジー『タラバ、悪を滅ぼす者』

第三章でも述べたが、「クブラ・カーン」と強い関連を持つ文学作品として、『失楽園』のほかにサウジーの物語詩『タラバ、悪を滅ぼす者』がある。『タラバ』第五巻では、主人公のタラバが、堕天使のハールートとマールートに会って護符を得るためバビロンに行く。語り手は、バビロンが廃墟と化したことを嘆くくだりでダルシマーに言及する。

町は滅んだ、
あまたの都市の女王、バビロンは滅んだ。
（……）
ダルシマーやリュート、
コルネット、サンブカ、ハープ、プサルテリウムの音色に合わせ、
アッシリアの奴隷たちがひれ伏した
黄金の像はいまいずこ？

（一二六―一二七、一三五―一三八行）

ここは旧約聖書の「ダニエル書」で、ネブカドネツァル王が黄金の像を造り、奉納式でダルシマーその他の楽器が奏でられたら、ひれ伏して像を拝むよう命じたくだり（第三章一―七節）を踏まえている。『失楽園』でダルシマーは、天使たちが神を称えて奏でる楽器になっているが、もともとは異教の偶像崇拝に関連する楽器だったのである。前節で「クブラ・カーン」のアビシニアの娘の両義性を指摘したが、彼女が奏でるダルシマーも両義的なニュアンスを持っている。

タラバはバビロンの廃墟から、案内役（実は悪の魔術師モハーレブ）に導かれて、堕天使たちが閉じ込められている洞窟に至る。その無気味な様子は「クブラ・カーン」の光景とよく似ている。

そこに洞窟があり、そこから勢いよく、
絶え間なく轟きながら
黒い瀝青が流れ出ていた。
（……）
洞窟に少し入ったところにも
月光は射して、音をたてて湧き出る

黒々とした流れに光沢を与えていた。
月光は少し入ったところまで照らしたが、そこで岩が
アーチ状の入り口をなしていて、その奥は道が曲がりくねり、
暗くて目に見えぬ深みとなっていた。
魔法の呪文による能力が与えられなかったら、
人の目では
この恐ろしい深みを見通すことはできなかっただろう。
おどろおどろしい奔流の轟きに交じり、
しばしば悲鳴が、そして荒々しい叫び声が聞こえ、
真夜中にひなを抱く鷲も、
おびえて巣から飛び立つほどだった。

（二五五―五七、二六四―七六行）

「クブラ・カーン」ではアルフ川が「人には計り知れぬ」（四行）洞窟をくぐって流れているのに対し、ここで洞窟を流れているのは瀝青の川で、より超自然的な光景となっている。[3] しかし「人の目」では見通せないその「恐ろしい深み」も、魔法の力で見ることができ、タラバとモハーレブは洞窟のなかを進んでいく。「クブラ・カーン」と異なり、『タラバ』では読者が

「不信の中断」をしていったん物語の世界に入れば、そのなかでは整合性のある独自のシステムが成りたっている。たとえば「奔流の轟き」に交じって聞こえる「悲鳴」や「荒々しい叫び声」は、「クブラ・カーン」で、アルフ川が海に注ぐ「轟音のなか」にクブラが聞く「戦争を予言する先祖たちの声」（二八―三〇行）を想起させる。だが「クブラ・カーン」においてはなぜここでクブラに先祖たちの声が聞こえるのか説明がないのに対し、タラバの聞いた悲鳴と叫び声は、洞窟の番人ザッハークが挙げていたことが判明する。ザッハークは悪行を犯したために、両肩から蛇が生えるという刑罰を受けており、蛇が頭に食らいつくのを防ぐためにその首をつかんで握りつぶしたり、爪で肉をさいたりしている。その痛みを自ら感じて苦悶の叫びを挙げているのである（第五巻 三三六―五一行）。

第六巻・第七巻は、タラバが、魔術師アロアディンが築いた「罪の楽園」（第七巻 二五六行）に入り、アロアディンと共にその偽りの楽園を滅ぼす話である。この楽園の特徴はエデンの園と異なり、立派な建造物が建っていることだが、それは「クブラ・カーン」のザナドゥに「歓楽の館」が造営されていることと共通している。

タラバが不思議な道をたどって見つけたのは
大昔に失われた地上のエデンだったのか？
だが地上のエデンには

テラスのある御殿（ごてん）も、
織り込まれた金がまばゆい、豪華な大天幕もなかったが、
この谷では、それらが
かぐわしい木立のなかに誇らしげに建っていた。

（第六巻 二〇五―一一行）

シュナイダーは特に、「クブラ・カーン」で歓楽の館の影が「川の中程の波間に浮かぶ（Floated midway on the waves）」（三一―三二行）という表現が意味をなすのなら、『タラバ』に出てくるような、建物と一体になった橋の影が川の水面に映えている様子の描写と考えられると言う。[4]

まっすぐな堂々たる橋があり
長いアーチがとうとうと流れる川にかかっていた。
夕暮れの中にあってもくっきりと、その影は
鏡のような水面に映えていた。そして彼の目は
橋が、その基礎をなす建物と一体となっていて、
巨大で風変わりな建造物をなしているのをとらえた。近づくと、
眼下の橋の部屋から、大きな音で

酒盛りのさざめきと歌が聞こえてきて、
ヴェールを取った女たちが、進みゆくタラバに声をかけ
一緒に楽しもうと誘うのだった。

（第六巻　三八〇―八九行、傍点筆者）

「堂々たる（stately）」という形容詞は「クブラ・カーン」の二行目「堂々たる歓楽の館（ドーム）」にも用いられている。右の引用の最後の二行は、この建物が娼館であることを示している。「クブラ・カーン」の「歓楽の館」も同様の意味合いを持ちうるが、はっきりとそのようには書かれていない。一方『タラバ』の「罪の楽園」ではセクシュアリティーが強調されている。

ほどなく女たちの一団が並んで舞を舞い
足首につけたブレスレットの鈴が
動きに合わせて音を奏でる。
透きとおる衣装が、むさぼるようなまなざしにさらす
娼婦の肢体は、
くねくねと動いて、さまざまなみだらな動作にたけていた。

（第六巻　三五三―五七行）

「罪の楽園」のもうひとつの特徴は、それがアロアディンの魔術によって造られたもので、悪霊たちが棲んでいるということだ。タラバがアロアディンを倒すと、この偽りの楽園は「呪われた霊たちの叫喚のうちに」滅び、「やがて大地は静まり、悪霊たち（Demons）の叫喚も」止む（第七巻 二五四―五八行）。一方、「クブラ・カーン」では、語り手の詩人がもし霊感を得たなら、神がかった霊媒師のように恐れられるであろうことが述べられるが（四九―五四行）、魔術も悪霊も登場しない。その代わり「魔物の恋人（demon-lover）を慕って泣き叫ぶ女」（一六行）という表現が、亀裂の入った緑の丘の妖しい雰囲気の比喩として用いられている。

第三章で論じたように『タラバ』は、奇抜なストーリーの面白さに力点を置いたエンターテインメントのファンタジーで、宗教叙事詩の『失楽園』とは異なる。だが現代の多くのファンタジー同様、『タラバ』も善と悪との戦いをテーマとし、その内容は教訓的である。第五巻で、悪の魔術師モハーレブを倒し、護符を求めてやってきたタラバに対し、堕天使のハールートとマールートは、タラバはすでに護符を持っており、それは彼の信仰心であると告げる（五一四―一五行）。第六巻、第七巻でタラバは、愛するオネイザを思ってみだらな誘惑を退けると、偶然にも拉致されて「罪の楽園」に連れてこられ性奴隷にされかかっていたオネイザに遭遇し、彼女を助ける。そしてふたりで力を合わせて「罪の楽園」を滅ぼす。これに対し「クブラ・カーン」には、そのようなわかりやすい善悪の対立や教訓、ストーリー性は見られない。

3　『パーチャスの旅行記』その他

第三章でも触れたが「クブラ・カーン」が一八一六年に出版されたとき、コウルリッジは序文をつけて、この詩が生まれた経緯を説明している。彼は一七九七年夏、体調を崩して引きこもっていた田舎家で、気分が優れなかったので、鎮痛剤を飲み、そのまま眠り込んだ。そのとき読んでいたのが、『パーチャスの旅行記』（初版一六一三年）のなかの、クビライ汗（一二一五―九四年）が宮廷の建設と庭園の造営を命じたくだりだった。眠っているあいだに、非常にリアルな夢を見、目覚めるなりそれを詩にしようとした。ところがあいにく来客があり、応対に手間取っているうちに、夢の記憶がほとんど消えてしまい、わずかに書き留められたのがこの詩である、というのだ。当該の『パーチャスの旅行記』の記述は「クブラ・カーン」の冒頭ととてもよく似ている。

> ザムドゥ（原文ママ）にクビライ汗は堂々たる宮殿を築き、一六マイル四方の平原を城壁で囲った。そこには肥沃な草原、気持ちのよい泉、喜ばしい小川があり、また狩りの獲物となるあらゆる種類のけものがいた。そのまんなかに壮麗な歓楽の家があり[5]（……）。

れている。[6] サウジーは、『タラバ』第七巻二五六行目の注に『パーチャスの旅行記』からアロアディンの偽の楽園のエピソードを引用しているが、このくだりにも「クブラ・カーン」と共通する要素を見い出せる。それによると、アロアディンという老人が、ペルシア北東部の谷を囲い込んで、「ミルク、ワイン、蜂蜜、水の流れる小川、宮殿、豪華に着飾った美しい娘たちといった、自然と人工により産み出されうるありとあらゆるものを備えつけ、そこを楽園と呼んだ（……）。そして彼の宮殿に住まわせている若者たちに日々この楽園の快楽を説いた」。アロアディンは、時々若者たちに睡眠薬を飲ませてそこに運び込み、四、五日楽しませたあと、再び昏睡させて外に連れ出した。若者たちは、もう一度その楽園に戻りたいがために、アロアディンの暗殺命令に従ったという。『パーチャスの旅行記』はパーチャス自身の見聞によるものではない。当該の記述はマルコ・ポーロ（一二五四―一三二四年）の『東方見聞録』から引いたもので、一一世紀から一三世紀にかけて、十字軍指導者などを暗殺したアサシン派の活動を伝説化したものである。[7] サウジーは『パーチャスの旅行記』に加え、同内容の話をオドリクスとマンデヴィル（一三〇〇頃―五七年以降）からも引用している。[8]

注目すべきことにアロアディン（オドリクスでは「山の老人」、マンデヴィルではガトロナベス）の偽の楽園のエピソードと、コウルリッジによる「クブラ・カーン」序文は同じパターンを有している。睡眠薬を飲まされて偽の楽園に連れてこられた若者は、快楽を味わい、再び眠らされて外に出される。若者は楽園に戻ることを希求し、アロアディンの命令に従う。序文では、著者が薬の影響で眠っているあいだに見た、おそらくはクブラの宮殿と庭園についてのヴィジョンが失われたことを嘆き、それを取り戻したいと願うのである。序文の内容の信憑性についてはかねてより疑念が持たれてきたが[9]、アロアディンのエピソードをもとに創作された可能性が高い。

加えて「クブラ・カーン」最終連の語り手の詩人も、アロアディンに仕える若者に似ている。詩人はかつて見た、ダルシマーを弾くアビシニアの娘のヴィジョンをよみがえらせたいと願い、もしその願いがかなったら、楽園の快楽を味わった者として恐れられるのだ[10]。

語り手の詩人の原型が偽りの楽園に憧れる若者ならば、アビシニアの娘の原型はそこに住む「美しい娘たち」その他の者たちに求めることができよう。サウジーが注に引用しているマンデヴィルによれば、ガトロナベスは、この楽園に美しい娘たちや少年たちを集め、黄金の衣装をまとわせて、彼らは天使であると言ったという。そして彼は（刺客にする）騎士たちのために、高い塔のなかからさまざまな楽器を奏でさせ、奏でているのは神に仕える天使たちだと話した。そして騎士たちに、もし私の指令に従った結果、命を落としたら、おまえたちは私の楽園に来て、そこでこの娘たちと同じ若さを保ち、彼女たちと戯れるのだ、と言った。『パーチャスの旅行記』には楽器の演奏については言及がないが、やはりコウルリッジが読んでいた、その増補改訂版『ハクルートの遺稿、もしくはパーチャスの旅行家たち』（一六二四一二五年）にはアロアディンが偽りの楽園の宮殿に「歌と楽器の演奏、踊りにたけた見目うるわしい娘たちを置いて、想像しうる限りの戯れを男たちに仕掛け、喜ばせた」とある。[11]

このような記述が前節で引用した『タラバ』の「罪の楽園」に影響を与えたのは明白だが、「クブラ・カーン」の場合はどうだろうか。ダルシマーを弾くアビシニアの娘には、典拠となる資料から両義性があることを指摘したが、「クブラ・カーン」の文脈においては詩人のミューズであり、そこに卑猥なセクシュアリティーは感じられない。またそれに憧れる語り手の詩人が、アロアディンに仕える若者たちのように惑わされており、その楽園のヴィジョンは偽りである、とはっきり読み取ることもできない。しかし「魔物の恋人を慕って泣き叫ぶ女」(一六行)という比喩は、男女を入れ替えれば、美しい娘たちのいる偽りの楽園に戻りたがる若者たちと奇妙に符合し、「神々しく、魔法にかかったよう」(一四行)な場所に、欺瞞的なニュアンスを与える。パーチャスやマンデヴィルにある、アサシン派をめぐる伝説は、極めて複雑に変容し、「クブラ・カーン」の詩のテクストと序文に取り入れられているのである。

4　ブルース『ナイル探検』

過去のものに加え、コウルリッジと同時代の旅行記も「クブラ・カーン」の材源になっている。前章で『タラバ』の材源として取りあげたジェイムズ・ブルースの『ナイル探検』(一七九〇年）は、「クブラ・カーン」の重要な材源でもあると目されている。ローズは、ブルースの次のような描写と「クブラ・カーン」の類似性を指摘する。平野に達したナイル川は穏やかになるが、同時に「幾度も鋭く不自然に曲がりくねり、私の知るほかのどの川とも異なって、五マイル進むあいだに二十以上の鋭角の半島を造っていた」。「その堤は（……）黒々として暗く、密生した木々に覆われていた（……）。大変粗野で恐ろしい自然の相貌で、その覆いからライオンか、もっと荒々しく獰猛な野獣が飛び出てきそうな気配だった」。「気をつけろ、その水は悪魔崇拝者たちによって魔法がかけられている」（傍点筆者）[12]。

またローズは、『ナイル探検』のなかで最も劇的なシーンのひとつとして、残酷なアビシニア王のエピソードを引用する。そのなかに「クブラ・カーン」の「気をつけろ！　気をつけろ！　あいつのきらめく目、あの風になびく髪」（四九―五〇行）を想起させるくだりがある。馬に乗る王の姿が「長い髪を顔のまわりになびかせ、頭をマントというか薄い木綿の外套にくるんでいたので、目だけが見えた」[13]と描写されているのだ。この髪と外套が木の枝にひっかかって、王は外套を脱ぎ捨てざるをえず、顔を衆人の目にさらす羽目になった。これは王にとっては大変な恥辱だった。王は、この地区の首長は誰かと尋ね、六十がらみのやせた老人が息子と共に名乗り出ると、たちまちふたりとも縛り首にしてしまった。

コウルリッジは、ブルースを「旅行家たちのプリンス」と呼ぶほど高く評価していた[14]。だがブルースはナイル川の源流にまで行ってきた探検家として、帰国直後は大変な人気を博したも

の の、すぐに彼の体験談の信憑性に疑問の目が向けられるようになった。特に当時の読者がショックを受け嫌悪したのは、ブルースが詳述するアビシニアの祝宴の様子だった。そこでは生きたままの牛から肉をえぐり、牛の挙げる叫び声が宴の開始の合図となる。男はふたりの女のあいだに座り、女をひざまくらにあおむけになると、あんぐりと口を開けパンにはさんだ生肉を食べさせてもらう。喉に詰まらせる危険があるが、ひとくち分が大きければ大きいほど男らしいと思われ、また嚙むときはできるだけ大きな音をたてるのが礼儀だった。両隣の女からそのように食べさせてもらうと、おかえしに男は同じものをふたつ小さく作って両手に持ち、ふたりの女に同時に食べさせる。このあと男女とも楽しく飲み食いすると、欲情に駆られて交わり始める——「その音から判断するに、彼らは食べるとき同様、静かに愛し合うのを大変な恥と思っているようだった[15]」。当時の知識人たちはブルースの話を事実とは信じず、チャールズ・ラムは、『ナイル探検』をとても楽しく読んだことを述べるなかで'fabulous'（すばらしい、途方もない、非現実的な）という言葉を用いている。ラムの友人コウルリッジも『ナイル探検』を「不信の中断」をして読むべき、想像力の産物ととらえ、その意味において評価していたはずだとリースクは言う[16]。

「クブラ・カーン」を『ナイル探検』と比べると、（信憑性に疑問符がつく）ルポルタージュと詩というジャンルの違いのほかにも相違点があることに気づく。「クブラ・カーン」には、異文化を残酷さや野蛮さ、セクシュアリティーと結びつけ、見下すような記述が見られない。西欧人によるオリエンタリズムの文献を材源としながら、「クブラ・カーン」は人種的偏見を免れており、マルチ・カルチュラルなテクストになっていると言えるだろう。

5　断片性の意味

以上のように「クブラ・カーン」はさまざまなテクストからイメージを借りてきた、いわば断片の寄せ集めとも言うべきテクストである。そこに描かれた風景は、人々が『失楽園』に描かれたエデンの園の実在性をもはや信じられなくなった時代のものであり、世界が、形而上的、統一的原理を失って多文化に拡散した現代を予示していると言えるだろう。

だがコウルリッジ自身は「クブラ・カーン」の序文でこの詩を「断片」と呼んでいる。アマルガムなテクストである「クブラ・カーン」全体がひとつの断片であると言うのだ。

序文によれば、彼は夢のなかで、「あらゆるイメージが「実物」として眼前に立ち現れ」、同時にそれらに見合う表現が苦もなく産み出されて、少なくとも二、三百行にはなる詩ができた。だが目覚めたあと、そのヴィジョンは「石を投げ込んだあとの川面の影」のように消えてしまう。それでも心のなかにまだ残っている記憶からかろうじて書きあげたのがこの詩であるという。パーキンズは、「クブラ・カーン」は断片であるがゆえに「無限の全体」を暗示すると言う。ホイーラーも、「クブラ・カーン」の序文と、〈アビシニアの娘の歌と音楽により歓楽の館を再現したいと願う）最終連が示唆するのは、想像力が産み出すものはすべて「何か全体的で完結したもの、永遠のヴィジョン」の一部もしくは断片であるということだと主張する。[17] コウルリッジはそのような「永遠のヴィジョン」を希求し、それが垣間見えるものとして「クブラ・カーン」を創作したと考えられよう。

『文学的自叙伝』第一三章でコウルリッジが語る有名な想像力論によれば、想像力にはふたつの種類があるという。第一の想像力は「人間の知覚の生きた力」であり、神とも絶対自我とも言える「無限の「われ在り（アイ・アム）」における永遠の創作活動を、有限な心のなかで反復するもの」である。「第二の想像力は第一の想像力の反響（エコー）であり、意識的な意志と共存する」。こちらは人間の芸術作品創造の力を指すと思われる。それは「溶解させ、拡散させ、消散させて、再創造する。あるいはこの過程が不可能な場合でも、常に理想化し、統一しようと努める」ものであるとする。また『文学的自叙伝』第一四章で彼は、自分の詩の主題は超自然的なものだと述べている。[18]

「クブラ・カーン」は彼の言う第二の想像力の実践の試みとも考えられるが、果たして断片を寄せ集めて現実にない風景を作ることで、それが現実を超えた「永遠のヴィジョン」を垣間見せるものになりうるのだろうか。しかもその断片には、ネガティヴなニュアンスを持つイメージも多く含まれているのである。本書第一章では、ダンテとワーズワスの風景を比較し、近代人のワーズワスにとって永遠の世界は直接描くことができないからこそ永遠たりえたことを述べた。コウルリッジには、断片的であったとしてもそれがある程度できたということだろうか。「常に理想化し、統一しようと努める」彼の第二の想像力は「クブラ・カーン」においてその力を十全に発揮できたのだろうか。むしろ「永遠のヴィジョン」を示そうとの試みは徒労に終わることをこの詩は語っているのではあるまいか。だからこそコウルリッジは「序文」の冒頭で、「以下の断片詩」すなわち「クブラ・カーン」を「何か詩としての長所があるというより、心理学的興味の対象として」世に出すと断らざるをえなかったのではないか。次の章では、ワーズワスが「クブラ・カーン」をどうとらえたかを検討し、ワーズワスとコウルリッジの世界認識の違いについて考えたい。

第五章　ワーズワスの「クブラ・カーン」批判と「自然への敬虔の念」

序

第二章で述べたように、『序曲』第八巻でワーズワスは、故郷の湖水地方の美しさを強調するために、「二万本の木を擁する、かの楽園、ジェホールの有名な庭園」(一二二―二三行)を引き合いに出し、「だがこれよりも遥かに美しいのだ、私が育ったあの楽園は」(一四四―四五行)と言う(補遺1参照)。ジェホールの庭園とは、清朝皇帝の夏の離宮「万樹園」を指し、ワーズワスは、ジョン・バローの『中国旅行記』(一八〇四年)から、ジョージ・マッカートニーの外交使節団がここを訪れたときの記録を参照している。

しかしジェホールの庭園についての『序曲』の描写を『中国旅行記』と比べてみても、後者の「皇帝は、ジェホールの庭園をわれわれに見せるよう首相に喜んで指示した。それは中国語でワン・シュウ・ユエン、一万本の（もしくは無数の）木の楽園と呼ばれる」という記述以外、あまり共通性がない。[1] 第二章では『序曲』のこの一節にミルトンの『失楽園』を想起させるレトリックが用いられていることを指摘したが、それと共にここで目を引くのは、コウルリッジの「クブラ・カーン」への引喩（アリュージョン）である。ワーズワスは特に、「クブラ・カーン」に描かれている「歓楽の館」を「ジェホールの庭園」のなかに配置することで、「ジェホールの庭園」に「クブラ・カーン」の庭園を重ね合わせている。いずれも中国の皇帝が強権をふるって造らせた人工的な庭園で、それらに対して故郷の自然の優位性を主張するのである。それは取りも直さず「クブラ・カーン」という詩の人工性に対する、『序曲』の「自然」の優位性の主張にほかならない。ワーズワスは「クブラ・カーン」をどうとらえ、また『序曲』に描かれた「自然」はどのような性質を持っているのだろうか。

I　偽りの楽園

すでに指摘したように、ワーズワスが「かの楽園、ジェホールの有名な庭園」を引き合いに出して、自分の育った「あの楽園」のほうが美しいと主張するレトリックは、ミルトンが『失楽園』でエデンの園の美しさを表現するにあたって、エンナの野原、ダプネの森、ニュサの島、アマラ山といったギリシア神話等で楽園とされた場所を列挙し、どんなに美しいとされた場所も「このエデンの楽園にはおよぶべくもなかった」（第四巻二七四－七五行）と述べるやり方を踏まえている。[2]『失楽園』では「エデンの園」だけが本物の楽園で、あとは偽物である。それを踏まえれば、「ジェホールの庭園」も偽りの楽園ということになる。

「ジェホールの庭園」を描くにあたり、ワーズワスはコウルリッジの「クブラ・カーン」も強く意識している（補遺5参照）。どちらも（北方民族の）中国皇帝が造営させた宮殿と庭園を描いており、ワーズワスはクブラによるザナドゥの庭園にも批判的なまなざしを向けているように思われる。特に直接の引喩（アリュージョン）である「歓楽の館」（‘domes / Of pleasure’ 一三〇－三一行）は、「クブラ・カーン」に繰り返し出てくるイメージだが（‘A stately pleasure-dome’ 二行、‘the dome of pleasure’ 三一行、‘A sunny pleasure-dome’ 三六行）、コウルリッジが三箇所のうち二箇所で ‘pleasure-dome’ とハイフンでつなげているのに対し、ワーズワスが ‘domes / Of pleasure’ とわざわざ語句を途中で断ち切って行を変えるという表現の仕方に、皇帝の「歓楽の館」に否定的な姿勢がうかがえよう。ただコウルリッジ自身、ミルトンのエデンの園とは異なり、ザナドゥの庭園を理想郷として描いてはおらず、「クブラ・カーン」に描かれた景色自体が、怪しげな雰囲気を持っている。

コウルリッジは、一八一六年、この詩を出版する際につけた序文で、『パーチャスの旅行記』（初版一六一三年）のクビライ汗についての記述がきっかけとなって作品ができたと言っている。前章でも述べたが、彼がこの本の存在を知ったのは、サウジーを通じて、そのなかにあるアロアディンの偽の楽園のエピソードを知る機会を得たからではないかと推測されている。[3]第四章でも触れたが、サウジーは当時執筆中の『タラバ、悪を滅ぼす者』(一八〇一年)でこの話を材源に用い、第七巻二五六行目につけた自注にもとのテクストをそのまま引用している。これも独裁者が築いた「楽園」の話だ。アロアディンという老人が、ペルシア北東部の谷を囲い込んで、「ミルク、ワイン、蜂蜜、水の流れる小川、宮殿、豪華に着飾った美しい娘たちといった、自然と人工により産み出されうるありとあらゆるものを備えつけ、そこを楽園と呼んだ」。アロアディンは、若者たちに睡眠薬を飲ませてそこに運び込み、四、五日楽しませたあと、再び昏睡させて外に連れ出した。若者たちは、もう一度その楽園に戻りたいがために、アロアディンの暗殺命令に従ったという。

サウジーは同内容の話をパーチャスに加えてオドリクスと、それを脚色したマンデヴィル(一三〇〇頃—五七年以降)の『東方旅行記』からも自注に引用しているが、あとのふたつには、この楽園では性的な快楽が得られるように書いてある。これらを材源とした『タラバ』第六・七巻の詩の本文では、主人公のタラバが旅の途上で、われ知らずこの楽園に入ってしまう。そこは「大昔に失われた地上のエデン」(第六巻二〇五行)と見まがうところだったが、エデンと異なり「テラスのある御殿(ごてん)」や「織り込まれた金がまばゆい、豪華な大天幕」(第六巻二〇八—〇九行)が、谷間の「かぐわしい木立のなかに」(第六巻二一一行)建っている。彼は天幕のなかで酒を勧められたり、娼婦たちのみだらな舞を見たりし、また別の場所では、ヴェールを取った女たちから乱痴気騒ぎに誘われたりするが、愛するオネイザを思い、誘惑から逃れて森に駆け込む。すると偶然にも、拉致されてそこに連れてこられ、性奴隷にされかかっていたオネイザに遭遇し、彼女を助ける。その後ふたりは、園の住人たちに崇拝されている魔術師アロアディンを倒す。するとたちまち魔法が解けて、「罪の楽園」（第七巻二五六行）は滅びる。「クブラ・カーン」ではセクシュアリティーは表に出ていないものの、以上の背景を踏まえると「歓楽の館」には東洋の独裁者の非道と退廃を象徴するニュアンスが伴う。ワーズワスの蔵書目録には『パーチャスの旅行記』と『タラバ』が含まれ、『序曲』第八巻執筆時にはいずれも読んでいたと推測されるので、[4]彼は「歓楽の館」の含意を承知していただろう。

ワーズワスは、皇帝の命令のもとに無数の人民が汗水流して築いた人工の庭園より、「自由な人間、時や場所や対象を選んで、自分のために働く人間」（『序曲』第八巻一五二－五三行）がいる自分の故郷のほうが美しいと言う。しかし「クブラ・カーン」の語り手は、独裁者クブラが造営した「歓楽の館」に魅了されているように見える。ワーズワスは途中で行を変えた「歓楽の／館」という引喩（アリュージョン）によって、それを批判したのではないだろうか。

2 『東洋造園論』の影響

「クブラ・カーン」は、中国皇帝が築いた庭園を描いている。中国庭園は、一七世紀よりヨーロッパでブームになったシノワズリ（中国趣味）のひとつとして特にイギリスで注目され、ウィリアム・テンプル（一六二八－九九年）、ジョゼフ・アディソン（一六七二－一七一九年）、ホラス・ウォルポール（一七一七－九七年）らがその美学を論じてきた。その頂点とも言えるのがウィリアム・チェンバーズ（一七七二－二二年）の『東洋造園論』（一七七二年）であり、この著作は「クブラ・カーン」の主要な材源のひとつと見なされている。[5]

チェンバーズは中国庭園の景色を「ここちよい、恐ろしい、驚くべき」の三つに分類する。このうち「最初のものは、植物界のなかでも特に華やかで完璧な種類で構成され、そこに川、湖、滝、噴水、などさまざまな水の設備が織り交ぜられる。これらが、人工と自然が提案しうる限りのピクチャレスクな形状に組み合わされ配置される。建物や彫刻、絵画も、これらの構成物に彩りを添えるために加えられる」という。恐ろしい景色は「陰気な森、日の射さない深い谷、覆いかぶさるようなむきだしの岩、暗い洞窟、至るところから猛烈な勢いで流れ落ちる滝で構成されている」。「森の奥の一番陰鬱な場所には（……）復讐に燃える王に捧げられた神殿」があり、近くの石柱には「悲劇的な出来事の哀愁漂う記述や、多くの恐ろしい残虐行為の様子が刻まれている」。「（高い山々の頂は）多量の炎を噴き上げ、絶えず濃い煙の雲を作って、これらの山々が火山に見えるようにしている」。

驚くべき景色は、前のふたつの要素を併せ持っており、見物客に「相反する感覚を次々と引き起こして」刺激するよう計算されている。ここをめぐる者は「森の暗がりのなかをさまよったあと、断崖の端に立っていることに気づき、ぎらぎらと日の照りつけるなか、周囲の山々から滝が流れ落ち、猛り狂う奔流が足もとの深みへと落ちていくのを見る」。またぐめってていく につれ、人工的な雨、突風、炎の噴出、圧縮空気による地震に驚かされる。圧縮空気はさまざまな効果音も産み、責苦にあう人の叫び、猛獣の咆哮(ほうこう)、雷鳴、荒れる海のほか、大砲の爆裂や、ラッパの音など戦争にまつわるさまざまな騒音が聞こえるという。その一方、花咲く茂みのなかを行くと、鳥の歌声やフルートの音色が聞こえる。あるいは壮麗な大天幕に入ると、「ゆったりとして透けたローブに身を包んだ、美しいタタールの娘たちが」酒や果物を提供してくれる。娘たちは、花の冠をかぶせてくれ、ペルシア絨毯や羽毛のベッドの上で、甘い休息を味わうよういざなってくれる。[6]

チェンバーズが描き出したのは、少なくとも当時としては実現不可能な、極めて人工的な大人の遊園地である。「庭園の景色は、英雄詩が散文と異なるように、ありふれた自然とは異なっているべきだ」と彼は言う――「造園家は、詩人のように、想像力を解き放つべきである。自分の主題を高揚させ、装飾し、活気づけ、あるいは目新しさを加える必要があればいつでも、真実の境界さえ飛び越えなくてはならない」[7]。

チェンバーズは、皇太子時代のジョージ三世に建築学のチューターとして仕えていた。『東洋造園論』は、専制君主による庭園の造営を称賛しトーリー党の専制的なイデオロギーを表しているとして、ウィリアム・メイスンの諷刺詩「サー・ウィリアム・チェンバーズへの英雄的書簡体詩」(一八七三年)で批判される。[8]

しかし「クブラ・カーン」には諷刺的と感じ取れる表現は見あたらず、コウルリッジは反体制側だったにもかかわらず、チェンバーズの『東洋造園論』の風景描写を大筋において取り入れているように思われる。ただいくつか異なる点もある。「クブラ・カーン」のザナドゥの景色には、『東洋造園論』の「ここちよい、恐ろしい、驚くべき」の要素がそろっているが、クブラの築いた庭園の描写（第一連）は「ここちよい」ものに限られている。『東洋造園論』では、噴煙の上がる火山も戦争を思わせる音響もすべて作り物だが、「クブラ・カーン」第二連の、火山の爆発と間欠泉の噴出が一体となった「恐ろしい」もしくは「驚くべき」光景は、クブラが造らせたものとは思えない。「戦争を予言する先祖たちの声」（三〇行）もクブラの意志とは直接関係がない。

　最終第四連では、メイスンが「英雄的書簡体詩」で揶揄した、『東洋造園論』の風俗嬢としての「タタールの娘たち[9]」が、ミューズとしての「アビシニアの娘」（三九行）に昇華されている。クブラが築いた「たぐいまれな造化の奇蹟」である「氷の洞窟を擁する、日のあたる歓楽の館（ドーム）」（三五―三六行）を、詩人としての語り手は、このミューズの力を借りて再現できたらと願う。仮定法で述べているので、語り手自身はその域には達していないものの、それができる詩人は「神々の甘露を口にし、楽園のミルクを飲んだ」（五三―五四行）神がかった人間として恐れられる。

3　詩論としての「クブラ・カーン」

このように「クブラ・カーン」は、不思議な光景を描いた叙景詩から、詩そのもの、もしくは詩人の想像力をテーマにした詩に変貌する。クブラが独裁的な権力を行使して「歓楽の館」を築いたように、それを詩において再現できる詩人は、神がかった天才である。最後の「楽園のミルクを飲んだ」は『パーチャスの旅行記』の記述に由来する。クビライ汗はザムドゥの庭園に一万頭の白馬を飼い、チンギス汗の血統の者のみにその乳を飲むことを許した。また彼は占星術師や魔術師の指示に従って、それを精霊や偶像に飲ませようと、自ら空中や地面に撒いたという。[10]「楽園のミルクを飲んだ」詩人とは、クビライ汗のように特権的で、さらには彼が崇める「精霊や偶像」にも匹敵しうる存在ということになる。そしてクブラの勢力が「五マイル四方の肥沃な土地」を「城壁や塔」で囲ったところ（「クブラ・カーン」六－七行）に限られているのに対し、作者コウルリッジはその外の場所も含め、この作品全部を産み出したと言える。彼は『文学的自叙伝』第一三章で、作品を創造する力を「第二次想像力」と呼び、「それは溶解させ、拡散させ、消散させて、再創造する」と述べた。[11]独裁者のように世界を作りかえる存在、その独裁者もが崇める神がかった存在が「クブラ・カーン」には想定されている。『序曲』のこの詩への引喩（アリュージョン）には、そのような詩人像への批判も込められているのではないだろうか。

だがコウルリッジ自身は、一八一六年につけた序文で、「クブラ・カーン」は断片にすぎないと主張している。すでに第三章、第四章で触れているが、改めて繰り返すと、彼は、一七九七年夏、体調を崩して引きこもっていた田舎家で、気分が優れなかったので、鎮痛剤（コウルリッジが詩の草稿につけた注ではアヘン）[12]を飲み、そのまま眠り込んだ。そのとき読んでいたのが、『パーチャスの旅行記』だった。眠っているあいだに非常にリアルな夢を見、目覚めるなりそれを詩にしようとした。ところがあいにく来客があり、応対に手間取っているうちに夢の記憶がほとんど消えてしまい、わずかに書き留められたのがこの詩である、というのだ。

前章で指摘したように、この話は『パーチャスの旅行記』のアロアディンの楽園の記述と同じパターンを有しており、それをもとに創作された可能性が高い。そのエピソードでは、睡眠薬を飲まされて偽の楽園に連れてこられた若者が、快楽を味わい、再び眠らされて外に出される。若者は楽園に戻ることを希求し、アロアディンの命令に従う。「クブラ・カーン」の作者は、薬の影響で眠っているあいだに見た、おそらくはクブラの宮殿と庭園についてのヴィジョンが失われたことを嘆き、それを取り戻したいと願うのである。そして詩の本文については、ローズの研究以来、その背後にさまざまな材源があることが判明している。[13]この詩の着想が、アヘンによる幻覚から得られたことは否定できないが、序文も含め「クブラ・カーン」全体が、神がかった詩人のヴィジョンをテーマにしつつ、さまざまな材源をもとに合成された極めて人工的な作品であり、チェンバーズが描いた人工の庭園と同じ性質を持っているのである。

ワーズワスの蔵書には『東洋造園論』は含まれておらず、彼がこの論文を読んだ形跡はない。しかし彼は、「クブラ・カーン」にチェンバーズ的な創作理念、「庭園の景色は、英雄詩が散文と異なるように、ありふれた自然とは異なっているべき」で、造園家も詩人も「想像力を解き放つべき」であり、「自分の主題を高揚させ、装飾し、活気づけ、あるいは目新しさを加える必要があればいつでも、真実の境界さえ飛び越えなくてはならない」という考え方を鋭く感じ取ったのではあるまいか。そして『序曲』の「ジェホールの庭園」の描写に「クブラ・カーン」への引喩（アリュージョン）を用いることで、それを批判し、人工ではなく、自然を称揚したものと推測できる。

4　「自然の人」ワーズワス

ではコウルリッジは、ワーズワスをどう見ていたのだろうか。『文学的自叙伝』第一四章で彼は、ワーズワスと『抒情民謡集』を計画するにあたって、互いに異なった種類の詩を書くことにしたと言う。自身は「出来事や人物が、少なくとも部分的には超自然的」な詩を書くのに対し、ワーズワスは日常生活から主題を選び、「日常的な物事に目新しさという魅力を与え、精神の注意を（……）眼前の世界の美しさと驚異に向けることで、超自然に触れたような感情を呼び起こす」ことを目指したという。コウルリッジがワーズワスの特徴をかなり的確に評価していることがわかる。ただ、ワーズワスが超自然は自然を通してしか描けないと考えていたのに対し、コウルリッジは直接描くことができると考えていたようだ。また第二二章では、ワーズワスの欠点として「こまごまとした事実描写」（'matter-of-factness'）が稀ではないことを挙げ、詩とは「最も高貴で最も哲学的なかたちの書き物」という、アリストテレス（前三八四―前三二二年）が述べた詩の本質と相容れないとしている。[14]

このワーズワスの特徴を、さらに激しく非難したのがブレイクである。ワーズワスの『一八一五年詩集』に書き入れた注解で、「私はワーズワスに、「精神の人」に絶えず反抗する「自然の人」を見る。それゆえ彼は詩人ではなく、本物の詩やインスピレーションに敵対する、異教の哲学者なのだ」と彼は言う。ワーズワスによる序文の冒頭「詩作に必要な能力は、第一に、観察と叙述の力であり（……）」のところには、「ただひとつの能力が詩人を作る――想像力聖なるヴィジョン」と書き込み、ワーズワスの「虹の詩」〔補遺4〕の末尾の「願わくば、私の一日一日が自然への敬虔の念によってつながれんことを」に対し、「自然への敬虔の念などというものは存在しない。「自然の人」は神に敵意を抱いているのだから」とコメントしている。[15]

ブレイクは「自然の人」ワーズワスを「神に敵意を抱く」「異教の哲学者」と非難するが、ブレイク自身は、芸術家としての人間を神格化してしまう――「人間は徹頭徹尾想像力である。

神は人であり、われわれのうちに存在し、われわれは神のうちに存する」(「バークリーの『サイリス』への注解[16]」)。それは「クブラ・カーン」最終連の、人々から恐れられる神がかった詩人像でもある。「自然への敬虔の念」を重視するワーズワスは、このような芸術観を人間の思いあがりととらえたに違いない。

5　ワーズワスの「自然」

しかし、ワーズワスにとって自然は、ただ外界に存在するものではなかった。『序曲』第八巻で、「ジェホールの庭園」よりも「私が育った楽園のほうが遥かに美しい」と言う彼は、そこでは自然の「四大、そして移りゆく季節が、そこに最も親しい仕事仲間、すなわち人間の心を見い出す」(一四八―五〇行) と言う。ワーズワスが描こうとする詩的風景は、心の内面と外界との「高め合う相互作用」(『序曲』第一二巻三七六―七七行) によって生まれるものであった。『序曲』において、ワーズワスが「時のスポット」(第一一巻二五七行) と名づけた印象的なエピソードは、いずれも内面と外界の相互作用によって生まれた心象風景を描いている。「美と恐怖によって等しく養われて、私は成長した」(第一巻三〇六行) と彼が言うように、湖水地方で過ごした少年時代のエピソードには、美しいばかりでなく恐ろしい話も多いが、それも含めてそこは楽園だったと言えよう。月夜の晩に、羊飼いのボートを勝手にこぎ出すと、隠れていた岩山が突然姿を現し、追いかけてくる。それは、事実としてはボートが進むにつれて視界が変わり、うしろの山が見えてきたにすぎない。しかし少年ワーズワスは、オールのひとこぎごとに、のっしのっしと巨人が追いかけてきたように感じ、非常な恐怖に襲われる。そして大人になった詩人ワーズワスは、客観的事実ではなく少年の感覚こそが真実であるとして、自然の背後にひそむ「宇宙の英知と精神」(第一巻四二八行)に呼びかける。これも「自然への敬虔の念」のひとつなのだ。

『序曲』第一二巻でワーズワスは、自然と人間の心に親和性があることを確信したと述べたうえで、コウルリッジに呼びかけ、次のように言うことを許してほしいと言う。すなわち「詩人とは、まさに預言者のように」「それまで見えていなかったものを知覚できる、ある感覚を、特別なたまものとして持っているもので」、詩人の末席に連なる自分にも「特権」としてのインスピレーションが与えられ、自分の作品が「永続的で、創造的なものとなり、大自然の作品と等しい力」を持つ希望を持ってきたのだと(二七八―三一二行)。自然を自在に造り変える神がかった詩人像を批判しながら、自身は、自然と心を結合させることで、それまで見えなかった世界を知覚し、それを詩に表現できると主張する。幾分控えめながらワーズワスも預言者的な詩人としての特権意識を持っていたのである。

ラスキンはワーズワスから多大な影響を受け、『近代画家論』第一巻(一八四三年)では彼を高く評価していた。だが第三巻（一八五六年）に至るとワーズワスを批判し、「彼は自然がワーズワスなしではやっていけないのだとどことなく思い込んでいるふしがあり、彼の喜びのかなりの部分は、自然と同様、自分自身を見つめるところから来ているのである」と言う（第一六章三八節）。ラスキンが念頭に置いているワーズワスの作品は、主に『逍遥』で『序曲』ではなかったが、彼の批判はむしろ『序曲』のほうがあてはまるだろう。ラスキンはかつて、自然全体に聖性を感じ畏敬の念を覚えた時期もあったが（第一七章一九節）、現在は、自然を神の被造物ととらえるオーソドックスなキリスト教の自然観を抱いており、その観点から物質文明を批判し自然の大切さを説く。人間の精神が活発に働き、周囲の世界をはっきりと冷静に見るようになると、「木々や花々も、いわば神の子どものように見える」と彼は言う。われわれ人間は、同じちりから造られた彼らの仲間であり、ただ聖なる力をより多く分け与えられているという点で優れているにすぎない。木々や花々が神について語る神秘の声に耳を傾け、それらが示す聖なる真理を受け入れれば、人間は「従順で、喜びと感謝にあふれた感情」に満たされるのだ（四一節）。

ブレイクやコウルリッジが、詩人を神格化したのに対し、ワーズワスは自然に聖なるものを見い出した。だがその自然にはワーズワス自身の精神が積極的に関与しており、結局は自身の神格化につながることを、ラスキンはオーソドックスなキリスト教の立場から鋭く感じとったものと思われる。だがラスキンが批判する物質文明をもたらしたのは、人間を被造物の頂点に位置づけることで、他の被造物すなわち自然を神の恵みとして思うがままに利用できるという考え方だったのではあるまいか。これに対し、自然の背後に聖なる存在を直観する『序曲』のワーズワスは、預言者的な詩人としての特権意識を持ちつつも、自然への畏れ、自然への敬虔の念を大切にしたと言えるだろう。

第六章　古代ギリシアへの憧憬

――キーツと想像力

I　ギリシア神話と想像力

一八一七年の一二月下旬、キーツは画家ヘイドン（一七八六―一八四六年）の計らいにより、憧れていたワーズワスに会い、自作の「牧神(パン)へのオード」を披露する。ヘイドンは後年、そのときの様子を手紙のなかで振り返っている。キーツは部屋のなかを歩きながら、いつもの歌うような調子で自作の詩を暗唱した。それを聞いてヘイドンはとても感動したが、ワーズワスは冷たく「とても愛らしい異教信仰の作品だ（'a Very pretty piece of Paganism'）」と言い放ったという――「それはキーツのような若い崇拝者に対して言うには、思いやりに欠け、天才詩人にふさわしくない言葉だった。キーツにはこたえたようだった。だからキーツがわれわれの友（ワーズワス）について何かひどいことを言ったとしても、それは彼が傷ついたせいだった。そのあと私も同席して、キーツはワーズワスと食事を共にしたが、彼のことを決して許さなかった」[1]。

ヘイドンの手紙は一八四五年に書かれたもので、三〇年近くの時がたっているが、一八二四年の手紙でも、キーツが「牧神（パン）へのオード」を朗唱すると、ワーズワスは冷たく、しかしうらやむように「とても愛らしい異教信仰の作品だ」と言ったと述べているので[2]、このワーズワスのコメントは実際にあったものと思われる。しかしキーツは最初の面会から数日後と思われる一二月二八日にもワーズワスに会って自作の詩を披露しており、彼にいきどおったり、幻滅したりした様子はうかがえない。ワーズワス、キーツ双方の伝記作家たちはヘイドンの記述の信憑性を疑問視している。ムアマンはワーズワスには冷たくしたり軽蔑したりする意図はなく、ほかの例から見ても彼は「愛らしい（pretty）」を褒め言葉として使ったと考えられると言う。ギルは、ヘイドンが一八二〇年にワーズワスに金を無心して断られて以来、彼に恨みを持っていたことを指摘し、手紙の記述には悪意があったと考える。ロウは、ワーズワスのコメントがキーツを鼻であしらうものであったとしても、キーツがそのことに気づいた様子はなく、むしろ賛辞と受け取った可能性が高いと言う[3]。

このようにワーズワスの意図とキーツの受けとめ方ははっきりしないが、ワーズワスのコメントはふたりの詩風の違いをよく表している。ワーズワスは『序曲』第一巻の初めで、テーマの選択に迷ったのち、「思想に富み、オルペウスの竪琴にもふさわしい不滅の詩」（二三三―三四行）を書くことに決めるが、それはギリシア神話に取材したものではなく、日常生活と「人の心の奥底から湧き起こる情熱的で深い思い」（二三二一―三三行）を結びつけた哲学詩であった。『逍遥』序文にある「『隠者』の趣意書」では、ミルトンが『失楽園』の祈願（インヴォケーション）（詩神（ミューズ）への呼びかけ）で、古代の英雄叙事詩に取って代わるキリスト教叙事詩を書くと宣言したことを踏まえ、ワーズワス自身は、『失楽園』に取って代わる、人間の心をテーマとした詩を書くことを宣言する。ミルトンはギリシア神話に基づく英雄叙事詩に代わり、アダムとイヴの楽園追放の神話とキリスト教の教義に基づく叙事詩を作り出したが、ワーズワスは神話的な世界観に依存しない新たな叙事詩の創出を目指したのである。[4]

キーツの「牧神（パン）へのオード」はギリシア神話の牧神（パン）の賛歌で、『エンディミオン』（一八一八年）の一部（第一巻二三二―三〇六行）として書かれたものである。『エンディミオン』は、ギリシア神話における羊飼いのエンディミオンと月の女神ディアナ（ダイアナ）の恋に取材した物語詩だ。キーツはほかにも『ハイペリオン』（一八一八―一九年）、『レイミア』（一八一九年）などギリシア神話に関連する作品を書いている。なぜ彼は、ミルトンによってすでに否定されていたギリシア神話の世界に戻ったのだろうか。

一八世紀の後半にはイートン校の厳格な古典語教育をモデルとして、イギリスのパブリック・スクールやグラマー・スクールではギリシア語とラテン語が教えられていた。これに対してキーツが学んだエンフィールドのクラーク学院では、今日的で実用的な教育が行われた。そこでキーツはラテン語を習得し『アエネーイス』の翻訳に取り組んだが、ギリシア語は学んでいない。キーツのギリシア神話や文学に対する知識は、英語で書かれた事典、翻訳された作品や詞華集から主に得られたものだった。[5] ソネット「チャップマン訳のホメロスを初めてのぞいたとき」(一八一六年)では、話に聞いていたホメロスの叙事詩の雄大な世界を、チャップマンの翻訳によって知ることのできた感動を、天文学や「地理上の発見」にたとえて表現している。

保守系の雑誌『ブラックウッズ・マガジン』は、キーツ、リー・ハント(一七八四—一八五九年)、ハズリットをコックニー(ロンドン下町なまり・下町のロンドン子)派と揶揄し攻撃する。ロックハート(一七九四—一八五四年)はウィルソン(一七八五—一八五四年)と共にZの筆名で「コックニー派の詩(について)」という批評を『ブラックウッズ・マガジン』に連載した。その第四回(一八一八年八月号)では、キーツは「チャップマンによってでしかホメロスを知らない」とからかい、「彼のエンディミオンはギリシアの女神に愛されたギリシアの羊飼いではない。彼は若いコックニーのへぼ詩人にすぎず、満月の晩に空想的な夢を見ているだけだ」とこき下ろしている。[6]

キーツにとって古代ギリシアの神話や文学は、信仰の対象ではもちろんなく、また体制側の硬直化した古典語教育が強いる、忍耐力を涵養するためのテクストでもなく、詩的想像力をかきたてるものであった。キーツの蔵書に、英語で書かれたギリシア・ローマの神々についての学校用教科書、ボールドウィンの『パンテオン』(一八〇〇年)がある。その本当の著者は思想家のゴドウィン（一七五六―一八三六年）だが、彼は序文の冒頭で「ギリシア人の神話と宗教の体系が、詩の目的に最適であることはあまねく認められているところである」と述べている。そしてキリスト教こそが本物の宗教で、古代ギリシアの神話とは比べるべくもないと断りつつ、ギリシア神話は「かつて産み出されたなかで最も好ましい寓話の集大成であり、想像力を目覚めさせるよう見事にしくまれている。想像力こそ、どんなに強調しても強調しすぎることはないが、道徳の大いなる推進力なのである」と言う[7]。

ギリシア神話が、異教信仰ではなく詩的想像力の源泉としてとらえられるのなら、Zの『エンディミオン』評は、図らずもこの作品の本質をついていたことになる。月の女神を求めてさまようエンディミオンは、理想の美を追い求める詩人の姿を表象しているのだから。

以上を踏まえて、次にキーツの「プシュケーによせるオード」について考察したい。この詩では、神話に取材しながら、詩人の心・想像力が称えられる。またこの詩ではワーズワスの『隠者』の趣意書」が意識されており、意外にもキーツがワーズワスに近い芸術観を持っていたことがわかるのである。

2　心の賛歌としての「プシュケーによせるオード」

「プシュケーによせるオード」（一八一九年四月執筆）〔補遺6〕は、プシュケー（サイキ）とクピードー（キューピッド）の愛の物語を背景に、神話ではなく、人間の精神を拠り所にすることを宣言した詩である。オードとは韻を踏む抒情詩で、通例、詩の対象に向かって呼びかける体裁をとる。詩人は冒頭で「おお女神よ！」とプシュケーに呼びかけ、自身が夢ともうつつともつかぬ状態で、無心に森のなかをさまよっていたら、抱擁したまま眠っているプシュケーとクピードーを目撃したと語る（第一連）。プシュケーは美しい王女であったが、クピードーに愛され、苦難ののちにクピードーと結ばれて不死の存在となる、というのがこの女神にまつわる神話だが、この話は二世紀のローマの作家アプレイウスによる創作で、ギリシア神話にはなかったものである。プシュケーとはギリシア語で魂の意味で、彼女の物語は魂が試練を経て真の喜びに至るという寓話なのだ。第二連では、もはや色あせたオリンポスの神々のなかにあって、あとからその仲間入りを果たしたプシュケーこそが最も美しいと称えられる。彼女は、ほかの神々のように信仰の対象として熱心に崇めたてられることはなかった。プシュケーには「神殿」や「花々を積みあげた祭壇」がない。また「処女の聖歌隊」もおらず、歌声が聞こえることもリュートや笛が奏でられることもない。彼女のために香が焚かれることはなく、社も、森も、神託もなければ、「夢幻境をさまよう、唇の蒼ざめた（'pale-mouthed'）預言者の熱狂」もない（二八―三五行）。

否定形を連ねるこのくだりには、ミルトンの「キリスト生誕の朝に」（一六四五年）第一九連への引喩（アリュージョン）があると指摘されている。[8]

神託は沈黙、
なんらの声もぞっとするようなつぶやきも
　惑わしの言葉となって、丸天井越しに聞こえてくることはない。
アポロはその神殿から
もはや預言することができなくなり
　空ろな悲鳴を挙げて、デルフォイの坂を去る。
夜ごとの法悦も、呪文のささやきも
　預言の祠(ほこら)から、目のかすんだ（'pale-eyed'）祭司に霊感を与えることはない。

（一七三―八〇行）

この第一九連以降では、御子(みこ)の誕生により、ギリシア神話を初めとする異教の神々が退場を余儀なくされるさまが語られる。キリストの受肉により、ほかの宗教は無効になり、唯一無二の真の宗教が到来したことをミルトンは宣言している。それに対するキーツの引喩(アリュージョン)は受肉そのものをあてこすったり否定したりするものではない。彼は、「キリスト生誕の朝に」でアポロについて述べられている否定的な言い回しをプシュケーに対して用いながら、それにもかかわらずプシュケーがどの神々よりも美しいと言う。その操作によってキリスト教への直接的な批判を避けつつ、宗教的信仰の対象にはならず、かつ魂の寓意であるプシュケーこそ、キーツにとってのアイコンであることを示すのである。

第三連では、プシュケーが詩的霊感を授けてくれるのにふさわしい存在であることが述べられる。プシュケーは遅れて登場したために、古代の人々の誓いを受けることも、素朴で信心深い人たちから竪琴を奏でてもらうこともない。もはや森の木々も「大気も水も火も神聖だった」(三八―三九行) 時代ではなくなっていたのである。それゆえ幸福で敬虔だった古代から遥かに時代がくだった今日にあっても、詩人は、プシュケーの翼が、色あせたオリンポスの神々のなかではばたくのを見、それに霊感を受けて歌うのだと言う。「だから私をあなたの聖歌隊にし、(……) あなたの歌声、あなたのリュート、あなたの笛 (……)」(四四―四六行) にしてください、と詩人は願い出る。プシュケーにインスピレーションを受けて作る詩が、オリンポスの神々に対してなされた宗教的祭礼に取って代わることを主張している。それは詩が宗教から自立し、宗教に取って代わることを暗示する。

最後の第四連にいくと、視点は神話のキャラクターとしてのプシュケーから、詩人自身のプシュケー (魂・心) へと完全に移ってしまう。

そう、私はあなたの祭司となって、どこか
私の心のなかの未踏の領域に神殿を建てよう。

そこでは心地よい苦痛によって新しく育った枝なす想念が
　風を受け、松に代わってつぶやくようにしよう。

（五〇―五三行）

これに続く豊潤な楽園の描写は、詩人自身の心の風景である。このようにこの詩は、プシュケーとクピードーの愛の場面で始まり、詩人自身の心で終わる。神話に取材した詩と思われたものが、実は詩人自身の心の賛歌だったのだ。五一行目の「私の心のなかの未踏の領域に神殿を建てよう」は、ワーズワスの「『隠者』の趣意書」四一―四二行目の「人間の心――私の生息地であり、私の歌の主要な領域」を踏まえているとチャンドラーは指摘する。[9] ワーズワスは、自らの心の軌跡を主題とする『序曲』を生前に発表しなかったので、キーツはこの作品を知らないままで終わった。しかし『逍遥』の序文に含まれていた「『隠者』の趣意書」には注目していたものと考えられる。「プシュケーによせるオード」は、「『隠者』の趣意書」と同じく、人間の心という新しい詩の領域が開拓されたことを宣言する詩だったのである。[10]

3　キーツの想像力説

「プシュケーによせるオード」でキーツは、自らの心のなかの風景を描くと共に、プシュケー

（魂・心）の「聖歌隊」「歌声」「リュート」「笛」等になりたいと詩的創造への意欲を示した。それでは彼はその原動力となる想像力の働きについてどのように考えたのだろうか。この詩の執筆より一年以上さかのぼるが、彼は友人ベイリー宛の手紙で、想像力の美化作用に言及している。キーツはベイリーに対し、昔聞いたことのあるメロディーを、素敵な場所、素敵な声で聞いてはっとし、そのメロディーを初めて聞いたときの思いがよみがえってきたという経験、またその歌い手の顔を実際にはありえぬほどに美しいものと思い込みながら、心が高揚しているためにそうとは気づかなかったという経験はないか、と問う。そしてそういうことがあったなら、それは「想像力の翼に乗って高く舞い上がっていた」のであり、その後は自分が思い込んだ美しい顔のほうをその歌手の顔の原型としてしまうに違いない、と言う[11]。キーツはこのようにして想像力によって理想化された美を単なる思い込みとはせずに、それこそが真の美であると考えた。同じ手紙のなかで彼は次のように言う。

私は心の働きが神聖であることと、想像力が真実であることのほかには何も確信が持てないのだ――想像力が美として把握したものこそ真実であるに違いない――あらかじめ存在していてもいなくても――。

この手紙の記述からキーツが、想像力をもっぱら美と結びつけ、想像力が働き出すきっかけとして現実の感覚・印象を重視し、しかしいったん想像力が作動するとそれは現実を超越し、現実より想像力のとらえたものこそが真実であると考えていることがわかる。

4 「ギリシア壺のオード」に見る芸術観

キーツの古代ギリシアへの関心は文字テクストにとどまらなかった。彼はギリシア・ローマの美術品やその図版からもインスピレーションを受け、エクフラシス（美術作品に描かれた事物を描写すること）の詩をいくつか手がけている。その代表作「ギリシア壺のオード」（一八一九年五月頃執筆）〔補遺7〕は、古いギリシアの壺とその表面に刻まれた浮彫り（レリーフ）が、現実の世界とコントラストをなすと同時に、見る者（読者）の想像をかきたて、日常の世界を超えた永遠の美を直観させる詩である。この世の無常に対比される芸術の永遠性と、想像力の働きがこの詩の主たるテーマだが、特に後者にはキーツの想像力観がよく表れていることに加え、読者の想像力を刺激するような仕掛けがテクストに組み込まれている点が特徴的であると言えよう。

第一連前半ではさまざまな言い方で壺に呼びかけるかたちで、対象になっている壺の性格が述べられる。壺は、古代から現在に至るまで損傷されることなく、静かなたたずまいで、作られた当時の初々しさをそのままに保っているという意味で、「いまだ陵辱されざる、静寂の花嫁」（第一行）と呼ばれる。また「沈黙と緩やかな時の養女」（第二行）とも呼ばれるが、そこには実際の生みの親である作者はとうの昔に死んでしまっているという含意がある。芸術作品としての永遠性という壺の特徴が明らかにされると共に、それに対する人間のはかなさが暗示されている。このように静的な存在でありながら、壺はその表面の浮彫り(レリーフ)によって古代の「花に彩られた物語」を今に伝える「森の歴史家」でもある（三―四行）。

第一連後半では、壺の浮彫り(レリーフ)がどのような絵になっているのか、矢継ぎ早に質問が発せられ、読者の想像力を刺激してテクストに引き込む効果を持つと共に、その絵模様の大まかな内容がわかるしくみになっている。それはテンペ（ギリシア北部の美しい谷）やアルカディアの神々や人間たちの伝説であるという。理想郷の代名詞ともなっているアルカディアという地名から、楽園的な情景であることが推測できる。しかしそこには狂ったように追う姿、必死になって逃れようとする様子といった「激しいエクスタシー」（一〇行）が表現されているという。冒頭で壺自体が静的な存在であることが強調されていたのに対し、そこに描かれた絵模様は極めて動的であることが示される。

第二連から第四連で、壺の浮彫り(レリーフ)のふたつの絵模様について具体的に述べられる。ひとつ目は木々の下で美しい若者が笛を吹き、恋する男がキスを迫って女を追いかけている情景で、第二連と第三連にまたがって描かれる（第一連には「何の笛や小太鼓なのか？」（一〇行）、「いやがっているのはどういう娘たちか？」（八行）とあるので笛のほかに小太鼓も鳴らされており、複数の求愛シーンが描かれていると推測できるが、ここでは笛の奏者とひと組の男女に焦点が絞られている）。もうひとつは、人々が生け贄の牛を連れて儀式に向かう場面で、第四連で扱われる。

最初の場面での若者は、笛を吹いている最中に時間を止められて壺の浮彫りに閉じ込められているために、その音色は永遠に止むことがない。また季節の移り変わりと共に葉を落とすはずの木々の枝も、壺の浮彫りでは永久に茂ったままだ。人や自然の営みは無常であるが、いったん壺という芸術作品のうえに表されると、作品と共にいつまでも存続する。木々の枝は永遠の春を享受し、笛の奏者は「倦むことなく永遠に新しい歌を永遠に吹き続ける」（二三―二四行）ゆえにずっと幸福でいられるのだ。

女を追い求める、「大胆な恋する男」（一七行）は、もう少しで相手を捕えそうでいながら、動けないので永久にキスをすることができない。だが女の美しさは永遠に保たれ、男はずっと愛し続けることができる。男の恋は「永遠に熱く、しかもまだ楽しみが残っている」（二六行）ゆえ、彼は常春の枝や、笛を吹き続ける若者にもまして幸福でいられるのだ。これに対し、生きている人間の恋は、いつまでも幸福な状態にとどまっていることができない。恋する人は失恋して深い悲しみに陥るか、さもなくば恋に食傷してしまう。現実の恋はいずれ終わるが、壺の浮彫りの恋には終わりがない。「永遠に熱い」恋は、冷たい壺の表面にこそあるのだ。

第三連最終行（三〇行）の「燃える額や、干からびた舌」という熱病のイメージは、直接的には現実の恋の比喩であるが、それだけにとどまらない。キーツは一八一一年、一五歳でクラーク学院をやめると、生活費を稼ぐ目的で薬剤医師の徒弟となり、一五年一〇月からは約一年半、ガイズ・ホスピタルで外科医の助手を務めた。そこで彼は日常的に患者に接し手当てもしている。また一八年には、結核にかかった弟トムを看病したあとに亡くし、その後、自身も喉の痛みに悩まされるようになる。病人と接し、自らも結核で命を落とすことになるキーツにとって、病気のイメージは現実そのものの悲惨さを暗示していると考えられる。「ギリシア壺のオード」と前後して書かれた「ナイチンゲールによせるオード」〔補遺9〕の第三連でも、語り手が逃れたいと願う現実が病気の換喩で表現されている。「ギリシア壺のオード」第三連では、'happy'という単語が執拗なまでに使われているが、キーツはこの言葉を繰り返すことで、現実に背を向け、壺に描かれた楽園的な世界になんとかして没入しようとしているかのようだ。

壺の浮彫り(レリーフ)の永遠に幸福な世界と現実とのこのような対比に加え、この詩のもうひとつのテーマが想像力の働きである。「聞こえるメロディーは美しい、だが聞こえないメロディーは、さらに美しい」(一一―一二行)という有名な一節がキーツの想像力観を端的に表している。笛の奏者が奏でているメロディーがどのようなものか、壺を見ている者には知るよしもない。だがそれは聞こえぬがゆえに、一体どんなメロディーだろうと見る者の想像力をかきたて、もし聞こえたらこの世のものとも思えない、妙(たえ)なる旋律に違いないと思わせる。そしてキーツにとってはそれこそが真のメロディーなのだ。ここでは笛を吹く若者の姿という視覚的印象が与えられながら、そのメロディーという聴覚的印象はさえぎられているために、想像力が働いて理想のメロディーを直観する、というしくみになっているが、ちょうど逆の例として、ワーズワスの「カッコウに」(一八〇二年執筆)を挙げることができよう。この詩では、カッコウの声だけ聞こえて姿が見えないことから、カッコウは「鳥ではなく、(……)ひとつの声、ひとつの神秘」(一五－一六行)となる。その声は少年時代の記憶をよみがえらせるが、子どもの頃、カッコウは「常に希望であり、愛であって、いつも憧れていながら、決して目に見えなかった」(二三－二四行)という。また『序曲』第二巻でワーズワスは、子どもの頃、嵐のときや星月夜にひとりで外を歩いては、視界のきかないなかで、自然の力強い音を耳にして高揚した気分を味わったという。やがてその音の印象だけがあとに残り、それは、音の源である事物とは無関係に、何か崇高で超自然的なものを詩人の心に喚起するようになる。すると魂はそれに強い憧れを抱いて、それを追究すべく感覚が研ぎ澄まされていくのだが、感覚がいかに発達しても完全にはとらえきれず、さらに追究すべきものを感ずるという(三二一－四一行)。キーツの場合もワーズワスの場合も、視覚と聴覚のうち、一方の印象のみが与えられると、想像力がもう一方を補おうとするのだが、ただ欠けているものを埋め合わせるだけにとどまらず、現実を超えてどこまでも理想に近づいていってしまうのである。

生け贄の儀式に向かう人々の場面を扱った第四連では、描かれた情景をもとに描かれていないことにまで想像の翼が広げられる。ここで「ギリシア壺のオード」の約一年前に書かれ、いくつか共通する表現が見られることから、その先駆的作品と考えられる「親愛なるレノルズへ」を引き合いに、この第四連の特徴を考えてみたい。「親愛なるレノルズへ」は、幾分ふざけた調子で、ざっくばらんに詩人仲間のレノルズに語りかける書簡体の詩だが、その中核部分はクロード・ロラン（一六〇〇―八二年）の絵のエクフラシスになっている（図版5）。「君も知っている「魔法の城」、あれは木立に囲まれた湖岸の上に立っていて、その景色すべてが、ウルガンダの剣のような古い魔法にかかって震えているように見える」（二六―二九行）と、キーツはこの絵について語り始める。ここではロランの絵から、それとは直接関係のないウルガンダ（スペインの伝奇物語（ロマンス）『アマディス・デ・ガウラ』に登場する魔女）を連想しているが、さらにこのあと彼の想像はとどまることを知らず、実際には絵に描かれていないことをいろいろと勝手につけ加えている。たとえば「魔法の城」の描写の最後は次のようになっている。

喇叭（クラリオン）が鳴り、裏門の鉄格子から流れる
甘美な音楽がこだますると、
あわれ牧人は恐怖におののく。彼は家畜の群れを連れてきて
魔法にかかった泉の静寂を乱したのだ。
牧人は、その甘美な音楽とその場所のことを

図版5　クロード・ロラン「魔法の城」1664年、ロンドン、ナショナル・ギャラリー蔵

友達みなに話すけれど、誰も本気にしてはく
　れない。
（六一―六六行）

ロランの絵では、前景やや左寄りのところに女性がひとり座って頬杖をついており、背後に鹿が何匹かいるが、牧人も家畜も泉も描かれてはいない。また喇叭（クラリオン）が吹かれるというのも全くのキーツの想像である。キーツは絵に描かれていない物語を勝手に作り、牧人が里に帰ってその場所のことを友達に話すが信じてもらえないという後日談まで付け加えているのである（この絵の原題は「プシュケーとクピードーの宮殿にある風景」〈一六六四年〉で、この女性は実はプシュケーである。「魔法の城」というタイトルは、この絵の版画が制作された一七八二年になってつけられた。絵は現在、ロンドンのナショナル・ギャラリーにあるが、

キーツが見たのは版画のほうで、原題は知らなかったものと思われる）。

これに対し、「ギリシア壺のオード」第四連の、生け贄の儀式に向かう人々についての描写はもっと漠然としている。キーツはこの詩を書くにあたって、特定の壺をモデルにしたのではなく、複数の壺やフリーズ、図版などを参考にしたと考えられている。第四連については「空に向かって鳴くあの雌牛」（三三行）が、大英博物館にある「エルギン・マーブルズ」のフリーズのひとつと一致することが指摘されている[12]（図版6）。これをひとつのヒントにキーツは「ギリシア壺」の絵模様として、祭司と、祭司が引き連れた生け贄の雌牛、および人々の行列の図像を考案したものと思われる。その情景から語り手は、人々が一体どんな「緑の祭壇」（三二行）に向かっているのか、まだどんな町から出てきたのかと問いかけ、特に彼らのやってきた町について想像をめぐらしている。

この聖なる朝、この人たちが出払ってきたのは
　どこの小さな町か、それは川べりにあるのか、海辺なのか、
　　それとも平穏な城塞に守られた山の上にあるのか？
小さな町よ、おまえの通りは永遠に
　静まり返っているだろう。そしてなぜおまえがうち捨てられているのか、
　　戻って話すことのできる者はひとりもいない。

図版6　「エルギン・マーブルズ」前5世紀、ロンドン、大英博物館蔵

（三五－四〇行）

「親愛なるレノルズへ」を書いたキーツならば、奔放な想像力を発揮し、その町についてきっとこういう町だっただろうと詳しく描くこともできたはずである。だが彼は、その町が小さな町であり、人が出払って壺の浮彫り（レリーフ）に閉じ込められているので、その通りは永遠に森閑としたままであろうと想像はするものの、あとはその地理的な場所について、川べり、海辺、山の上という三つの選択肢を与えるにとどめている。キーツはわざと複数の可能性を持った不完全な情報を与え、残りを読者の想像にゆだねているのだ。第一連の後半では、壺にどんな絵が描かれているのか、次々と質問を発して読者の想像力を刺激する手法がとられていたが、ここでも読者の存在が意識されている。「聞こえな

いメロディー」が「聞こえるメロディー」より美しいように、その町ははっきりと描かれていないからこそ、読者の想像力に訴えかけ、描かれた情景以上の神秘性を帯びてくるのである。

最後の第五連では再び壺自体に視線が向けられ、その意味が総括される。壺は「沈黙した形」（四四行）でありながら、表面の浮彫り（レリーフ）の絵模様によって想像力をかきたて、「永遠がそうするようにわれわれを困惑させ」（四四―四五行）、日常的な思考の外に連れ出すのであるという。また壺は芸術作品の不滅性のゆえに、キーツの世代が滅んで新しい世代に代わっても、その世代が抱える苦難のなかにあって「人間の友」（四八行）であり続けるだろう。そして「美は真にして、真は美なり」（四九行）というメッセージを伝え続ける。最後に語り手としてのキーツはあたかも神託ででもあるかのように、「それがおまえたちがこの世で知っているすべてで、知っておくべきすべてだ」（四九―五〇行）と読者に告げる。

5　「ギリシア壺のオード」についての疑問点

以上のように「ギリシア壺のオード」は、無常で苦難に満ちた現実に対比される芸術の永遠性と、理想化・美化を志向する想像力の働きをテーマとし、最後に、優れた芸術は時代を超えて人間に寄り添うこと、想像力によって直観しうる、現実を超えた世界においては、美と真実が一体であるとのメッセージを伝える。

図版7　タウンレーの壺の浮彫り（Colvin, Plate XII）

図版8　ボルゲーゼの壺の浮彫り（同上）

芸術作品としてのギリシア壺を歌った、この詩自体が優れた芸術作品であることは確かだが、いくつか疑問点も浮かんでくる。壺に描かれた永遠の愛は、なぜ男が女を追い、口づけを迫る構図になっているのだろうか。

コルヴィンは壺の有力なモデルとして、大英博物館にあるタウンレーの壺（図版7）およびルーブル美術館所蔵のボルゲーゼの壺（図版8）とソシビオスの壺（図版9）を挙げている。これらはローマ時代になって作られた、ネオ・アッティカ様式の大理石の壺である。イアン・ジャックは、キーツがソシビオスの壺は図版で、ボルゲーゼの壺については、それに基づいて作られたウェッジウッドの飾り板で見た可能性を指摘したうえで、ボルゲーゼの壺の「バッカス的放埒」の図像には、「大胆な恋する男」と「いやがる娘」

図版9　ソシビオスの壺の浮彫りの図版（Colvin, Plate XI）

がはっきり描かれていると言う[13]。彼が指摘しているのは、裸の男が女の服の袖を引っぱり、女が振り向いている図である（図版8。右からふたり目と三人目）。だが男は女と反対の方にそり返っていて、キスを迫っているようには見えないし、女もただ男のほうを振り返っているだけで、いやがって逃れようとしている様子はない。むしろ愛の表現としては、タウンレーの壺にある、半裸の男女が肩を組んで互いに見つめ合っている図のほうがふさわしいように思われる（図版7。左から三人目と四人目）。

ゴスリーは、この図像のモデルとしてティツィアーノ（一四八八頃－一五七六年）の「バッカスとアリアドネ」（一五二〇－二三年）を指摘している[14]（図版10）。この絵では振り返るアリアドネに向かってバッカスが飛びつこうとしているように見える。しかしアリアドネはバッカスから逃れようとしているのではない。彼女を捨てて出航したテセウスのほうに向かって手を伸ばしているところにバッカスが現れ、驚いて振り返っているのである。アリアドネに恋したバッカスは彼女と結婚し、その贈り物として宝冠を与える。彼女が死んだとき、バッカスが宝冠を取って投げあげると、それは星座に変わったという。この絵にはその星座も描かれている。一見したところプシュケーを描いているとはわからない「魔法の城」と異なり、「バッカスとアリアドネ」の図像は明白であり、キーツは当然背景にある神話を知っていたと考えられる。この不死の神と人間の女性との愛の物語は、永遠に美しい女性を永遠に男が追い求める、ギリシア壺の図像とは相容れない。

図版10　ティツィアーノ「バッカスとアリアドネ」1520–23年頃、ロンドン、ナショナル・ギャラリー蔵

このように求愛の場面には、生け贄の儀式の場面と異なり、はっきりとしたモデルが見つからない。キーツは、男女が見つめ合う図像がタウンレーの壺にあるにもかかわらず、あえてそれを採用せずに、男が女を追うという構図を考え出したものと思われる。今日的観点からすれば、男が女に強引にキスを迫る図像を幸

福な恋愛を描いたものとするのは問題だろう。第一連の「いやがっているのはどういう娘たちか？　狂おしいまでの追跡、逃れようともがく様子は何なのか？」（八－九行）から判断するに、恋の戯れを描いているとは思えない。また一行目の「いまだ陵辱されざる（unravish'd）、静寂の花嫁」は、壺自体への呼びかけだが、否定形とはいえ'ravish'という暴力的な言葉が用いられている点も目を引く。トムソンは、ここにはキーツのファニー・ブローン（一八〇〇－六五年）に対する満たされない思いが反映されていると見る。キーツは一八一八年にファニーと知り合い、年末には親しくなっていた。この恋はキーツの片思いではなく、ファニーもキーツを受け入れて一八一九年の年末には婚約に至る。しかし病気の悪化したキーツはファニーと結ばれることなく、一八二一年二月、転地療養先のローマで亡くなる運命にあった。キーツはファニーに宛てた詩や手紙で、彼の目には、気ままに振舞っているように映る彼女への嫉妬を繰り返しあらわにし、また自分の病気がふたりのあいだの障害となっていることを嘆いている。[15]

しかし詩のテクストのうえでは、あくまで手の届かない愛こそが幸せな愛だと主張されている。語り手は男に「嘆くことはない」（一八行）と言う――「彼女は色あせはしない、君は至福を得られないが、永遠に君は愛し続け、彼女は美しいままだ」（一九－二〇行）。言い換えれば、男は至福を得られないからこそ永遠に愛し続けるのであり、そしてそれゆえに女は永遠に美しいのである。女は壺の浮彫り（レリーフ）に凍結され、歳をとらないという意味だけで永遠に美しいのではない。シェリーが「星に焦がれる蛾の思い」（「乱用されすぎているひとつの言葉」〈一八二四年〉一三行）と表現したように、手が届かないというまさにその事実が女を永遠の女性に変えるのだ。「おそらくすべての精神的な追究は、追究する者の熱意からそのリアリティーと価値を獲得するのだろう」とキーツはベイリー宛の手紙で述べている。[16] 男が女にキスを迫るという肉感的なシーンにも、想像力による美化作用という精神的要素が入り込んでいる。

だがこのシーンは「聞こえないメロディー」や「描かれていない町」の場合とは大きく異なっている。女の姿は壺に描かれており、必死に女を追い求める男の様子を、壺の鑑賞者は第三者の立場から見ることになる。男は決して得られないがゆえに理想化された女性を永遠に求め続けている。それは第三者の目から見れば愚かなことかもしれない。男の見ているものは幻想ではないのか。心のなかで理想化された美が真実であると誰が保証できるのか。「ギリシア壺のオード」にはこういった疑念ははっきりとは表されていない。しかしキーツがこのあとに書いた、寓意的な物語詩『レイミア』のテーマのひとつはそこにあった。

コリントの若者リシアスは、美しいレイミアに魅せられて、彼女の正体が蛇であることも、ふたりの婚礼の壮麗な宴会場が、レイミアの魔法で作られた幻であることにも気づかない。だがレイミアは冷徹な哲学者アポローニアスに正体を見抜かれると、たちまち消えてしまい、それを見たリシアスは生きる気力を失って死んでしまう。「想像力が美として把握したものこそ真実であるに違いない」と言いつつ、本当にそう言いきれるのかという疑念をキーツは抱いていた。「私はときどき非常に懐疑的になることがあって、詩そのものさえただの鬼火にすぎず、その輝きにたまたま心打たれた人を楽しませるだけなのではないかと思うことがある」、こう彼が言ったのは、先ほどのベイリー宛の手紙で「おそらくすべての精神的な追究は、追究する者の熱意からそのリアリティーと価値を獲得するのだろう」と述べる直前の箇所においてである。キーツは想像力の志向する美の世界と、あるがままの現実とのギャップを感じ続けていた。

これに関連し、もうひとつ疑問に思えるのは「ギリシア壺のオード」の結末では、プラトン以来、普遍的な価値として掲げられてきた真・善・美のうち、真と美の一体性のみが主張され、善への言及がないことだ。イアン・ジャックやスティリンジャーは、キーツが直接影響を受けた可能性があるテクストとしてエイケンサイド（一七二一－七〇年）の『想像力の愉しみ』（一七四四年）の一節を挙げているが、そこには真・善・美の一体性が謳われている。[17]

（……）こうして美が天より送られてきた、
美はこの暗い世界における、
真と善の美しいしもべ。というのも真と善はひとつで、
美は真と善のうちに宿り、真と善は等しく
美のうちに宿るから。

（第一巻三七二―七五行）

また先ほど指摘したように、ゴドウィン（ボールドウィン）は『パンテオン』で「想像力こそ、（……）道徳の大いなる推進力である」と述べており、キーツはそれも読んでいたはずである。とすると、キーツは意図的に善への言及を避けたと考えられる。「ギリシア壺のオード」にはイアン・ジャックの言うバッカス的放埒が描かれており、善悪とは関わりのない美の世界をキーツは強調したかったのだろうか。ここにのちの唯美主義・芸術至上主義の萌芽がうかがえるのだろうか。しかし芸術と道徳（人道主義）の問題は一貫してキーツの主要な関心事のひとつであった。初期の「眠りと詩」（一八一六年執筆）において彼は、ニンフたちとの官能的な恋の戯れを描いたあと、「私はこうした歓びに別れを告げることができるだろうか」と自問し、「私はより気高い人生に向かっていかねばならない、そこでは人間の心の苦悩や苦闘を見い出すだろう」（一二三―二五行）と言う。また『ハイペリオン』（一八一八年秋から一九年四月にかけて執筆）も芸術の道徳的役割をテーマとしている。この叙事詩は、オリンポス神族との戦いに敗れたティタン神族が世界の支配権を放棄せざるをえなくなり、太陽神がティタン神族のハイペリオンからオリンポス神族のアポロに交替するという内容を持つ。ティタン神族のひとりオーケアヌスは、自分たちの没落が必然であることを説き、いかに真実が厳しいものであろうと、それを冷静に直視できる者が王者の資格を有していると言う（第二巻二〇三―〇五行）。この『ハイペリオン』ではミルトンの『失楽園』が強く意識されている。サトゥルヌスを主神とするティタン神族は、サタンを首領とする『失楽園』の反逆天使たちに相当し、詩と医術の神でもあるアポロがキリストに相当する。『失楽園』ではサタンによって原罪を犯した人類が、やがてキリストの贖罪によって救われることが予告されるのに対し、『ハイペリオン』では『失楽園』の宗教的な救済に代わって、詩（芸術）による癒しが提示されていると考えられる。

そのことは未完に終わったこの作品の改作として書き始められた『ハイペリオンの没落』（一八一九年）においていっそうはっきりする。こちらの作品では、いきなり神話に取材した物語に入らず、最初に詩人を志す語り手が登場する。彼は、真実の祭壇に至る階段で、祭壇を守るモニータから「誰もこの高みに登ることはできない、この世の不幸を不幸と感じ、それを黙視できない人を除いては」（第一歌一四七－四八行）と言われると、モニータに対しすべての詩が無益というわけではなく、「詩人は賢者でヒューマニストで、万人の医者のはずです」（一八六－九〇行）と訴える。医学の道を捨てて詩人を志したキーツは、詩の力で人々の苦悩を癒すという使命感を持っていたのである。[18] しかし前作同様ギリシア神話の枠組みで詩人の使命を追究するというテーマを持ったこの詩は、神話上のキャラクターが登場し、物語が始まりかけたところで中断してしまう。

これらの詩と異なり、「ギリシア壺のオード」には、芸術美の世界に没入することで現実から逃避しようとする傾向が見られる。ではこの詩ではもっぱら美にのみ関心が示され、善は無視されているのだろうか。問題となっている終わりの二行「「美は真にして、真は美なり」それがおまえたちがこの世で知っているすべてで、知っておくべきすべてだ」については、全部を壺のメッセージとする解釈がある。「美は真にして、真は美なり」に引用符がついたのは詩集『レイミア、イザベラ、聖アグネス祭の前夜、その他の詩』(一八二〇年)に収録されてからでそれ以前はついていなかったという。とすると、語り手が壺のメッセージとは少し距離を取っていることも考えられる。また壺のメッセージを「美は真にして、真は美なり」に限定すると、「それがおまえたちがこの世で知っているすべてで、知っておくべきすべてだ」は語り手が読者に向かって言っていることになるが、先ほど述べたように、まるで神託のような権威主義的な物言いである。そのような言い方自体が、キーツの本心との乖離を示唆しているとも考えられる[19]。真を美とのみ結びつける結びの二行に、ある種の留保が感じられるのである。

その一方で、ギリシア壺が将来世代にわたって、それぞれの世代が抱える苦難のなかにあって「人間の友」(四八行)であり続けると言うくだりには、癒しとしての芸術の役割が意識されていると考えられる。あくまで美を強調しつつも、ヒューマニストとしてのキーツの側面が、そこに垣間見える。だが『ハイペリオン』も『ハイペリオンの没落』もいずれも未完に終わったことからうかがえるように、どのようにしたら詩人は、万人の医者になれるのか、キーツは明確な答えが見い出せず、逡巡していたように思われる。

第七章　時間についての探求物語（クエスト・ロマンス）

――ワーズワスとエリオット

I　ワーズワスの回想の楽園

日常のなかで経験したことでありながら、前後の時から切り離されて、繰り返しよみがってくる、昔の、特に幼い頃の思い出――ワーズワスはそれを「時のスポット」と名づけ、そのような自らの体験を集めて千行弱の詩を書いた。これが全一三巻から成る『序曲』（一八〇五年版）の原型となった一七九九年版『序曲』である。そこにはすでに、完成した『序曲』の重要なエピソードの多くが収録されており、この八千五百行におよばんとする大作のエッセンスを抽出したようなかたちになっている。一七九九年版への大幅な加筆は、主にその後の人生をたどっていくことにあてられているが、それによりワーズワスは、いかにしてこの作品を書くに至ったかという経緯を述べたと言うことができる。完成した『序曲』は副題に「詩人の魂の成長」とあるように、韻文で書かれた一種の教養小説であり、魂の彷徨ののち、詩人はもう一度少年時代へと回帰し、「時のスポット」の回想の世界を見い出したのだった。それゆえこの作品は円環的構造を持つことになり、エイブラムズの言葉を借りれば、『序曲』という作品はそれ自体についての序曲なのである。[1]

「時のスポット」とはいわば記憶のなかに確保された永遠の世界であって、ワーズワスによれば、そこにはわれわれを気の滅入る日常の重圧から救い、活気づける力が備わっているという。そしてそこでは人間の心が主人であり、外界の感覚は従者にすぎない(『序曲』第一一巻 二五七―七三行)。「時のスポット」として語られるエピソードは子どもの頃の楽しい思い出ばかりではない。むしろ印象的なのは、無気味で恐ろしい出来事や荒涼とした風景のほうだ。ワーズワスが「時のスポット」の直接の例として挙げている、最初のエピソードでは、幼い頃、馬に乗って丘に向かうが、付き添いの者とはぐれてしまう体験が語られる。[2] 馬を引きながら歩いていくと谷底にたどりつき、かつて殺人者が縛り首になった絞首台に遭遇する。そこから坂を登ると、丘のふもとの池、丘の上の標識、そして頭に水がめを載せた少女が風に逆らって歩いている様子が目に入る。それは「ごく日常的な光景」だったがその「幻想的で荒涼としたさまを描くには、人知れぬ色と言葉が必要だ」(一七九九年版、第一部 三二〇―二二行、一八〇五年版、第一一巻 三〇八―一〇行)とワーズワスは言う。迷子になった不安と絞首台をまのあたりにした恐怖により、普通の景色が幻想的なものに変貌し、少年の脳裏に焼きつくのである。

一七九九年版はここで終わっているが、一八〇五年版では、一七歳のワーズワスが、妹のドロシーと、のちに結婚する、幼なじみのメアリと連れだって、毎日のように同じ場所を散策したことが語られる。[3] そのとき「あの露出した池と、荒涼とした岩山と、うら寂しい標識のうえに、喜びの精神と、青春の黄金の輝きとが降り注いだ」(三二〇－二二行)と彼は言う。幼い日の恐怖体験が、青春時代の喜びにいっそうの彩りを添え、神々しい輝きを放つ。ワーズワスは、「素朴な幼年期」にこそ「人間の偉大さの基礎」があると言い(三二九－三〇行)、次のように続ける――「過ぎ去った日々が人生の黎明期からよみがえってくる。私の力の奥処が開かれるが、近づくと閉ざされてしまう。今は垣間見ることもあるが、歳を重ねれば、ほとんど見ることができなくなるだろう。だから今のうちに(言葉で表せる限り)感じることに実体と生命とを付与しよう――将来復元するために過去の精神を神殿に祭ろう」(三三三－四二行)。

ワーズワスが挙げる「時のスポット」のもうひとつの例(一七九九年版、第一部 三三〇－七四行、一八〇五年版、第一一巻 三四五－八八行)は、本書第一章でも取りあげた父の死にまつわるエピソードである。そこでは冬休みの前日に、家まで送り届けてくれる馬を待ちわびながら見た、荒れ模様の天気のなかの景色が、休暇中に起きた父の死と結びつき、不思議な神秘性を帯び始める。こちらのエピソードでは、否定的な価値しか持ちえないように思える、互いに無関係な事柄が、ふたつ相まってワーズワスの心を高揚させひとつの原風景を形成している。そののち彼はしばしばその記憶のなかの風景に立ち返り、泉の水を飲むようにそれを味わったという。

『序曲』第九巻、第一〇巻で語っているように、ワーズワスは、フランス革命が勃発すると、それに対して世俗化した終末論的ヴィジョンを抱き、革命によって地上の楽園が現出したかのように感じた。だがそれは幻想にすぎなかった。深い絶望に陥ったのち、やがてそこから立ち直り、詩人としてたどりついた拠り所が「時のスポット」だったのである。

2 「霊魂不滅のオード」の嘆き

子どもの頃を人生における黄金時代と見なす考え方は、ワーズワスのほかの初中期の詩にも見られるが、『序曲』では回想が至福の源泉であったのに対し、「霊魂不滅のオード」(一八〇二、〇四年執筆、一八〇七年発表)〔補遺2〕では、幼年期に戻ることのできない嘆きが強調される。かつて牧場も木立も小川も大地も、目にするものはすべて天上の光に包まれ、夢のなかの栄光とみずみずしさに覆われていたときがあった。だが今では昔と異なり、夜も昼も、どこを向いても以前に見たものを見ることができない(第一連)。虹は現れては消え、薔薇は愛らしく、晴れた夜には月が嬉しそうにあたりを見渡す。星月夜の湖面は美しく、日の出の光は輝かしい。だがそれでも、どこへ行っても栄光は地上より失せたことを知る(第二連)。そして第四連の最後で「あのヴィジョンに満ちたきらめきはどこに消えたのか、栄光と夢は今いずこに」と嘆くのである。

第五連では、子どもの頃の新鮮で輝きに満ちていた世界が大人になると色あせていく現実を、キリスト教化された新プラトン主義の発想を借りて表現する。人は生まれる前、真実の世界・イデアの世界に住んでいたが、生まれると同時にそのことを忘れる、とプラトンは考えたが、新プラトン主義では、誕生と同時にすっかり忘れてしまうのではなく、幼少時はまだ前世の記憶が残っているとする。一七世紀の宗教詩人ヘンリー・ヴォーン（一六二一－九五年）は、この考えをキリスト教信仰に取り込み、神の御許(みもと)にいた前世の記憶が残っていた幼い日に戻りたいという願望を詩「もと来た道」に詠んだ。ワーズワスは前世の存在を全面的に信じていたわけではなかったが、その発想を取り入れ、「誕生はただ眠りと忘却にすぎず、（……）だが全くの忘却ではない、全裸でもない、栄光の雲を曳きつつ、われらの故郷なる神のもとより来るのだ。われらの幼きとき、天国はわれらのめぐりにある！」（五八－六六行）と歌う[4]。しかし歳を重ねるにつれ、人はかつて保持していた「壮麗なヴィジョン」が「消えていき、日常の光のなかに色あせていくのに気づく」（七四－七七行）。

第九連以下では、詩人は嘆くことをやめて、この世の生を積極的に肯定しようとする。ワーズワスがイザベラ・フェニックに語った、この詩の背景となるエピソードによれば、彼は子どもの頃、よく外界の事物と心の内面の区別がつかなくなり、塀や木にしがみついて現実感覚を取り戻したという。[5] それを詩のなかでは「感覚や外界の事物に対する、抜け落ち、消え去るものに対する執拗な問いかけ」（一四二－四四行）と表現し、その主客未分化の体験を自分に与えられた恩恵であるとして感謝をささげる。そして「あの最初の感情、影のようにとらえがたい回想」が「今もなお、われらの日々を照らす光の泉」（一四九－五二行）だとする。詩人はその光の助力を求め、それが得られれば「穏やかな天候の季節には、ずっと内陸にいても、われらの魂は、われらをこの世にもたらした、あの不滅の海を見、瞬時にそこに戻って、浜辺で戯れる子どもを眺め、永遠に轟く潮騒を聞くことができる」（一六二－六八行）と言う。

しかし「霊魂不滅のオード」では、そのような幼年期への回帰が最終的な拠り所とされているわけではない。第一〇連で詩人は、「かつてあんなにもきらめいていた輝きが、いまや私の視界から永久に消し去られたからといって、それがなんだというのだ」（一七六－七七行）と言い、「われらは悲しむまい、むしろあとに残ったものに力を見い出すのだ（We will grieve not, rather find / Strength in what remains behind;)」（一八〇－八一行）と述べる。あとに残ったものには、大人になっても失われない原初的な共感、苦しみを経て得られる心和らぐ思い、死のかなたに目を向ける信仰、穏やかで賢明な心をもたらす成熟などが挙げられているが、その前に「悲しむまい」「見い出すのだ」と意志の助動詞 will を用いた表現があることに注目したい。それは「悲しまない」「見い出す」という自然な感情ではなく、悲壮な決意なのだ。

「私がひとつの喜びを失ったのは、君たち（自然）のより習慣的な支配のもとで生きるためにすぎない」(一九一―九二行)という最終第一一連を含め、終わりの三つの連では、成長し歳を重なることとの意義を評価しようとはしているが、作品全体として印象に強く残るのは、幼年時代へのノスタルジア、幼年時代が失われたことに対する嘆きのほうなのである。

冒頭に述べたように、『序曲』においてワーズワスは、人生に意味を与えるものとして「時のスポット」を見い出した。それは彼が実際に体験した具体的な出来事でありながら、子どもの原始的な感覚でとらえられ、時の経過のうちに記憶のなかに形成されたひとつの楽園であった。しかし「時のスポット」が回想である以上、それはいったん失われ、記憶のなかに組み入れられることによって初めて得られる楽園なのだ。失われなければ永遠化されえない、このパラドックスからワーズワスは、どうにも逃れられない。[6]「時のスポット」の無上の喜びは「霊魂不滅のオード」の深い悲しみと表裏一体をなしているのである。

3 『序曲』と『四つの四重奏』

ワーズワスが『序曲』で追究したのは、流れゆく時のさなかにあって、いかにして不変なるものを確保するかという問題であった。T・S・エリオットが第二次世界大戦前夜から戦中にかけて書いた、『四つの四重奏』(一九四三年)(「バーント・ノートン」〈一九三六年〉、「イースト・コウカー」〈一九四〇年〉、「ドライ・サルヴェイジズ」〈一九四一年〉、「リトル・ギディング」

〈一九四二年〉）で取り組んだのも同じ問題にほかならない。魂の成長をテーマとし、一人称で書かれた長編詩であるという点で、『四つの四重奏』は『序曲』を想起させるとボーンスタインは指摘する。記憶や特別な「瞬間」に依拠し、日常のなかで啓示的体験が得られるとする点でもこのふたつの作品は共通している。ただし「時のスポット」では、人間の心の働きが時間のなかでの癒しや心自体の活性化をもたらすのに対し、『四つの四重奏』の「瞬間」では、神の恩寵により時間を超越した世界が示される。ボーンスタインは『四つの四重奏』を『序曲』の続編と位置づけ、この作品は「詩人の魂の成長」への序曲ではなく、その帰結として読めると言う[7]。

しかし『四つの四重奏』は、ワーズワスが解決できなかった問題に対する答えを単純明快に示してくれるわけではない。この作品（群）の主要なテーマは時と永遠にあるが、そこには、多様で互いに矛盾するような時間観が見られ、簡単に結論に達することはない。さまざまな言説の集積という点では、『荒地』（一九二二年）のパッチワーク的な手法が維持されているようにも見えるが、『四つの四重奏』は『荒地』とは大きく異なっている。『荒地』においてエリオットは、古今東西のテクストからの引用を含む断片的な詩句を脈絡なくつなげて、読者に不協和音を聞くときのような違和感を覚えさせ、その結果、全体として第一次世界大戦後の虚無と混乱を浮彫りにしてみせた。その背後には救済への渇望が感じられるものの、前面に打ち出されているのは現代社会の不毛ぶりであった。これに対し、『四つの四重奏』の多様な言説に見られる矛盾は、混乱を前景化することを目的とするものではなく、真摯な態度で真理を求める模索の過程を示しているのである。[8]

錯綜する時間観のなかで、エリオットが重視するのが、クロノス（流れゆく時間）のさなかに出現する、神の恩寵としてのカイロス（意味を持った特別な時）である。カイロスは永遠なるものが時間の世界に介入する「無時間と時間の交錯点」（「ドライ・サルヴェイジズ」二〇一―〇二行）であり、それはまた時間・歴史の終わりとしての終末を予示する。エリオットは、最後の「リトル・ギディング」の後半に至ると、「すべてはよくなるであろう、そしてすべての様（さま）はよくなろう」という中世の神秘家ジュリアン・オブ・ノリッジ（一三四二―一四一六年頃）が受けた啓示の言葉を繰り返し引用し、終末への期待をもって詩を閉じる。過去の回想に慰めを求めたために喪失感から逃れられなくなったワーズワスのジレンマを、未来への望みによって乗り越えようとしたと言えよう。だが果たして、それは「詩人の魂の成長」の帰結となりえたのだろうか。エリオット自身の初中期の作品の時間観、そしてワーズワスの「時のスポット」との関連という観点から、『四つの四重奏』の時間観を検討したい。

4　無為な時間

『荒地』第一部「死者の埋葬」の最終連には、冬のロンドンの遅い夜明け、九時を告げる鐘の音と共に職場に向かう、時間に拘束された勤め人たちの姿が描かれている。

リアリティのない都市、
冬の夜明けの褐色の霧の下、
群衆がロンドン橋の上を流れていった、あんなに大勢、
死があんなに大勢を滅ぼしたとは思わなかった。
時たま短くため息をついて、
皆、自分の足もとを見つめていた。
人の流れは丘を上がり、キング・ウィリアム・ストリートを下って、
セント・メアリ・ウルノス寺院が時を告げ
死んだような音で最後の九つ目の鐘を鳴らすほうに向かっていった。
（六〇―六八行、傍点筆者）

傍点を施した六三行目、六四行目はエリオットが自注に示しているように、いずれも『神曲』「地獄篇」への引喩（アリュージョン）である。六三行目「死があんなに……思わなかった」は、第三歌五五―五七行から採られている。地獄の門を入ったところでダンテが目撃した大勢の霊たちは、「神からも神の敵からも嫌われている、つまらない連中」（六二―六三行）だ。彼らには「死の

希望さえなく、その暗愚な生活はあまりにも下劣なので、それ以外ならどんな運命でもうらやんでしまう」(四六―四八行)のだという。また六四行目は第四歌二五―二七行を踏まえている。そこでため息をついているのは、キリスト以前の時代に生きたために異教徒のままで終わり救いを得られなかった、辺獄(リンボ)の霊たちである。二〇世紀の労働者たちは現世にあって、ダンテが描いた亡者たちのような空疎な毎日を送り続ける。キリスト教が力を失った現代はまた、キリスト以前の時代と同じように救いのない時代なのだ。六八行目は、表面的には午前九時を告げる鐘の音を意味しているが[9]、「死んだ」、「最後の」('With a *dead* sound on the *final* stroke on nine' イタリック筆者)という言葉が使われていることから、キリストが死んだ「第九時」(午後三時にあたる)が含意されている[10]。それは全人類の罪をあがない、やがて復活をもたらすべき特別な時(カイロス)であったはずである。だが現代の労働者たちが気にするのは、贖罪の「第九時」ではなく、彼らを職場に駆り立てる日ごとの九時の鐘のほうなのだ。

『四つの四重奏』にも同じく時間の奴隷となった現代人の姿が描かれている。『荒地』の朝の通勤風景に呼応するかたちで、「バーント・ノートン」の第三部では、地下鉄の駅を舞台にして、おそらくは仕事を終えて帰宅する乗客たちの様子が描かれる。そこは「愛のない場所」(一行)で、薄闇に包まれており、昼の光に満ちあふれることも闇に徹することもない。「こわばった、時間に支配された顔」(一一行)をした人々は、「放心によって放心から放たれ、妄想に満ち、意味を見失って」(一二―一三行)いる。そして「以前と以後(before and after time)」(一六行）に吹く冷たい風に、紙くずと一緒に巻き込まれる。ここでいう「以前と以後」とは電車の到着前と発車後ということであり、その中心にある「時」は、単に電車がプラットフォームに停まっている時にすぎない。同じ一節のなかに'Time before and time after'という類似の表現が二度繰り返されているが（二、一八行）、こちらのほうには到着前と発車後という意味に加え、「今までもこれからも」という意味が込められていると考えられる。[11] 今までもこれからも同じように電車は駅に着いてはまた出ていき、人々はそこからはき出されて帰宅の途につく。

不健康な魂の群れが
くすんだ空気のなかにはき出される。無気力な者たちが
ロンドンの薄暗い丘を吹き払う風に追いたてられる、
ハムステッドとクラークウェル、カムデンとパトニー、
ハイゲイト、プリムローズそしてラドゲイト。

（第三部一九―二三行）

丘として挙がっている地名はパトニーとラドゲイト以外はいずれも住宅地である。『荒地』では労働者たちが、朝、都心の職場に向かっていたが、ここでは夕刻に最寄りの地下鉄の駅を降りて家に帰っていく。[12] 人々を「魂（soul）」（一九行）と呼んでいることからここでも死者が連

想される。彼らが風に追い立てられるのは、霊たちが風に吹きさらされる罰を受けている『神曲』「地獄篇」第五歌への引喩（アリュージョン）と思われるが、ここでは『神曲』の地獄との類似を示唆しつつ、違いも際立つようにしくまれている。「地獄篇」第五歌では、愛欲者たちが落とされている地獄の第二圏が描かれ、そこでダンテはパオロとフランチェスカに出会い、フランチェスカから悲恋の顚末を聞く。不義の罪で身を滅ぼしたふたりは、地獄にあっても永遠に愛し合っている。一方「バーント・ノートン」第三部では、冒頭で「ここは愛のない場所だ」と述べられており、現世でありながら『神曲』の地獄の第二圏よりも不毛なところであることが明らかにされているのである。

この一節には‘time’という単語が何度も出てくるが、そこには何ら決定的な時はなく、ただ同じことの際限のない繰り返しがあるのみだ。「ばかばかしいのは前後に伸びた、無駄で悲しい時」とエリオットは「バーント・ノートン」の最後（第五部 三八−三九行）で言う。

都会の通勤客が、地下鉄の運行時間という小刻みな時に支配されているのに対し、海辺に住む漁民たちは悠久の海の時に圧倒されてしまう（「ドライ・サルヴェイジズ」第一部）。嵐を告げる大波によって鳴る、浮標のゆったりとした鐘の音は「われわれの時とは違う時を刻み」（三六行）、その時は「クロノメーターで計る時よりも古い」（三八行）。クロノメーターは船上で用いる高精度の時計だが、流れる時としてのクロノスを連想させる。海のクロノスは人間の尺度では計れない長いスパンを持っているのである。一方、夫の帰りを待つ漁夫の妻たちは心配で夜も眠ることができない。それは真夜中から明け方に至るまでのほんの数時間にすぎないが、彼女たちには「時は止まり、時は決して終わらない」（四五行）かのように思える。しかしそんな妻たちの不安にはおかまいなく、太古から今に続く大波のうねりは浮標の鐘を鳴らし続ける。

「終わりはどこにあるのか」という問いかけで次の第二部は始まる。その前半は各々六行ずつの六つの連からなり、そこで展開されるのは終末についての議論である。花がしおれて散っていくことで表されるこの世の無常、船の難破に代表される人間の苦難や悲しみに終わりはあるのかとの第一連の問いに対し、第二連から第五連までで示される答えは、終わりはないということである。終末の代わりにあるのは「つけたり」であり、「ずるずると結果的に日時を重ねていくこと」である（第二連）。また老衰し、力と共に誇りも怒りも薄れ、死のお告げに対し静かに耳を傾けることである（第三連）。ここでは死が救いのない生に終止符を打つものではなく、その延長線上にあるものとしてとらえられている。危険な漁に終わりがあるとは思えず、「われわれは（……）過去と同様、終点のある未来など考えられない」（第四連）。漁民たちの日常生活も厳しい日々の繰り返しである（第五連）。第六連は一行一行が第一連と対応しており、第一連の問いかけに対する答えとして、第二連以下で主張してきた、終末を否定する考えをもう一度まとめているが、末尾の二行で変化が見られる。

… Only the hardly, barely prayable
Prayer of the one Annunciation.
（……）ただかろうじて、なんとか祈ることができるのが
あの唯一の「告知」の祈り。

（三五―三六行）

この箇所は第一連の末尾 'the unprayable / Prayer at the calamitous annunciation?'「災いの知らせを受けての祈りがたい祈り（に終わりはあるのか?·）」（六行）にかたちのうえでは対応しているが、内容的には大きく異なっている。第一連の「災いの知らせ」とは、船が難破した知らせを指す。それを聞いて、家族の者がショックのあまり祈りたくとも祈れない状態を表している。これに対し、第六連の 'the one Annunciation' は頭文字が大文字であることから、受胎告知を意味する。世の無常や災難に終わりはない。この世に目を向けていると終末は考えられないのである。ただそれでも、かろうじて受胎告知の祈りだけは祈ることができる、というのだ。受胎告知とはキリストの受肉を予示する出来事であり、受肉同様、特別な時（カイロス）である。人間の苦難は時間（クロノス）の続く限り絶えることがなく、しかも時間には永久に終わりがないのではないか、というほとんど絶望的な未来観が述べられたあとで、最後にキリスト

による救済がほのめかされているのである。

5　幼年期の回想

以上のような基本的にはネガティヴな時間に対し、ワーズワスの「時のスポット」同様、幼年期の記憶のなかに確保された楽園が、「バーント・ノートン」第一部に描かれる薔薇園だ。ただワーズワスが「時のスポット」において、子どもの頃に実際に体験した出来事を語るのに対し、エリオットは「起こりえたこと」も「起こったこと」と同等と見なし（九－一〇行）、一般化したかたちで「薔薇園」を描いている。バーント・ノートンはイングランド南西部、グロスターシャーにあるカントリー・ハウス（貴族や地主の邸宅）である。エリオットは一九三四年夏に、ハーバード時代からの女友達エミリー・ヘイルとここを訪れた。そのときに薔薇園を見、もし子どものときにここで遊んだのなら、という想定のもとで、童話のような世界として描いたものと思われる。[13]

足音が記憶のなかでこだまし
ぼくたちが通らなかった小道を通って
開けたことのない扉に向かい

薔薇園に入っていく。
(……)
　ほかのこだまたちも
この庭園にいる。追いかけてみようか。
急いで、小鳥が言った、見つけて、見つけて、
あの角を曲がったところさ。最初の門を通って、
最初の世界へと、ツグミにだまされたつもりで
追いかけてみようか。ぼくたちの最初の世界へ。

(一一―一四、一七―二二行)

具体的な体験談ではなく一般化されているという点では、このくだりは『序曲』の「時のスポット」よりもむしろ「霊魂不滅のオード」に近いだろう。二一、二二行目の「最初の世界」も「霊魂不滅のオード」に歌われた、神の御許(みもと)を離れて到着したばかりの現世としての幼年期を想起させる。[14]だが「バーント・ノートン」第一部には「霊魂不滅のオード」の喪失の嘆きはない。「薔薇園」は十分につかみきれないものの郷愁に満ちた、回想のなかの至福の世界として描かれる。
「バーント・ノートン」第一部の冒頭では、抽象的な時間論が述べられ、それが末尾でもう

一度、次のように要約される——「過去の時間と未来の時間、起こりえたことと起こったことはひとつの終末を示し、それはいつも現存する」（四五―四六行）。謎めいた言葉でこの段階では理解しづらいが、ワーズワスの「時のスポット」が人間の心の働きが産む楽園であるのに対し、エリオットは「薔薇園」をキリスト教の終末論からとらえ、その始原の世界が終末において実現すると考えていることが、「リトル・ギディング」の結末で明らかにされる。「薔薇園」のヴィジョンは終末を先取りして世界の意味を垣間見せてくれるカイロス（特別な瞬間）なのである。

6　「突然の光明」

「ドライ・サルヴェイジズ」第二部の後半では、人生におけるカイロスの持つ意味が考察される。彼が重視するのは人生における「幸福の瞬間」だ。それは「突然の光明」である。われわれはそれを体験するが、そのときは意味をつかみそこねてしまう。しかし「意味に迫っていくと、体験は違ったかたちで回復され」、その意味は「幸福」という言葉では到底語り尽くせないのだという（四二―四八行）。突出した体験が重要な意味を帯びるとするエリオットは、従って、過去を時の連鎖のなかに組み込み、過去自体の価値を認めない近代的な進歩史観に異議を唱える。歴史が発展するとの見方は、「皮相な進化論が助長する片寄った誤謬」（三九

―四〇行）なのだ。[16] さらに、ワーズワスにとっては過去と現在だけが問題であったのに対し、エリオットは未来をも視野に収めている。「リトル・ギディング」第一部第二連で、彼はリトル・ギディング巡礼の意義について次のように述べる――「君がそれを求めてここにやってきたと考えていたものは、単に意味のさや、殻にすぎず、目的は、もしそれが成就されるものならば、そのとき初めて殻を破って現れ出る。（……）目的は君の思っていた目あてを超えていて、成就するときかたちを変える」（三〇―三五行）。つまり過去の体験の意味があとになって初めてわかるように、現在に至る旅の目的と考えられていたものは、未来のある時点でそれが本当に成就したとき、その本来の意味が明らかになるのである。ワーズワスが結局のところ過去に慰謝を求め、そして過去を取り戻せないことを嘆いたのに対し、エリオットには未来への展望が開けている。しかしながらエリオットが、「霊魂不滅のオード」に示されたワーズワスの限界を乗り越えることができたのは、過去と現在に限られていた時間軸を単に未来のほうに伸ばしてみせたからというのではなかった。彼の時間意識には別の典拠があったのである。

7　受肉と歴史

「ドライ・サルヴェイジズ」第五部で、エリオットは誰にも訪れる「思いがけない瞬間」について触れ、それを「時間の中にあってかつ時間の外にある瞬間」（二二三―二二四行）と呼ぶ。そしてその淵源はキリストの受肉にあると言う――「ここ（受肉）において存在の諸領域のありえない合一が現実のものとなり、ここにおいて過去と未来は征服され、調和を見る」（三三―三六行）。神のひとり子であるキリストが、人類を救済するため人間イエスとしてこの世に生まれたとする受肉が、ここで歴史に意味を与える決定的なカイロスととらえられている。だが三位一体を否定しイエスの神性を認めないユニテリアンの家系に生まれたうえ、若い頃信仰に懐疑的だったエリオットにとって、受肉の教義を信ずるのは容易ではなかった。

初期の作品「ゲロンチョン」（一九一九年）では、受肉というものを知識としては知りながらも受け入れることができないさまが描かれている。

しるしは驚異と思われている。「われらしるしを見んことを！」
言葉のなかの言葉、言葉を話すことができないで、
闇のおむつに包まれて。
（一七―一九行）

この三行は、イーリの主教ランスロット・アンドゥルーズが、一六一八年のクリスマスにジェイムズ一世の前で行った、キリスト生誕の説教からほぼそのまま採られている。[17]「ルカによる福音書」第二章一二―一四節「あなたがたは、産着にくるまって飼い葉桶に寝ている乳飲

み子を見つける。これがあなたがたへのしるしである。（……）」を題材にアンドゥルーズが説いたのは、キリストが「偉大なる謙遜[18]」によってこの世に誕生したことであった。しかし現代人のゲロンチョンはそこにつまずいてしまう。彼は、ものも言えぬ赤ん坊が救いをもたらす、神の言葉（ロゴス）たるキリストであるという逆説を信じられない。神の子の誕生という奇蹟は闇に包まれ、その証拠（しるし）を示すことも、現代人が納得するように言葉で伝えることもできないのである。

一九二七年、エリオットはイギリスに帰化してアングロ・カトリック（国教会高教会派）に改宗。これ以後、彼の作品には宗教的要素が強くなっていく[19]。そして『岩』の合唱」（一九三四年）に至ると、エリオットは、「時に縛られた都市」（第一部一九行）ロンドンの住民が教会をないがしろにしていることを嘆き、歴史に意味を与える決定的な瞬間としての受肉を説く。

そしてやってきた、あらかじめ決められた瞬間に、時の中の、時の瞬間が、
時の外ではなく、時の中の、いわゆる歴史の中のある瞬間、（……）
時の中の瞬間だが時はその瞬間によって作られたのだ、というのも意味がなければ時はなく、そして時のその瞬間が意味を与えたのだから。

（第七部一八―二〇行）

「『岩』の合唱」は、教会のための資金作りを援助するために書かれたプロパガンダ的な作品であることを割り引いて考える必要があるが、「ゲロンチョン」では拒否されていた受肉の意義がここでは受け入れられている。ただここでは受肉は時の外ではなく、時の中の瞬間であると繰り返され、その時間性・歴史性が強調されている。

これに対し『四つの四重奏』では、受肉は歴史の中核となる瞬間であるのみならず、超越的な存在が時間の世界に降りてきて、両者の合一が起こった瞬間ととらえられる。受肉とは「無時間と時間との交錯点[20]」(「ドライ・サルヴェイジズ」第五部一八―一九行)にほかならない。「バーント・ノートン」においてエリオットが、「回る世界の静止点」(第二部一六行)と呼んだのも、受肉を淵源とする特別な時を指すと考えられる。それは「肉体的ではなく非肉体的でもない」(一六行)、すなわちこの世のものでないともあるとも言えない場で、「過去と未来が相まみえるので、そこを固定された点と呼んではならない」(一八―一九行)と言う。このように『四つの四重奏』では現象界の背後に本来的な世界が想定されている。受肉を初めとするカイロスは、この本来的な世界との接点であり、このような瞬間によって地上の歴史は意味づけられる。「リトル・ギディング」第五部でエリオットは、歴史とは「無時間の瞬間の描く紋様」(二二一―二二二行)であるとしている。

このような歴史観は、キリスト教の予型論に基づいていると考えられる。ここでアウエルバッハの「フィグーラ」に拠って、予型論について簡単に述べておきたい。アウエルバッハは予型（フィグーラ）論的歴史観を近代的歴史観と比較して次のように説明する。近代的歴史観では、出来事は因果関係に基づいて連鎖的に継起し、切れ目のない持続的な過程をなしている。そして出来事自体は揺るぎないものであるが、それに対する絶対的に正しい解釈は存在せず、時がたつにつれて解釈は変わっていく。これに対し予型論では、旧約聖書にしるされた出来事が予型（フィグーラ）として、近代人から見ればその出来事とは特に必然的なつながりもなさそうな、キリストの受肉を予示するととらえるのである。ところでこのキリストの受肉は、旧約聖書の予型（フィグーラ）の成就でありながら、同時に来たるべき終末と永遠の神の国の約束なのであり、それを予示するものなのだ。そこでキリスト以後の時代にあっても、終末に至るまでの歴史上の出来事は、それぞれ独立して常に予型（フィグーラ）であり続け、その本当の意味は終わりの時が至って初めて明らかになるのである。しかし一方、歴史は初めから定まった解釈のもとに置かれていて、出来事は未来の理想のモデルに従って起きる。しかもそのモデルは、歴史においては完成しておらず人間には隠されているが、神においてはすでに成就していて永遠に存在しているという。[21]従って予型（フィグーラ）としての歴史上の事件はただ暫定的であるばかりではない。それはまた何か永遠で超越的なものの暫定的な形体なのである。それは具体的な未来を指し示すのみならず、すでに存在し、これからも常に存在し続ける何ものか、神の摂理において成就しており、時間を超えて存在するものを指し示すのである。[22]

　さて「バーント・ノートン」第二部で述べられる「静止点」では、「新しい世界と古い世界がいずれも明らかにされ、それが部分的なエクスタシー(魂の肉体からの解放)の成就と部分的な恐怖の解消において理解される」のだという(二九―三三行)。部分的という言葉が繰り返されていることから、このくだりは「コリントの信徒への手紙一」の終末に言及した次の一節を踏まえていると考えられる。

私たちの知識は一部分であり、預言も一部分だからです。完全なものが来たときには、部分的なものは廃(すた)れます。(……)私たちは、今は、鏡におぼろに映ったものを見ていますが、その時には、顔と顔を合わせて見ることになります。私は、今は一部分しか知りませんが、その時には、私が神にはっきり知られているように、はっきり知ることになります。

(第一三章九―一二節)

「静止点」とは永遠なるものにあずかる瞬間であるが、あくまでこの世の時間のなかでの出来事であって、そこから完全に離脱できるわけではない。しかしそれは、やがて訪れる真に新しい世界、完全なエクスタシーに達し、この世の恐怖がことごとく解消されるであろう全き世界を予示するものなのである。

8　カイロスとしての「真冬の春」

以上のような「静止点」、「時間の中にあってかつ時間の外にある瞬間」の実例のひとつが「リトル・ギディング」第一部の「真冬の春」(一―二〇行)〔補遺11〕の情景である。エリオットは、そこで矛盾・対立するイメージを並列し、逆説的な表現を重ねることで、この特別な瞬間を現前化している。

「真冬の春」とは真冬にあって、あたかも春を先取りしたような、光に満ちあふれたうららかな日を指すが、それは「独自の季節」(一行)だという。そしてそれは「日没にかけて濡れそぼちはしても永遠の」(二行)季節である。昼間の暖かい日差しを受け、日が暮れる頃には雪や氷が溶けてびしょびしょになってくる。時間により自然が変化する。自然が時間の支配を受けているのである。にもかかわらずその背後には、時を超越した永遠性が感じられるのだ。この「時のなかに宙づりになっ」た現象は、「極と熱帯のあいだ」のイギリスで起きる(三行)。『四つの四重奏』の各詩には、シンボルとして自然の四大(空気・土・水・火)のそれぞれが割り振られているが、「リトル・ギディング」は火を象徴的イメージとしている。ここでは明るい日差しが火にたとえられ、氷が日を浴びて輝くさまが、「つかの間の太陽が氷を燃えたたせる」(五行)という矛盾した言い回しで表現される。その現象は「風のない寒気」(windless cold)

のなかで起きているが、それがすなわち「心の熱」(heart's heat)(六行)であるという。この逆説的な表現で、静かで凍てつく寒さのなかにあって、日光が氷に美しく反射し、その澄みきった明るさが、心を熱くする様子を描き出している。

このような独特のレトリックに加え、エリオットはここで生じている季節の混乱、冬なのに春が来てしまったかのように感じられる驚きを、読者が、ある行から次の行へと目を移す一瞬のタイムラグを利用し、行の区切り方に工夫を凝らすことでさらに効果的に表現している。たとえば一〇行目は次のように終わる。

> ... no wind, but Pentecostal fire

五旬祭（ペンテコステ）があるのは五月末か六月の初めである。ここまで読んできた読者は、すでに「火」が日光の比喩であり、今歌われているのが真冬の春であるとわかっていても、突然現れた五旬祭（ペンテコステ）の火に一瞬おやと思うだろう。その疑問は「一年のこの暗い季節に」という次の行を読むことで一応の解決を見る。

> ... no wind, but Pentecostal fire
> In the dark time of the year.

一三行目は「今は春だ」という言い切りのかたちになっている。

… This is the spring time

しかし次の行に目を移すと、それが「時の契約（約束）にはない」春だとわかる。

… This is the spring time
But not in time's covenant.

行末がさらに効果的なのはその次だ。

Now the hedgerow
Is blanched for an hour with transitory blossom

いまや生け垣は
いっとき白くなる、つかの間の花で、

読者は突然花が咲いたことに驚く。だがその花は「雪の／花」なのである。

Of snow,…
　　　　… transitory blossom

ここでは現実において、にわかに枝につもった雪を一瞬花と錯覚して驚いたあと、実は雪だったとわかる認識の過程を、読者が詩行を読みながら体験できるしくみになっている。この雪の花は「夏の花よりも急に咲く花。芽吹きもせず、しおれもせず、生成のしくみのうちにはない」（一六一一八行）という。瞬時の出来事が時の流れを超越する。

この連は次の疑問文で終わる。

Where is the summer, the unimaginable
Zero summer?

夏はどこにあるのか、あの想像を超えた
ゼロの夏は？

右の引用の一行目を読んだ読者は次に'summer'という語が続くことを無意識のうちに期待するだろう。その期待は満たされると共に修正される。それはただの夏ではなく「ゼロの夏」なのだ。

「ゼロの夏」とは何か。『四つの四重奏』の推敲を手伝った、友人のヘイワード（一九〇五－六五年）は「これは物理学の絶対零度を暗示するものか？　この修飾語には少し違和感を覚える」とエリオットへの手紙で述べているが、それに対する返答はなかったという[23]。ヘイワードもとまどった、かなり突飛な表現だが、ここに至るまでの描写を手がかりに以下のような推測が可能だろう。

これまで見てきたとおり「真冬の春」は非常に美しい光景だが、現実に起こりうる自然現象である。しかしこの自然現象のなかに宗教的なイメージを持った言葉が使われている。それが一〇行目の五旬祭（ペンテコステ）の火だ[24]。「使徒言行録」によると、キリストの復活後、（もともとユダヤ教の祭日だった）五旬祭（ペンテコステ）の日が来て、使徒たちが集まっていると「突然、激しい風が吹いて来るような音が天から起こり、（……）炎のような舌が分かれ分かれに現れ、ひとりひとりの上にとどまった。すると一同は聖霊に満たされ、霊が語らせるままに、他国の言葉で話し出した」（第二章一－四節）という。それは神の人への介入であり、超越的なものが地上の世界に割り込んできた事件であった。「真冬の春」では「風はなく」（一〇行）あたりは静まり返っている。

しかし霜や氷に反射するまばゆい日の光が、天から下ってきた聖霊としての「五旬祭（ペンテコステ）の火」を想起させる。

「真冬の春」とは冬でありながら来たるべき春を予示する「独自の季節」である。冬＝死、春＝再生・復活という古来の連想を重ね合わせれば、死の世界にあって復活のきざしを感じさせる季節であるといえる。それはほんのつかの間の現象でありながら、「時のなかに宙づりになった」「永遠の」春であり、実際の春以上に明るい季節、火のような光に満ちあふれた季節、そして聖霊が彼岸の世界から地上に降った五旬祭（ペンテコステ）の出来事を思わせる季節なのである。ならばその春のさらに背後に控えている「ゼロの夏」とは、さらに明るい光にあふれ、さらにあかあかと火の燃えるような強烈な季節に違いない。その光景を具体的に思い描くことは地上の人間にできることではない。それは「想像を超えている」のである。しかしそれはこの世の一切のものがそこでは無（ゼロ）に等しいような、全く超越的な季節と想像できる。そして「いつ（when）」ではなく「どこ（where）」で問うていることから、彼岸においてはすでに成就しており、やがてこの世に終末が訪れたときに実現するであろう実在の世界に違いない。つまり「ゼロの夏」とは予型（フィグーラ）としての「真冬の春」が成就したものなのである。

9　終末の光景

「リトル・ギディング」第二部の最初の三連では、第一部から一転してカタストロフィーとしての終末の状況が述べられる。それに続く長い一節では、第二次世界大戦下、空爆のあとの夜明け前のロンドンで、語り手が亡霊に出会うという異様な場面が展開する。そこに描かれているのは、この世に現出した地獄と言えよう。エリオットはこの場面を描くにあたり、文体も内容も『神曲』の「地獄篇」と「煉獄篇」にならったと言う[25]。亡霊は語り手に「老いのたまものを披露して、君の生涯の努力に栄冠を授けよう」（七六―七七行）と言うが、実際に語るのは歳をとることの救いのなさで、「ゲロンチョン」で老人ゲロンチョンが置かれているみじめな状況とほとんど変わりがない。ただ最後に亡霊は、浄罪の火による救済をわずかにほのめかして消える。

ところが第四部において、エリオットが浄罪の火と見なしているのは、驚くべきことにドイツ軍による空爆の火である。

　鳩は降下しつつ
白熱の恐怖の炎で大気を引き裂く。

その炎の舌は
罪と過ちからの唯一の放免を宣言する。
（一―四行）

ここにはイエスがヨルダン川で洗礼を受けたあと、天から聖霊が下る福音書の記述「そしてすぐ、水から上がっているとき、天が裂けて、霊が鳩のようにご自分の中へ降って来るのをご覧になった」（「マルコによる福音書」第一章一〇節）に加え、舌と火のイメージから、「使徒言行録」の五旬祭（ペンテコステ）の出来事への引喩（アリュージョン）が見られる。エリオットは爆撃機を聖霊の鳩になぞらえ、それが放つ炎を浄罪の火と見ているのだ。この異常な取り合わせは読者を戦慄させずにはおかない（第二部の亡霊の登場の前にも「ちらちらと舌を見せる黒い鳩が帰巣すべく地平線の下に去ったのち」〈二八―二九行〉との詩行がある。その段階で意味がつかめなかった読者はここで「黒い鳩」が爆撃機を指すことを知ることになる）。次の連では、この浄罪の火をもたらしたのは、神の愛であるとの特異な考えが披露される。

あいだにはさまれた第三部では、中世の神秘家ジュリアン・オブ・ノリッジが受けた啓示の言葉「罪は避けがたい、だがすべてはよくなるであろう、そしてすべての様（さま）はよくなろう」（一七―一八行）[26]が引用され、あとでもう一度「すべてはよくなるであろう、そしてすべての様（さま）はよくなろう（四七―四八行）」と繰り返される。この言葉は最終第五部の末尾近くでも引用されて大団円を迎える。そこで暗示的に語られる終末観では、複数の「炎の舌」、すなわち爆撃機の「炎の舌」と、「真冬の春」も含意する五旬祭(ペンテコステ)の「炎の舌」が共に包み込まれて合体し、そして「火と薔薇がひとつになる」(四四−四六行)という。

「薔薇」は『神曲』の天国の薔薇(「天国篇」第三〇歌一二四行、第三一歌一行)を指すと解釈されている。[27] それは救われた霊たちの住む天の宮廷で、円形競技場のようなかたちをしているが、霊たちは白い衣をまとっており、全体で大きな純白の薔薇を形成している。ダンテが描いたのは来世の天国だが、それが終末において現世に出現するとエリオットはとらえている。

また「薔薇」は回想の世界としての「薔薇園」も指している。「リトル・ギディング」第五部最終連の初めで、エリオットは、探求の旅の果てに到達するのは出発点であると言う――「知らないのに記憶にある門をくぐり、この地上で最後に発見するのは旅の始まりだったところ」(三〇−三二行)(補遺12参照)。「知らないのに記憶にある門」は「バーント・ノートン」第一部の「開けたことのない扉」(一二行)、「最初の門」(二〇行)に対応しているだろう。また長い川の源からは、子どもたちの「さあ早く、ここだよ、いま、いつも――」(三九行)という声が聞こえてくる。「バーント・ノートン」の「薔薇園」そのものは出てこないが、その箇所と同種のイメージが最後に登場することで、『四つの四重奏』も円環的構造を持っていると言える。

だが『序曲』と異なり、たどりついたのは単なる回想の世界ではない。その始原の世界は、終末において初めて訪れる。『四つの四重奏』の時間は円環的であると同時に直線的でもあるのだ。

10　問題は解決されたのか？

ワーズワスは、フランス革命に世俗化された終末論的ヴィジョンを描くが、やがて期待は幻滅に変わる。代わりに「時のスポット」と名づけた個人的な回想のうちに、一種の楽園を見い出すことになる。しかしそれはいったん失われて記憶のなかに組み入れられることで初めて得られる楽園であって、いかに心を高揚させる効果があろうとも、結局のところ、生きる拠り所を回想のなかに求めていくのでは未来への展望は開けないのだった。これに対しエリオットは、『四つの四重奏』でキリスト教の終末論に立ち返る。その予型論的歴史観では、理想郷は現実世界の未来において到来すると考えられるので、われわれは過去に慰謝を求める必要はなく、未来に希望を持つことができる。ノスタルジアを感じさせる子どもの世界も理想のかたちで未来に実現する。しかも終末以前の日常世界においても、ある特別な瞬間に「真冬の春」のような、永遠の世界の美しい予型(フィグーラ)を体験することができるのである。

だが最後に見い出される「完全に単純な状態」は「すべてを犠牲にして得られる」(「リトル・ギディング」第五部四〇―四一行)とエリオットは言う。終末の到来の前に、空爆という恐ろしい浄罪の炎を経験しなくてはならないと彼は考えたのだろうか。彼にとっては「真冬の春」の美しい情景も、空爆の凄惨な光景も、共に五旬祭（ペンテコステ）の事件のような無時間と時間の交錯点であり、カイロスとしての積極的な意味を持ちえたのだろうか。

ヘイワードが手紙のなかで、空爆を描写した「リトル・ギディング」第四部に対する懸念を示すと、エリオットは次のように返信している。

> 私は第四部に特に頭を悩ませている。一七世紀風にしようとしたのが失敗だったのかもしれない（以前はうまくいったのだが）。だがこの時点で「聖霊の鳩の降下」（それが全体の通奏低音になっているが）をはっきり批判しておくことが必要だと思う。
>
> （一九四一年八月五日付[28]）

ジョン・ダンを筆頭に、形而上詩人と呼ばれる一七世紀の一群の詩人たちは、世俗詩のみならず宗教詩においてもアクロバティックな奇想を得意としたが、そのような奇想を用いた詩行を書こうとして失敗したと、エリオットは感じていたようだ。また聖霊を鳩に見立てることを、さらに爆撃機になぞらえることで、パロディー化し批判しようとしたとも読める。とすると彼は、ドイツ軍による空爆を神の愛の証であるとは考えていなかったことになる。しかし第四部のテクストにパロディー性はあまり感じられない。最近の研究においても、この箇所については空爆を神の愛の証とする字義どおりの解釈がなされている[29]。エリオットは一方で、一九五〇年にラジオ放送で自作を朗読するあたって「私は「リトル・ギディング」から第四部を選んだ、一番いいセクションだと思うので」と語っている[30]。

文学作品においては、語り手と作者は別であり、書かれていることが作者の主張とは限らないので慎重にならなくてはいけないが、歴史的事実として言えることは、ナチス・ドイツによるロンドン空爆は浄化の炎ではなかったということだ。そしてそれを神の愛の証とする考えは間違っている。「リトル・ギディング」第五部では、ジュリアン・オブ・ノリッジの「だがすべてはよくなるであろう、そしてすべての様（さま）はよくなろう」との言葉と共に、すべての薔薇とすべての炎がひとつになることで大団円を迎えるが、第四部に強烈な印象を受けた読者は、それにたやすくついていくことができず、あとに取り残されてしまうだろう。

第八章　ロマン主義へのアンビヴァレントなまなざし

――ルイ・マクニースの詩と詩論

序

T・S・エリオットの次の世代に属するルイ・マクニース（一九〇七―六三年）は、社会や宗教に相反する思いを抱く複眼的思考の詩人だった。彼は一九〇七年、イギリス国教会系のアイルランド教会の牧師の息子として、北アイルランドのベルファストに生まれた。当時はアイルランド全土がイギリスの支配下にあり、北アイルランドでは、相対的に多数のプロテスタント（プレスビテリアン、アイルランド教会、メソジスト）が少数のカトリック教徒を抑圧していた。マクニースは自分の出自に罪悪感を覚え、牧師の父に対する反発から、早くに信仰を失う。しかしキリスト教を無視することができず、信仰に対するこだわりを持ち続けた。

マクニースは、オックスフォード大学でオーデン（一九〇七―七三年）と親しくなったことから、オーデンを中心にスペンダー（一九〇九―九五年）、デイ＝ルイス（一九〇四―七二年）を加えた、いわゆるオーデングループの一員と見なされることが多い。しかしほかの三人やパブリック・スクール時代からの長年の親友アントニー・ブラント（一九〇七―八三年）（高名な美術史家の彼はマクニースの死後、ソ連のスパイであることが発覚する）が共産主義に傾倒したのと異なり、マクニースは特定のイデオロギーを標榜することはなかった。彼は教条主義的であることを嫌ったのだ。だがそれが、社会の傍観者の立場に安住することにつながりかねないことも意識していた。

このアンビヴァレントなまなざしは、文学においては特にロマン派の詩人たちに向けられている。マクニースの作品は、さまざまな引喩（アリュージョン）に満ちていて、それはロマン派の作品にとどまらず、古代ギリシア・ローマの神話や文学、聖書、シェイクスピアからナーサリーライムにまでおよぶ。たとえば彼はシェイクスピアへの引喩（アリュージョン）を非常に効果的に用いるが、シェイクスピアを揶揄の対象にすることはない。一方ロマン派に対しては、引喩（アリュージョン）によって自身のロマン主義的な一面を示すかと思えば、パロディーで諷刺してみせたりもする。それゆえロマン派の詩への引喩（アリュージョン）に注目し、元の作品と比べることで、現代詩人マクニースの特徴を浮彫りにすることができるのである。

この章では、具体的事物を重視したマクニースの芸術観について最初に述べ、ロマン派の詩人たちに対する彼の評価を主として評論や書簡に見、代表作『秋の日記』（一九三九年）の解釈を、ロマン派の詩への引喩（アリュージョン）に注目することで試みる。この作品は特にシェリーの「西風へのオード」（一八一九年）との関連が強いが、シェリーはロマン派のなかでマクニースが一番厳しい評価を下した詩人である。なぜマクニースは「西風へのオード」を意識したのか、『秋の日記』でこの作品はどう踏まえられているのかを考察する。

I　マクニースの芸術観

バーミンガム大学ギリシア語教授で、同僚としてマクニースと親交を結んだドッズ（一八九三―一九七一年）は、マクニースの世界観について次のように証言している。マクニースはプラトンやブラッドリー（一八四六―一九二四年、イギリスの観念論哲学者）の思想を想像豊かな構築物であると考え、その体系に魅了されたが、思想内容を信ずることはなかった。彼らの哲学は、マクニースの、世界が「手に負えないほどおびただしい」という感覚、現実は個々の事物からなるというアリストテレス的確信とは相容れなかった、と[1]。

『秋の日記』第一二章でマクニースはプラトンとアリストテレスを対比し、後者を評価する。

イデアについて語るプラトンを読み、

（……）

ぼくは誤謬の世界に住んでいることを喜ぶ。
プラトンの大文字で始まる世界、
超越したイデアの世界は寒々としすぎている。
ぼくにとって一週間は、どうみても
七日のままであり、
どの火曜日も別の火曜日と同じではなく、
その違いを差し引いて、火曜日のイデアと
結びつけるだけでは、その日を殺すことになる。
今日は一九三八年一〇月二五日の火曜日。
昆虫の繁殖や自然世界の発展を観察した
アリストテレスのほうが優れている、
機能を強調し、イデア自体を解体して、
棚から馬を取り出し早駆けさせた彼のほうが。[2]

回想録『調子はずれの弦楽器』でも、アリストテレスを「生物学者」と呼び、彼は「数学者」プラトンが確立した『存在』と『生成』の溝を埋めようとし、そのエネルゲイアの観念は

「プラトンの超越的イデアの静的で自己充足した天国の解毒剤だ」と言う[3]。マクニースが愛したのは、理念に還元されない、具体的事物の多様性であった。ドッズが引用した「手に負えないほどおびただしい」という一節を含む「雪」（一九三五年）で彼はそのことを端的に表明する。

世界は思いのほか狂おしく、過剰で、
手に負えないほどおびただしい。私はオレンジの皮をむき、
房を分け、種を吐き出すごとに、
事物の多様性に酔いしれてしまう。

（第二連）

ドッズにささげた詩「ダブリン行きの汽車」（一九三四年）では、時間を超え、すべてが統合された世界への憧れを述べながら、詩人としての自分が「君」（ドッズ）に与えることのできるのは、思想や信条ではなく、「偶発的な事物」（第六連）であると言う。それは「くすんだ金色に映える、飼い葉桶のなかの水。おだやかな日差しが、入江の水面に作る、真鍮色の帯」（第八連）や「農夫が二割余計に値段をふっかけるとき、一瞬顔に浮かぶ狡猾な喜び、あるいは、初めて織物を選ぶとき、行儀よくすることを忘れて、藤色がいいと言う少女の嬉しそうな

顔」（第九連）などである。

以上のような世界観・芸術観を持っていたマクニースはロマン派の詩をどう見ていたのだろうか。『現代の詩』（一九三八年）を中心に見ていきたい。

2　ロマン主義に対する評価

『現代の詩』は、マクニースが主に同時代の詩人たちを論じた評論だが、過去の詩人たちにも触れ、ロマン派にもしばしば言及する。この本の第二章と第三章には、彼の幼少期における詩の読書体験が語られている。

彼が知的な興味をもって詩に接するようになったのは一二歳のときだった。寄宿学校に赴任してきた若い教師の影響でスペンサー、ミルトン、ロマン派などの詩を読んだ。マクニースは詩語や夢幻的な表象を好んだので、ワーズワスよりキーツがいいと思った。「自己憐憫」が詩の重要な要素であると感じ、キーツの「非情の美女」（一八一九年）〔補遺8〕に惹かれたという。[4]

パブリック・スクール時代になると彼は全くの「ロマン主義者」になり、スペンサーさえ読まなくなった。それまでずっとシェリーよりキーツをかっていたが、シェリーこそ偉大な詩人であると思うようになる。一七歳のときには、多くの一七歳がするように、日常生活とその規範をさげすむシェリー的な詩をたくさん書いたという。[5] パブリック・スクールの最後の二年間、マクニースは感覚的な性質を求めてキーツを読み、アナーキストの反抗精神を求めてシェリーを読んだ。

マクニースが本格的に詩を書き始めるのは大学時代である。成長し、詩人となった彼のロマン派観を、詩人ごとに見てみよう。

ブレイクについてはブラント宛の手紙で、「真実でない唯一のものはもっともらしいものだ。「虎よ、虎よ、輝き燃える」をごらん。火は熱すぎて、こんなこと考えられないよ」と言っている。[6] 超自然より具象の世界を好むマクニースには、ブレイクの「虎」(一七九四年)(補遺13)が大仰に感じられたものと思われる。

その一方『現代の詩』では、ブレイクの「マージナリア(欄外の書き込み)」から、画家のジョシュア・レノルズ(一七二三—九二年)を追悼して『サー・ジョシュア・レノルズ著作集』に書き込んだ一節「サー・ジョシュア・レノルズが死んだとき、自然はみんな堕落した、王は王妃の耳に一粒涙を落とし、彼の絵はみな色あせた」を引用し、とても滑稽でありながら、心のこもった抒情性があるとほめている。[7]

ワーズワスに関しては、その偉大さは認めていたようだ。だがワーズワスにとって自然の客観的世界は、プラトンのイデアのようなものの顕現であるとして、詩人たちに対し、ワーズワス的なやり方で作品を哲学的なものにしようとすることをいましめている。またワーズワスは強い感情や気高い感情のみが表現に値すると考えていたように思われるが、それには反対だと言う。多くの偉大な詩にそういった感情は表されているが、いかに優れているとはいえ、一部の詩の性質をすべての詩の必須条件にすべきではないと主張する。加えて、ワーズワスの詩にはユーモアのセンスが欠けているので、すみずみまで血が通うことがないとも言う[8]。

マクニースの詩「ある女優の死」(一九四〇年)にはワーズワスへの引喩(アリュージョン)が見られる。これは長年ミュージックホールの花形として活躍した、歌手で女優のフローリー・フォード(一八七六―一九四〇年)へのエレジーである。

第一連、第二連で語り手は新聞でフローリー・フォードの死亡記事を読んだことを述べる。コーラスガールから花形女優になった彼女の役割は、世紀末から第二次世界大戦に至る「息苦しい四〇年以上の期間」にわたって「セクシュアルでセンチメンタルでコミカルなエンターテインメントを提供し続けたこと」であり、彼女は「民衆の心に与えられた派手派手しい花束」であった。

第三連から第五連までは、老いてなお往年のオーラを漂わせる、舞台上のフローリー・フォードが描かれる。

象の踊りのようなシミーと、あまったるいウィンクで
彼女は、格子垣に咲くドロシー・パーキンズの華やかさをまき散らした、

スラム街や郊外からやってきた観客、
シンクにつまるお茶の葉にうんざりしている観客のまわりに。

彼らは、彼女の歌は西にのびる虹だと思った。
一度も得たことのない安住の地へ、少年少女の
チョコレートの日曜日へ、サクラソウの時へ、
祝福された人々の終わりのない週末の島へと。

（第四、五連）

ここにはワーズワスの詩で、かつて見た水仙の群れの光景が、ふさぎ込んだ気分のときに心によみがえって喜びに満たされる「水仙」（一八〇七年）や「私の心は躍る、空に虹のかかるのを見るとき」と歌った「虹」（一八〇七年）（補遺3、4）が踏まえられている。「ある女優の死」では、日常生活に倦み疲れている、スラムの貧しい労働者や郊外に住む下層中流階級の人々が、フローリー・フォードのシミー（一九二〇年代に流行したジャズダンス）とウィンクに、ドロシー・パーキンズ（薔薇の一種）の花のような華やかさを感じて喜びに満たされる。「派手派手しい花束」にたとえられ、上品とは言えない彼女の歌が虹となる。その先にある安住の地・楽園は、子どもの頃チョコレートや日曜日に感じた素朴な喜びの世界であ

り、終わりのない週末という卑近だが実現不可能な願望がかなえられる世界である。

ここでマクニースは、ワーズワスを意識し、気高い感情でなくとも詩の主題になりうることを示そうとしている。引用した箇所は、ワーズワスの詩のパロディーになっている。ただ矛先は現代のほうにも向けられ、想像力によって日常の世界に楽園を現出できるとする、ワーズワス的理念を失った現代の卑俗性が揶揄されている。しかしセクシュアルな歌と踊りにうっとりする観客の卑俗性が、子どもの無邪気さや小市民的な願望で表現され、その揶揄には温かいユーモアが感じられるのである。

バイロンについては、罪の意識にさいなまれる孤高の主人公の破滅を描いた『マンフレッド』(一八一七年)をロマン派らしい作品と見ていたが、それよりも「軽妙な語り口」の『ドン・ジュアン』(一八一九―二四年)と「どたばた喜劇の諷刺的ファンタジー」である『審判の夢』(一八二二年)を評価した。[9]

キーツに関しては、『現代の詩』の幼少期の読書体験を述べた章では頻繁に取りあげられていたが、それ以外のところには直接の言及はない。詩では初期の「かげろう」(一九二九―三四年)〔補遺16〕においてキーツの「秋によせる」(一八一九年)〔補遺10〕や「ナイチンゲールによせるオード」(一八一九年)〔補遺9〕が意識されている。上下に揺れ動くかげろうの浮遊感は、「秋によせる」で小さな羽虫の一群が、微風が立ったりやんだりするにつれ、高く上がったり低く沈んだりする様子(二七―二九行)を踏まえており、また「物事に感情移入しすぎるのはやめよう」という一節（第七連）は、キーツがナイチンゲールに感情移入したことへの批判と解釈できる。[10]

マクニースが最も厳しい評価を下すロマン派詩人はシェリーである。彼は、ヴァージニア・ウルフがオーデングループの「自己憐憫」を批判したのに反論し、「勿論、われわれの作品はいくらかの自己憐憫を体現している」と言う。それは『マンフレッド』、キーツのオード群以下、ウルフの好きな一九世紀の詩にたっぷり見られる性質である。だが、「われわれは、どんなに殉教者気どりのときも、シェリーの『アドネイアス』（一八二一年）のような自己憐憫のホロコースト（丸焼きの生け贄）を産み出しはしない」と言う。[11]

また、シェリーは普遍的な美を個々の事物から切り離すのが純粋な詩であるように匂わせる、と言って、マクニースは『プロメテウス解縛』（一八二〇年）の一節（第一幕七三七－五一行）を『現代の詩』の最終章「結論」で引用している。詩人は「湖に映える太陽が、蔦の花にいる黄色い蜂を照らすのを」一日中観察するが、「それが何か注意も理解もしない」（この一行をマクニースはイタリックで強調している）。「しかしこれらのものから彼は、生きている人間よりもっと真実なかたち、不滅が育てた子どもたちを創り出すことができる」。この引用に続いてマクニースは、シェリーのような熱狂は詩人にとって貴重な宝だが、理性と、事実の観察で和らげられたらなおよい、と述べている。[12]

この直前の箇所では詩とプロパガンダの問題を取りあげている。昨今よく言われる、「偉大な詩はいつの時代も本質的にプロパガンダであった」という考え方はナンセンスだとマクニースは言う。「プロパガンディスト」は意図的に人々を特定の主義・信条に転向させようとする。これに対し偉大な詩は、詩人の信念によって裏打ちされているが、プロパガンダとしては書かれておらず、また信念は詩人自身の現実観察と折り合いがついていなければならない。シェリーは自分の信念を観察によって修正することをしないので劣った詩人である、とマクニースは断じる。「今日の詩」という評論では、オーデングループのほかの詩人たちをプロパガンディストと批判する論調のなかで、シェリーを彼らの同類と見なしている[13]。

マクニースはシェリーの詩論『詩の擁護』も批判する。シェリーがインスピレーションと創作(composition)を対比的にとらえて前者を重視したのに対し、マクニースは、(『現代の詩』に自ら引用した)大学時代の論文で、シェリーはプラトンの悪しき影響を受けているとして、詩において大切なのはむしろ創作であると主張している[14]。『現代の詩』の「結論」自体、『詩の擁護』への反論になっている。シェリーが「詩人は、彼らが現れた時代と民族の事情に応じて、古代世界においては立法者あるいは預言者と呼ばれていた。詩人は本質的に、これらふたつの性格をあわせ持っているのである」と言い、最後にもう一度「詩人は世界の認められざる立法者である」と締めくくったのに対し、マクニースは「私は詩人とはエンターテイナーと、批評家もしくは情報提供者が合わさったものだと考える。彼は、いかに認められていなかろうと立法者ではないし、本質的に預言者でもない」と言う[15]。

マクニースのロマン派への評価と、ロマン派と関連のある彼自身の詩を見ると、イデア的なもの、過度の自己憐憫、プロパガンダ、預言者的詩人像を否定的にとらえ、個別具体的な現実、諧謔やユーモアを愛していたことがわかる。

ロマン派への引喩（アリュージョン）は、彼の代表作『秋の日記』にも見られる。そのなかで最も顕著なのが、シェリーの「西風へのオード」に対してのものである。マクニースはシェリーを評価しなかったにもかかわらず、その特徴がよく出ているこの詩を下敷きにしたのはなぜだろうか。

3 『秋の日記』

『現代の詩』の序文でマクニースは「不純な詩、すなわち詩人の人生と詩人を取り巻く世界によって決められる詩」を唱道している。それは、T・S・エリオットが『伝統と個人の才能』（一九一九年）で「没個性」という言葉を用いて、作品に私生活を出すのを排することを提唱したことへのアンチ・テーゼと考えられるが、『秋の日記』はその考え方を実践した作品と言えるだろう。[16] 二四章よりなるこの作品は一九三八年八月から翌年の一月にかけて書かれた。深まりゆく秋の情景と、第二次世界大戦前夜の世相を背景に、詩人の感懐が過去の回想を織り交ぜながら、抒情と諧謔をもって語られる。マクニースは「はしがき」で、この作品は「抒情詩とメッセージ詩（didactic poem）の中間を行くもの」であると述べている。[17]『現代の詩』で彼はプロパガンダとしての詩に反対していたが、『秋の日記』では、きな臭さを刻々と増していく世相を語り、内戦のバルセロナを訪れて空爆を目撃した体験をクライマックスに持ってきている。政治へのコミットメントの問題がこの詩の重要なテーマのひとつになっているのである。ここでは主にロマン派との関わりからこの作品の特徴について論じたい。

『秋の日記』第二章で語り手は、ロンドンの自室で深夜、神なき世界の絶対的な孤独を感じている。

蜘蛛よ、蜘蛛よ、きつく網を張る――
　だが時計は枕の下で油断がない――
ぼくはおびえる、夜という蜘蛛の巣にとらえられて、
　木の枝の影が、窓をなぞり、
丘のふもとでライオンが吠える、
　メーターがカチッ、水槽がブクブク
神々は不在で人々は静か――
　我に触れるな（ノリ・メ・タンゲレ）、我が魂は失われし。

引用の一、三行目はブレイクの「虎」〔補遺13〕の冒頭「虎よ、虎よ、輝き燃える、夜の森のなかで」のパロディーである。「虎」が虎に呼びかけ、その「恐ろしい均衡」を作った造物主の存在と意味を問う形而上学的な詩であるのに対して、ここで述べられているのは卑小で救いのない現実の情景だ。五行目のライオンの咆哮はやや唐突だが、マクニースは当時、ロンドン動物園に隣接する丘プリムローズ・ヒルの近くに住んでおり、実際に聞こえたかどうかはともかく現実のことを言っている（第五章には、ロンドンの中心街から帰宅する折に、動物園からトドの鳴き声が聞こえたという一節がある）。「我に触れるな（ノリ・メ・タンゲレ）」は、復活したキリストがマグダラのマリアに言った言葉（「ヨハネによる福音書」第二〇章一七節）のラテン語訳で宗教画のテーマとしてよく用いられるが、ここでは宗教的な救いを拒絶する言葉に意味が変えられている。語り手はプラトン的世界観も否定する――「もし君が、もっとも純粋なかたちの「存在」は、あらゆる外見の否定に等しいと考えることができるなら、ぼくは消えさせてくれ――純粋な「非存在」、「涅槃」には体臭がきつくなってしまうから」（第二章）。

孤独におののいていた語り手がやがて肯定するようになるのは、「無数の糸を大量に紡ぎ出す」蜘蛛の勤勉さである――「糸を紡ぎながら、蜘蛛は示唆する、あしたは今夜にまさり、「生成」は「存在」に匹敵し、あしたもまた一日であり、ぼくは起床して自ら招いた困難に立ち向かわなくてはいけないのだと」。語り手はさらに「生きることの恐れは、出勤のタイムレコーダーを押すときには消える」と言う。日常の陳腐さを否定し、非日常的なものを求めたロマン主義とは対照的な態度がここで表明される。地道に仕事に取り組むことに人間の価値があると考えるに至った語り手は、次の第三章では、さらに一歩進んで、「自己憐憫の享楽を棄て」より平等な社会に向けて行動することを決意する。

『秋の日記』を書いているときのマクニースは孤独だった。彼は一九三〇年に結婚するが、三五年に妻のメアリは若い男と駆け落ちしてしまう。語り手は新婚時代を回想し、現在との落差を痛感する。それは私生活と社会情勢の両方にまたがるものである。――「一九三一年当時と同じように、日は心地よく照るのだが、ぼくはもう、日のあたる地位に登録されてはいない――妻はなく、象牙の塔もなく、逃げ場もない。(……)灯火管制訓練、空襲警報、大声で商売する新聞売りの少年、人々は、はためく新聞をひっつかみ、何か起きたのか、あるいは起きなかったのかを見る」(第八章)。第五章では、戦争への恐怖から眠れぬ夜を過ごした語り手が、朝ベッドのなかで昔を思い出す――「ふとすり切れた絹地から、羽根が飛び出ているのに気づく。この黒のダブルサイズの羽毛布団は、八年前の結婚のときの贈り物だ。ぼくが寝ているこのシーツは、アイルランドから送ってきたもの。あの気楽な日々」。

この作品において、メアリ以上に語り手に痛切な思いをかき立てるのが、マクニースが一年半前に知りあい、その後別れた人妻のナンシー・コールドストリーム(一九〇九―二〇〇一年)である。第四章で気まぐれな彼女の魅力を存分に語ったあと、第一一章では彼女への断ち切りがたい未練を述べる――「頭のなかでは、理屈ではよくわかっている、個人的な執着がいかに無駄でばかげているか、それでも胸は高鳴り続け、彼女の声がかすかに聞こえてくる」。この章は次の一節で結ばれる。

スレートの屋根を照らす月光のように
　未来が君の存在できらめくのが見える、
するとぼくの気分は再び高揚する。今は一〇月、
日没の、まじりあったあらゆる色合いと
あらゆる火葬の炎の優美さをもって
　一年の神が運命の薪の上で死んでゆき、
灰色の世界のなかで繭となって眠るが、
　ゆっくりとした回復もかたちをなしつつあるのだ。
誰もこのサイクルを止められない、
　暖炉のなかは灰でいっぱいだが、必ずまた火がおこる。
それゆえ、とても規則的に通るタクシーの音に
（それに君が乗ってくることは決してないが）耳を傾け、
ぼくは安心して待っている、春の到来をあてにし、
　みすぼらしい芝の上を落ち葉が駆けていくのを見ながら。

ここに「西風へのオード」〔補遺14〕への引喩（アリュージョン）がある。ここでは一〇月のある日没時に、一年の終わりを死と葬儀のイメージでとらえているが、一八一九年一〇月末に執筆された「西風へのオード」も日没時を舞台とし、語り手は西風を「死にゆく年の〈挽歌〉」と呼び、「それに合わせてとばりを降ろすこの夜は、巨大な墓所の丸天井となり」（二三―二五行）と言う。そして暖炉の熾火（おきび）に春の到来への期待を重ねるところは、「西風へのオード」末尾の有名な三連を踏まえている。

私の死んだ思想を枯葉のように
宇宙に吹き散らし、新しい生命をもたらせ！
そして、この詩の魔力によって

まき散らせ、くすぶる炉から
灰や火花を、私の言葉を人類へ！
私の唇をとおしてまだ目覚めぬ大地に

預言のラッパを吹きならせ！　おお風よ、

冬来たりなば春は遠からずや。

詩人は立法者、預言者で人々を啓蒙すべき存在である、との使命感を抱いてシェリーは春の到来を予言する。マクニースは『秋の日記』の第三章で行動を決意し、第八章でミュンヘン協定の宥和(ゆうわ)政策を批判。第一四章では、議会の補欠選挙で、反ミュンヘン協定派の候補に投票しにオックスフォードまで行ったエピソードを語る。しかしこの第一一章では、そのような社会的関心は示されない。「ぼく」があてにする「春の到来」は、「君」との関係における全くプライベートなもので、しかも客観的には望むべくもない「春」である。

『秋の日記』の語り手の「ぼく」は、社会との関わり方において一様ではなく、そこにひとりの人間の多様なペルソナが見受けられる。「政治嫌いの気質の人でも、よりよい政治体制への公共の門を開かなければ、これ以上個人の価値を守ることはできない」と考えて選挙に参加した第一四章に続く第一五章では、一転して享楽的な詩人としての「ぼく」が現れる。

シェリー、ジャズ、リート、愛と讃歌の調べ
　そしてすぐに夜は明ける。
月の谷で
　薔薇のなかで酔っぱらおう。

媚薬をくれ、ロートスをくれ、
　同じものをおかわり。
ローマとイオニアとフィレンツェとプロヴァンスとスペインの
　エロチックな詩人たち皆に
彼らの砂糖の一〇分の一を納めさせて、ぼくの一杯に加え、
　ハワイアンの弦の音色とコンゴの太鼓の轟きで
ぼくの毎日を沸き立たせろ。
なじみのミューズにコルセットをゆるめさせろ、
さもなくば新しいミューズをよこせ、ストッキングをはき、ガーターをつけて
　猫のようにほほえみ、
つけまつげをして洋紅のマニキュアを塗り
　スキャパレッリを着、縁なし帽をかぶったミューズを。

ここは祈願（インヴォケーション）（叙事詩の冒頭などでの詩神（ミューズ）への呼びかけ）のパロディー、もしくはマクニース流の祈願（インヴォケーション）である。その最初にシェリーが出てくる。『秋の日記』全編中で、イギリスの詩人の名前が直接挙げられているのはここだけであり、この作品が構想においてシェリーを意識していることを示唆する。だが文脈から言えば、ここでシェリーの詩は、ジャズやリート

（ドイツ歌曲）などと共に、夜通しのパーティーで楽しむもののひとつとして挙げられているにすぎない。次の行の「そしてすぐに夜は明ける」はバイロンの詩「だからもうさまよい出るのはやめよう」（一八一七年）〔補遺15〕の一節である。その末尾は「もうさまよい出るのはやめよう　月明かりに誘われて」で、月のイメージが引用の三行目「月の谷」につながる。「月の谷」（The valley of the moon）はここでは普通名詞として用いられているが、固有名詞の The Valley of the Moon はカリフォルニアにあるワインの名産地である。七行目に列挙される南欧の地名のなかにプロヴァンスが出てくることから、キーツの「ナイチンゲールによせるオード」で語り手がプロヴァンスのワインを所望する箇所が想起される。ロートスは、実を食べると夢見心地になって家や故郷のことを忘れる植物で、ホメロス『オデュッセイア』第九巻に出てくるものだが、テニスン（一八〇九―九二年）の詩「ロートスを食べる人々」（一八三二年）でも知られている。さらに南欧のエロチックな詩人たち、ハワイやコンゴの民族音楽が動員されたうえに、現代的な新しいミューズが呼び求められる。スキャパレッリ（一八九六―一九七三年）は、ショッキングピンクを産み出した、イタリア出身の女性デザイナーの名である。第一五章の前半は、このあとの箇所も含め、軽薄で冒瀆的な乱痴気騒ぎのイメージが続き、現実逃避の傾向が顕著である。そのなかで、ホメロス以来の叙事詩の伝統、ロマン派やテニスンの詩が茶化されている。

後半は一転して不気味なゴーストストーリーになっている。天国も地獄も、過去も未来もなく、ただ過ぎゆく現在の瞬間だけがあると考えながら、それだけではわりきれない死への不安を抱える現代人の心理を描いた箇所である。同時にそこに登場する亡霊に関し、「あるいはガリポリかフランドルで泥にまみれて死んだ誰かか」と問うくだりがある。ガリポリもフランドルも第一次世界大戦の激戦地であることから、戦争のイメージが呼び起こされる。前半の乱痴気騒ぎは、迫り来る第二次世界大戦の恐怖からの逃避であったとも解釈できるのである。

一九三八年一二月、マクニースは、作家の代表団の一員として、内戦のスペイン、バルセロナを視察する誘いに応ずるが、ほかのメンバーが脱落してひとりで行くことになる。彼は一二月二九日にバルセロナに到着し、大晦日の晩、ドイツ軍・イタリア軍の協力を得たフランコ派による空爆を目撃する。その後、何度か空爆を目撃し、一月九日にスペインを出る。『秋の日記』第二三章には、この一二日間のスペイン滞在中の体験が、大晦日の日に凝縮したかたちで描かれている。すでに戦争状態となっているバルセロナを見た語り手は、「人は消極的なるがゆえの安全か、かみそりの刃の上の自由かどちらかを取らねばならない」と言う。戦争に対する語り手のスタンスは徐々に変わってきている。第五章で、戦争に対し「肺を締めつけ、首から背中を下に押さえつける重苦しい恐怖」を感じていた彼は、第七章では「われわれは思う、無批判になり、報復的にならなければならない、そして、敵を打ち破るためには、敵を見本にしなければならない」という表現で、戦争に協力する必要性を述べつつ、まだためらいがあることを暗示する。だがこの第二三章に至って次のように言う。

もうクッションに身を横たえながら
瀕死のガリア人を気どるのはやめよう。
遅かれ早かれ自己憐憫の喜びには飽きるに違いない、
　ぼくたちが生まれたこの悪い世のなかを
呪うことの楽しさや
　皮肉な態度で挫折を認めることにも。

「瀕死のガリア人」は、倒れた裸体の男性が、地面に片手をついて上半身を起こしたポーズの大理石像で、ローマのカピトリーニ美術館にある（図版11）。この男性を古代ローマの剣闘士とする見方もあり、バイロンが『貴公子ハロルドの巡礼』（一八一二、一六、一八年）でこの像に触発され、死にゆく剣闘士を描いていることから（第四巻 一四〇―四一連）、ここでバイロンが想起される。三行目の「自己憐憫」はマクニースがロマン派の特徴と考えていたものである。シェリーの「西風へのオード」にも「私は人生のいばらの上に倒れている！ 私は血を流している！」という一節がある（五四行）。そのような自己憐憫を否定し、行動すべく立ちあることをここで訴えている。それは多分にプロパガンダ的である。
『秋の日記』最後の第二四章では、子守歌のように「眠れ」という呼びかけが繰り返され、未

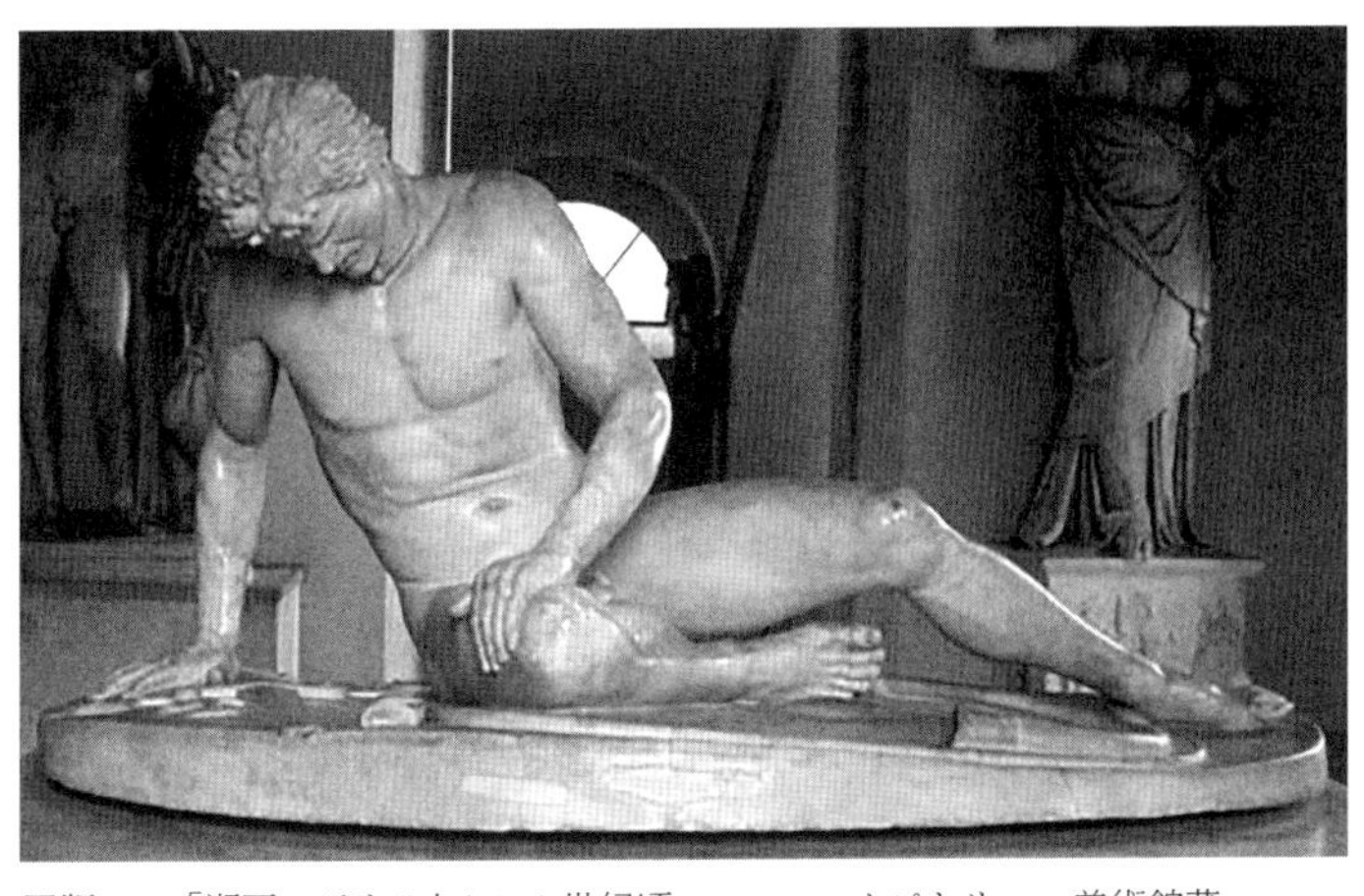

図版 11　「瀕死のガリア人」1–2 世紀頃、ローマ、カピトリーニ美術館蔵

来の国を夢見、眠りによって癒されたあと、「力強く目覚める」ことを願う。「西風へのオード」の最後の三連がここではその本来の趣旨において踏まえられている。理想の国を具体的に思い描く点では、シェリーが人類の無限の進歩の可能性を歌いあげた『マブ女王』（一八一三年）の終わりの二歌（第八歌、第九歌）も影響しているだろう。語り手は、自分が思い描くのは「実行可能、到達可能なもの」、「実現可能な国」であることを強調する。それは当時の他のプロパガンダとの違いと同時に、現実離れしたシェリーの理想世界との違いを意識してのことかもしれない。だが、いずれにせよこの最後の語りは預言者の語りである。

眠れ、過去よ、目覚めよ、未来。
　歩み出よ、開いた扉を通って速やかに。
（……）

眠れ、流れる川の音に合わせて、
　どんなに深くとも、明日渡らねばならないから。
これは、死者の川でも、忘却の川でもない、
今夜、ぼくたちは眠る
ルビコン川の堤防で——賽は投げられた。
　後で会計検査のときが来るだろう、
後で陽光が射してくるだろう、
　そして最後には収支が一致することだろう。

「西風へのオード」自体へのマクニースの論評は見あたらないが、この詩の直截な「自己憐憫」と預言者的詩人像には共感しなかっただろう。『秋の日記』の語りは、自己の殻に閉じこもったり、傍観者的立場を取ったり、現実逃避をしたりしながらも、戦争の足音が近づくにつれ、次第に社会にコミットする姿勢を強めていく。夏の終わりの脱力感が漂うハンプシャーの描写で始まるこの詩のトーンは、さまざまに変化しながら内戦のバルセロナに至って高揚し、プロパガンダ的・預言的になる。初めから声高な「西風へのオード」とは異なり、巧妙にしくまれたプロパガンダ性を帯びているとも言える。ただマクニースは『秋の日記』「はしがき」で、これは日記であってその時々に感じたことを書いたものであるとしている。また「詩

とは何よりも誠実であるべきで、誠実さを犠牲にして「客観的」であったり明瞭であったりすることを私は拒否する」と言う。その言い分に従えば、刻々と事態が切迫していく第二次世界大戦前夜にあって誠実であろうとした結果、詩人は、もともと否定していたプロパガンディストになり預言者になったのである。『秋の日記』は危機の時代において、詩はいかにあるべきかという問題を提起している。

マクニースはまた「はしがき」で、この詩にメッセージ詩の要素と共に抒情詩の要素があることを述べている。抒情詩としての特徴が出ている箇所には、メアリとの新婚時代を回想するところ（第五、八章）や、ナンシーに呼びかけ、彼女の魅力、彼女への未練、そして彼女への感謝を述べるところ（第四、一一、一九章）が含まれるだろう。マクニースは少年の頃、「自己憐憫」が詩の重要な要素であると感じ、キーツの「非情の美女」に惹かれたが、その後過度の自己憐憫には否定的になる。ところでこの「非情の美女」とは、美しい妖精のとりこになって捨てられた騎士の話である。『秋の日記』の逃げられた妻との思い出や別れた恋人への思いを語る章は、現代的に洗練されてはいるもののやはり自己憐憫の表出であると言える。第三章と第二三章で、語り手は自己憐憫を乗り越えるべきものとしているが、それでも自己憐憫は『秋の日記』の重要な要素なのだ。

終章　戦争へのスタンス

——T・S・エリオットとマクニース

第七章ではT・S・エリオットの『四つの四重奏』を、ワーズワスの『序曲』および「霊魂不滅のオード」の延長線に位置づけ、過去の回想に拠り所を求めると喪失感から逃れられないという、ワーズワスが陥ったジレンマを、キリスト教の終末論によって打開しようとした作品として解釈した。第八章ではマクニースの詩、特に『秋の日記』の特徴としての自己憐憫と社会参加の姿勢を、ロマン派の詩に対する引喩（アリュージョン）から読み解くことを試みた。どちらの作品も最後に（『四つの四重奏』の場合は「リトル・ギディング」の末尾で）、戦争（第二次世界大戦）に直面した詩人が未来のヴィジョンを示している。「リトル・ギディング」では、終末論的歴史観から、ドイツ軍によるロンドン空爆を浄化の炎とし、ジュリアン・オブ・ノリッジの「だがすべてはよくなるであろう、そしてすべての様（さま）はよくなろう」との言葉と共に、終末において楽園的な始原の世界が訪れることへの期待が表明される。一方『秋の日記』では、自己憐憫を否定し、行動すべく立ちあがることを訴えたうえで、実現可能な未来の国のヴィジョンを提示する。

直近のこのふたつの章は、ロマン主義の現代詩への影響をエリオットとマクニースを取りあげて論じたものだが、最後に補足として第二次世界大戦、特にロンドン空爆に対するエリオットとマクニースのとらえ方の違いと、詩作上の影響関係を見ておきたい。

マクニースは一九三八年九月（二九日？）、エリオットに宛てた手紙で、執筆中の『秋の日記』の概要を説明し、この作品が現時点での自分の最高傑作であり、また「これは（……）ひとつの信仰告白です」と述べている。マクニースの伝記を書いたストールワージーはこの言葉を引いて、最後の第二四章は「神ではなく人間に対する信仰で終わる、実現可能な未来のヴィジョン」だと言う。[1] 未来への希望を歌った『秋の日記』の結末を、終末への期待を述べた「リトル・ギディング」の結末と比べると、その違いは明白だ。『現代の詩』でマクニースは、T・S・エリオットを「世界観を持ち、人類を研究することに関心のある詩人」としながらその「世界観は敗北主義的である」と論評している。[2]『現代の詩』発表時の一九三八年において、「リトル・ギディング」（一九四二年）はまだ出ておらず、この評価は「ゲロンチョン」（一九二〇年）や『荒地』（一九二二年）を中心としたエリオット前期の詩に対してなされたものと考えられ、「敗北主義的」という言葉も必ずしも否定的な意味では使われていないが、それでもこの言葉を、ドイツ軍によるロンドン空爆を神の愛の証ととらえる「リトル・ギディング」にあてはめることはできよう。これに対し『秋の日記』最後の、「実現可能な」理想の国のヴィジョンはよりポジティヴであると言えるかもしれない。

だがこのふたつの詩の戦争に対するスタンスを、単純に比較することはできない。『秋の日記』が書かれたのは、一九三八年秋から翌年一月にかけてであり、マクニースはバルセロナで空爆を目撃したものの、まだ第二次世界大戦は始まっていなかった。これに対しエリオットはドイツ軍によるロンドン空爆のさなかに「リトル・ギディング」を書き始めているのだ。

興味深いことに、「リトル・ギディング」第四部には最終稿には残らなかったものの、『秋の日記』の末尾への引喩（アリュージョン）のある草稿が存在する。その草稿では、第四部は三つの連からなり、その第二連に「やがて死が会計検査を行って、われわれの無価値な宝物、すなわち無益な罪、気休めの思想、さまざまな快楽（……）を値踏みするだろう」という一節がある。これは『秋の日記』最後の三行、「後で会計検査のときが来るだろう、後で陽光が射してくるだろう、そして最後には収支が一致することだろう」を踏まえたものである。このあとに（決定稿とは少し異なるが）ドイツ軍の爆撃機を聖霊の鳩に見立てた現在の第一連が続く。[3] エリオットはマクニースが示した、楽観的な未来のヴィジョンを、人の死に際しての神の裁きに置きかえようとしていたのである。

一方、ドイツ軍のロンドン空爆と、宗教に傾斜するエリオットに対するマクニースの反応は、アメリカの雑誌『コモン・センス』に寄稿した「ロンドン通信」に見ることができる。一九四一年六月二日の第五回で彼は、凄惨なロンドン空爆の様子を語ったあと、「バーント・ノートン」の「回る世界の静止点」（第二部一六行）に言及し、「いまイギリスが気づいたのは、おそらく崩れゆく世界の静止点だろう」と述べる。現下の状況で、宗教への揺り戻しの動きは理解できるが、普通の意味での宗教への回帰が起きるとは思わないし、期待もしないと言い、そのうえで彼は「宗教的感覚の復活」に期待を寄せる。安直な一九世紀の倫理、マルクス主義の疑似宗教、シニカルなロスト・ゼネレーションの感傷のあと、「われわれが必要なのは生まれ持ったあらゆる感覚であり、そのひとつが宗教的感覚なのだ」と彼は言う。[4] カタストロフィーのさなかマクニースは、エリオットのように伝統的なキリスト教の教義を頼みとするのではなく、より本能的な宗教心を拠り所にすることを主張したものと思われる。

マクニースは、エリオットの「リトル・ギディング」が一九四二年一〇月に発表されると、その翌月、ロンドン空爆を扱った「ブラザー・ファイアー」を書く[5]〔補遺17〕。この詩で彼は空爆を、貪欲な犬がロンドンの街をむさぼり食うイメージで描く。これはダンテの『神曲』「地獄篇」第六歌に出てくる、暴食者を八つ裂きにする獰猛で貪食な犬、ケルベロスからの発想と考えられる。エリオットが、空爆のあとの夜明け前のロンドンで亡霊に出会う「リトル・ギディング」第二部を『神曲』の「地獄篇」と「煉獄篇」にならって書いたことは第七章で述べたが、マクニースも『神曲』を踏まえて、空爆のもたらす地獄絵図を描いている。

「来る夜も来る夜も、ぼくらはやつがよだれをたらし、人間生活の梁と、頂辺のない塔の頂辺をガリガリ噛み砕くのを見た」と語り手は言う（第一連）。その「大喰らいは、ぼくらには四旬節の食事」だ（第二連）。四旬節は、復活祭前の日曜を除く四〇日間、イエス・キリストが荒野で四〇日間断食したのを記念して、節制と回心に努める期間である。空爆の破壊により満足な食事ができないことを述べているが、そこに四旬節を持ち出すことで火（ファイアー）のイメージと相まって、聖霊が下って火のように使徒たちの上にとどまった五旬祭が連想されるだろう。ここに「リトル・ギディング」第一部への引喩があると考えられる。[6]「ブラザー・ファイアー」のブラザーにも、キリストの信徒同士の呼称という宗教的ニュアンスが伴う。リトル・ギディングとはそもそもハンティンドンシャーにある村の名で、一六二六年にニコラス・フェラー（一五九三—一六三七年）がそこで祈りと瞑想の生活を送る小さなコミュニティーを創立した場所である。そこでは互いにブラザーと呼びあっていただろう。

このように「ブラザー・ファイアー」には「リトル・ギディング」を想起させる、宗教的なイメージが頻出するが、なぜ貪欲な犬になぞらえられる空爆の炎が「ブラザー」なのか。語り手はブラザー・ファイアーを敵であると共に「ぼくら自身の生き写し」と言い、次のように詩を結ぶ。

　　おまえが本源的な喜びをもって、店を略奪し、

街区や尖塔に群がって、歌っているとき、
おまえの考えはぼくらの考えにこだましていたのではないか？「破壊しろ！　破壊し
ろ！」と。

エリオットが、空爆を受動的に受けとめ、そこに神の愛の証を見ようとしたのに対し、マクニースは、空爆の恐怖を描くと共に、そこにサディスティックな快感を覚えるさまを描いている。『秋の日記』末尾の未来のヴィジョンは、ロンドン空爆をまのあたりにすることで姿を消し、この詩では、人間の持つ破壊的な衝動があらわにされている。

マクニースが再び、新しい世界が到来することへの期待を表すのが、戦争終結後の一九四五年一一月に書いた「スロー・ムーヴメント（ゆっくりとした楽章・律動）」（補遺18）だ。「目覚めると、彼は列車のなかに」おり、早朝の日差しが見知らぬ野原を祝福している。「きのうは帳消しになっている、座席の下に押し込まれたきのうの新聞を除いては」（第一連）。戦争の報道は過去のこととなり、平和が訪れた喜びが冒頭で述べられる。向かいの席の見知らぬ少女はまだ眠っていて「その目の色もわからない」。「その目は太陽の泉か、願いをかける月か」（第四連）という語り手の推測は、少女が目を開くことに新たな世界の訪れを重ね、それが理想の実現した社会か、理想へ希望をつなぐ社会かという、未来のふたつの可能性を示していると考えられる。

この夜行列車に乗っていて早朝に目覚めたときの情景に、第二連から弦楽器の演奏を聴いている情景が重なる。列車に揺られている気分を、演奏を聴くことの比喩で表現しているものと思われるが、実際にコンサート会場で演奏を聴いているかのような描写がなされる。さらに第二連ではヴィオラ奏者の手の動きが、水槽のなかを泳ぐ魚にたとえられ、それが「上昇し、体を揺らしながら留まり、目に見えぬ水草を食べに、さっと泳ぎ去る」と、単なる比喩を超えてリアルに描かれるので、三つの情景が混然となった印象を与える。

「スロー・ムーヴメント」には、言葉のうえでの引喩（アリュージョン）は見られないが、音楽のモチーフを使っているという点が『四つの四重奏』と共通している。エリオットは、別々に発表してきた四つの詩「バーント・ノートン」「イースト・コウカー」「ドライ・サルヴェイジズ」「リトル・ギディング」をひとつにまとめ、『四つの四重奏』として一九四三年にアメリカで、翌四四年にはイギリスで出版した。「四重奏」というタイトルについて彼は、友人ヘイワード宛の手紙で、安易に音楽的なタイトルをつけることには反対があることは承知しているとしたうえで、そこには「表面的には関連のなさそうな三つか四つのテーマをひとつに織りなして作る」という意味合いがあり、「そこから新たな全体像を作りあげることに、この詩はある程度、成功している」と述べている。[7] 一九四五年に「スロー・ムーヴメント」を書くにあたって、マクニースが『四つの四重奏』を意識した可能性、さらには「四重奏」というタイトルと作品の内容の整合性を気にとめた可能性はあるだろう。いずれにしろこの詩では比喩的な描写が、実際の情景と同等に自己主張することに成功していて、三つの情景描写があたかも三重奏のように互いにもつれあい、『四つの四重奏』でエリオットがなしえなかった音楽性を産み出している。

楽章が終わる、列車は金鳳花(キンポウゲ)の野原の真ん中で
停車した、弦楽器の音はやみ、
銀色の魚の群は水槽の底を
　モザイクのように埋め尽くしてあぶくひとつ出てこない……
そして次の演目が何であるのかぼくたちは知らない、
もし、水温計の赤い線がメーターの一番上に来たら、魚は水槽のなかで
力強くしだいに(アッチェランド・コン・フォルツァ)テンポを早めて狂乱し、眠っていた少女は目を開けて
　そうすることでぼくたちの目を開かせるだろう。

(第五、六連)

戦争が終わった現在は、列車が停車し、演奏が中休みに入った、なぎのような状態である。その後にある種暴力的な事態が起きる可能性も示唆される。だがそれは少女の目覚めをうながすきっかけとなる出来事であり、「ブラザー・ファイアー」のような際限のない破壊とは

異なるだろう。このようにこの詩では、戦争が終わって新しい世界がやってくることへの期待が表明されている。ただその未来は不確定で、『秋の日記』最終章のように実現可能な未来像が具体的に述べられることはない。

「ブラザー・ファイアー」同様、この詩にも宗教用語が出てくる。ただ「ブラザー・ファイアー」が「リトル・ギディング」を連想させる宗教用語により、かえって神なき世界を強調していたのに対し、「スロー・ムーヴメント」では「早朝の日差しがホスチアとなって見知らぬ野原を祝福し」(二行目、傍点筆者)と、世界が神の祝福を受けているように描かれており、クリスチャンの詩人が書いた宗教詩のようでさえある。この詩に表されているのは、戦争に勝利したという高揚感や、新たな未来を切り開いていくことへの自信ではなく、恩寵を受けているという受動的な喜びだ。エリオットのように既成の宗教に回帰することには否定的であったが、ロンドン空爆を体験したのちに終戦を迎えたマクニースは、この詩において『秋の日記』の「人間に対する信仰」とは異なる「宗教的感覚」を表現している。「スロー・ムーヴメント」はマクニースの新たな「信仰告白」の詩であると言えよう。

エリオットはマクニースと作風や政治的・宗教的信条を異にしたが、詩人として、またフェイバー社の編集者としてマクニースのよき理解者だった。彼はマクニースの『詩集』(一九三五年)を編集して世に送り出した。以後のマクニースの詩集はほとんどフェイバー社から出ている。マクニースが亡くなったとき、エリオットは『タイムズ』紙（一九六三年九月五日）に追悼文を寄せた。マクニースは「同時期にオックスフォードに学んだ才気あふれる詩人たち」すなわちオーデングループのなかで際立っていた、とエリオットは言う。

> もし「詩人の詩人」という言葉が、ほかの詩人たちからその妙技が充分に評価される詩人を意味するのなら、マクニースにこそあてはまるだろう。（……）彼はアイルランド人らしく詩の音楽性に対する確かな耳を持っていて、読んでつまらない詩を一行たりとも書かなかった。彼が大学卒業後、最初に世に問うた詩集を出版できたことを私はとても誇りに思う。[8]

あとがき

「はじめに」で述べたように、本書は詩を、個々の詩人、ひいては詩人が生きていた時代の世界認識を表したものとしてとらえ、イギリス・ロマン主義時代に起きたパラダイム・シフトにより世界観がどう変わり、またそれが現代にどう影響したかを論じたものである。当初の関心はもっぱら認識の問題にあったが、研究を始めると、世界認識は結局のところ社会との関わりとつながっており、認識の問題は社会倫理と切り離せないことがわかってきた。

各章の初出は以下のとおりである。若書きのものも含まれているが、本書に収めるにあたり、全面的に加筆・修正を加えた。

第一章「彼岸の世界の描き方――ダンテとワーズワス」『國學院雜誌』第九〇巻、第一一号、特集ダンテ、國學院大學、一九八九年、一一月。

第二章 'Metamorphoses of *Paradise Lost* in Wordsworth's *Prelude*'『英語青年』第一四六巻、第一号、研究社、二〇〇〇年、四月。

第三章「ロマン主義のエンターテインメント作品——Robert Southey, *Thalaba the Destroyer* の本文と自注」『関東英文学研究』第一四号、日本英文学会関東支部、二〇二三年、一月。

第四章 'Images of Paradise in Coleridge's "Kubla Khan"'. *Voyages of Conception: Essays in English Romanticism*. Japan Association of English Romanticism. 二〇〇五年、三月。

第五章「ワーズワスの「クブラ・カーン」批判と「自然への敬虔の念」」『自然と風土の英米文学』富士川義之編、金星堂、二〇二二年、一二月。

第六章「ギリシア壺の誘う世界——キーツと想像力」『想像力の変容——イギリス文学の諸相』高松雄一編、研究社、一九九一年、三月。

第七章「ワーズワスの楽園・エリオットの時間と終末」『専修人文論集』第四三号、専修大学、一九八九年、二月。

第八章「ロマン派へのアンビヴァレントなまなざし——ルイ・マクニースの詩と詩論」『揺るぎなき信念——イギリス・ロマン派論集』新見肇子、鈴木雅之共編著、彩流社、二〇一二年、三月。

終　章　書き下ろし

研究者の道を歩み始めて間もない一九九〇年夏、筆者は短期在外研究の機会を得て渡英し、ケンブリッジ大学のサマー・スクールで三週間、イギリス・ロマン主義に関する授業を受講した。サマー・スクールには、ヨーロッパ各国の大学生、日本と韓国から当時の筆者のような若手研究者、それに文学に関心のある中高年のアメリカ人が参加していた。講習の最後に懇親会があったが、その会場に向かう道すがら、ふたりの女子学生が親しげにドイツ語で話していた。聞けば、ひとりは西ドイツから、もうひとりは東ドイツから参加したという。歴史的な出会いだ、という趣旨の祝福の言葉をかけるとふたりとも嬉しそうに微笑んでいた。東西ドイツ統一のひと月半前のことであった。

サマー・スクールが終わると筆者はヨーロッパ大陸に渡った。まず、当時、日本からの旅行が容易になった東ヨーロッパを訪ねたいと思い、ウィーンを経由して、ハンガリーのブダペストに行った。ブダペストでは東ドイツ製の小型車が町中に黒煙を振りまいて走っていて大気汚染がひどかったが、民宿のおばあさんを初め、みな日本から来た三十男を歓待してくれ、人々は新たに獲得した自由を謳歌しているように見えた。その後、イタリア、フランスを旅して、いったんイギリスに戻ってから帰国した。ちょうど二百年前にあたる一七九〇年夏のワーズワスの大陸旅行とは、場所もルートも異なっていたが、革命一周年に沸き立つフランスでワーズワスが味わったのと同種の雰囲気を感じとることができたように思う。

本書で論じたように、ワーズワスはその後フランス革命に幻滅し、回想の世界に楽園を求めた。だがそれは失われて初めて得られるがゆえに喪失感と表裏一体をなしている。その限界を乗り越えるものとして、筆者はT・S・エリオット「リトル・ギディング」に注目していた。

その「真冬の春」に描かれる、終末を予感させる美しい情景に魅せられると同時に、ドイツ軍のロンドン空爆を浄化の炎ととらえる戦争観に戦慄を覚えた。その読書体験から拙論「ワーズワスの楽園・エリオットの時間と終末」を短期在外研究の前年に発表していたが、それでも一九八九、九〇年当時は、世界の未来は明るいと思っていて、戦争をリアルに感じることはなかった。

その後マクニースを知って、訳詩集を共訳で出すと共に拙論「ロマン派へのアンビヴァレントなまなざし――ルイ・マクニースの詩と詩論」を執筆し、その最後でマクニースと第二次世界大戦との関わりを論じた。そして本書を上梓するにあたり、エリオットとマクニースの戦争観を比較した終章を書いた。

今日の世界は、三〇数年前に筆者が予測したのとは全く違う方向に進んでいる。ロシアのウクライナ侵攻と世界情勢の不安定化、全世界を席巻したパンデミック、地球温暖化に伴う自然災害の頻発はまた新たなパラダイム・シフトをもたらすのだろうか。それを予見する能力は筆者にはないが、かつて世界の大変動に直面した詩人たちの声に耳を傾けることは、目先のニュースを追うことよりも、世の中を見るうえで、よりしっかりした視座を与えてくれるのではないかと思う。

本書のもとになった拙論を共著で発表する機会を与えてくださった富士川義之氏、新見肇子氏、鈴木雅之氏に感謝したい。大学院の指導教授の高松雄一先生の授業ではワーズワスの『序曲』を読む機会を得、その後『序曲』についての修士論文を先生にご指導いただいた。さらに先生の退官記念論文集に寄稿したキーツについての拙論も本書第六章のもとになっている。筆者の英詩研究が遅々として進まなかったために、先生はすでに鬼籍に入られ、本書をささげることができなかったことが悔やまれる。

一冊の本にまとめるにあたり、末岡ツネ子氏に拙稿を読んでいただき、貴重な助言を得た。また刊行にあたっては平凡社の安藤優花、日下部行洋、関口昌己の各氏に大変お世話になった。篤く御礼申し上げる。

二〇二三年五月

道家英穂

索引

あ行

か行

さ行

た行

な行

は行

ま行

や行

ら行

わ行

参考文献

第一次資料（邦訳、抄訳は末尾に示した）

Akenside, Mark. *The Pleasures of Imagination*. London, 1744.

Andrewes, Lancelot. *Ninety-six Sermons*, vol. I. Oxford, 1841.

Baldwin, Edward (i.e. William Godwin). *The Pantheon: or Ancient History of the Gods of Greece and Rome. Intended to Facilitate the Understanding of the Classical Authors, and the Poets in General, for the Use of Schools, and Young Persons of both Sexes.* London, 1806.

Barrow, John. *Travels in China*. London, 1804.

Beckford, William. *Vathek: An Arabian Tale. Three Gothic Novels*, edited by Peter Fairclough, Penguin. 1986, pp. 149-255.

Blake, William. *The Complete Poetry and Prose of William Blake*. Edited by David V. Erdman, newly revised ed., U of California P, 1982.

Bruce, James. *Travels to Discover the Source of the Nile*. 5 vols., Edinburgh, 1790.

Byron, George Gordon. *The Complete Poetical Works*. Edited by Jerome J. McGann, 7 vols., Clarendon Press, 1980-93.

Chambers, Sir William. *A Dissertation on Oriental Gardening*. 2nd ed., London, 1773.

Chardin, Jean. *Travels of Sir John Chardin into Persia and the East-Indies*. London, 1686.

Coleridge, Samuel Taylor. *Biographia Literaria*. Edited by James Engell and W. Jackson Bate, 2 vols. in one, Princeton UP, 1983.

——. *Coleridge's Poetry and Prose*. Edited by Nicholas Halmi, Paul Magnuson and Raimonda Modiano, Norton, 2004.

——. *The Notebooks of Samuel Taylor Coleridge*. Edited by Kathleen Coburn et al., 5 vols., Routledge, 2002.

——. 'Notes on Milton. Remains of Lecture III of the Course of 1818'. *Lectures and Notes on Shakespeare and Other Poets*, edited by Thomas Ashe, London, 1883, pp. 517-26.

——. 'On Poesy or Art'. *Biographia Literaria*, edited by J. Shawcross, vol. 2, Oxford UP, 1907, pp. 253-63.

——. *Poetical Works*. Edited by J. C. C. Mays. 3 vols in 6 parts. *The Collected Works of Samuel Taylor Coleridge*, vol. 16, Princeton UP, 2001. 本文中の引用はこのテクスト

に基づく。

Dante Alighieri. *La Divina Commedia*. Testo critico della Società Dantesca Italiana, riveduto, col commento scartazziniano rifatto da Giuseppe Vandelli, Ulrico Hoepli, 1989. 本文中の引用はこのテクストに基づく。

——. *The Divine Comedy*. Translated, with a commentary, by Charles S. Singleton, 6 vols, Princeton UP, 1970-75.

——. *The Vision, or Hell, Purgatory and Paradise of Dante Alighieri*. Translated by Henry Francis Cary, 1814 / P. F. Collier, 1909.

Darwin, Erasmus. *The Botanic Garden*, vol. 2. London, 1789.

Eliot, T. S. *For Lancelot Andrewes*. Faber & Faber, 1970.

——. *The Letters of T. S. Eliot*. Edited by Valerie Eliot and John Haffenden, Faber & Faber, 1988-.

——. *The Poems of T. S. Eliot*. Edited by Christopher Ricks and Jim McCue, 2 vols, Faber & Faber, 2015.

——. *Selected Essays*. Faber & Faber, 1951.

——. *To Criticize the Critic*. Faber & Faber, 1965.

Heron, Robert, translator. *Arabian Tales, or, A Continuation of the Arabian Nights Entertainments*. 1792 [Jacques Cazotte. *Continuation des Mille et Une Nuits*. 1788-89].

The Holy Bible: Authorized King James Version. Oxford UP.

Hutchinson, Francis. *An Historical Essay Concerning Witchcraft*. 2nd ed., London, 1720.

Julian of Norwich. *Revelations of Divine Love*. Translated by Grace Warrack, Wilder Publications, 2011.

The Keats Circle: Letters and Papers and more Letters and Poems of the Keats Circle. Edited by Hyder Edward Rollins, 2 vols., Harvard UP, 1965.

Keats, John. *Complete Poems*. Edited by Jack Stillinger, Harvard UP, 1978.

——. *The Letters of John Keats*. Edited by Hyder Edward Rollins, 2 vols., Harvard UP, 1958.

Lamb, Charles. *The Letters of Charles and Mary Anne Lamb*. Edited by Edwin W. Marrs, Jr., 5 vols., Cornell UP, 1975-78.

Leonardus, Camillus. *The Mirror of Stones*. London, 1750 [*Speculum lapidum*. 1502].

MacNeice, Louis. *Collected Poems*. Edited by Peter McDonald, Faber and Faber, 2007. 本文中の引用はこのテクストに基づく。

——. *Collected Poems*. Edited by E. R. Dodds, Faber and Faber, 1966.

——. *The Letters of Louis MacNeice*. Edited by Jonathan Allison, Faber and Faber, 2010.

——. *Modern Poetry, A Personal Essay*. 1938 / Haskell House, 1969.

——. *Selected Literary Criticism of Louis MacNeice*. Edited by Alan Heuser, Clarendon,

1987.
——. *Selected Prose of Louis MacNeice*. Edited by Alan Heuser, Clarendon, 1990.
——. *The Strings Are False, An Unfinished Autobiography*. Faber and Faber, 1966.
Mandeville, Sir John. *The Voiage and Travile of Sir John Maundeville*. London, 1725.
Marco Polo. *The Travels of Marco Polo*. Edited by Manuel Komroff, W. W. Norton, 1953.
Mason, William. *An Heroic Epistle to Sir William Chambers*. 11th ed., London, 1778.
Milton, John. *Paradise Lost*. Edited by Alastair Fowler. 2nd ed., Longman, 1998.
Odoricus. 'The Iournall of Frier Odoricus'. Richard Hakluyt, *Hakluyt's Collection of the Early Voyages, Travels and Discoveries of the English Nation*, vol. 2, London, 1599 / 1810, pp. 158-74.
Olearius, Adam. *The Voyages and Travells of the Ambassadors to the Great Duke of Muscovy, and the King of Persia*. Translated by John Davies, 2nd ed., London, 1669.
Peacock, Thomas Love. *Peacock's Four Ages of Poetry*. Edited by H. F. B. Brett-Smith. Houghton Mifflin Company, 1921.
Pope, Alexander. *Poetical Works*. Edited by Herbert Davis. Oxford UP, 1966.
Proust, Marcel, *À la recherche du temps perdu*. Édition publiée sous la direction de Jean-Yves Tadié, Bibliothèque de la Pléiade, 4 vols., Gallimard, 1987-89.
Purchas, Samuel. *Purchas his Pilgrimage*. 2nd ed., London, 1614.
——. *Hakluytus Posthumus or Purchas His Pilgrimes*. 20 vols., 1624-25 / AMS P, 1965.
Ruskin, John. *Modern Painters*. 5 vols. *The Works of John Ruskin*, vol. III–VII, edited by E. T. Cook and Alexander Wedderburn, Library Edition, George Allen / Longmans, Green, and Co., 1903-05.
Robinson, Henry Crabb. *Diary, Reminiscences, and Correspondence*. 3 vols., 1869 / Cambridge UP, 2010.
Rowling, J. K. *Harry Potter and the Philosopher's Stone*. Bloomsbury, 1997.
Sale, George. 'A Preliminary Discourse to the Koran'. *The Koran, Commonly Called the Alcoran of Mohammed*. London, 1734 / 1850, pp. 1-132.
Shelley, P. B. *Shelley's Poetry and Prose*. Edited by Donald H. Reiman and Neil Fraistat, 2nd ed., Norton, 2002.
——. *The Poems of Shelley*. Edited by Kelvin Everest and Geoffrey Matthews, 4 vols., Longman, 1989-2014.
Southey, Robert. *Common-Place Book*. Edited by John Wood Warter, 4th series, Longman, Brown, Green and Longmans, 1851.
——. *The Curse of Kehama*. Edited by Daniel Sanjiv Roberts, Pickering and Chatto, 2004. Vol. 4 of *Poetical Works 1793-1810*.

——. *Joan of Arc*. Edited by Lynda Pratt, Pickering and Chatto, 2004. Vol. 1 of *Poetical Works 1793-1810*.

——. *The Life of Nelson*. Edited by Tim Fulford, Routledge, 2020.

——. *Madoc*. Edited by Lynda Pratt, Pickering and Chatto, 2004. Vol. 2 of *Poetical Works 1793-1810*.

——. *Roderick, The Last of the Goths*. Edited by Diego Saglia, Pickering and Chatto, 2012. Vol. 2 of *Later Poetical Works 1811-1838*.

——. *Thalaba the Destroyer*. Edited by Tim Fulford, Pickering and Chatto, 2004. Vol. 3 of *Poetical Works 1793-1810*. 本文中の引用はこのテクストに基づく。

——. *Thalaba the Destroyer*. London, 1838. Vol. IV of *The Poetical Works of Robert Southey, collected by himself*.

——. *A Vision of Judgment*. Edited by Lynda Pratt et al., Pickering and Chatto, 2012. Vol. 3 of *Later Poetical Works 1811-1838*.

Tavernier, Jean-Baptiste. *Collections of Travels Through Turky into Persia, and the East-Indies*. 2 vols., London 1687.

Taylor, William. *A Memoir of the Life and Writing of the Late William Taylor of Norwich, Containing his Correspondence of Many Years with the late Robert Southey, Esq*. Edited by W. Robberds, 2 vols., London, 1843.

An Universal History, from the Earliest Account of Time to the Present, vol I. London, 1779.

Vansleb, Johann Michael. *The Present State of Egypt; Or, A New Relation of a Late Voyage into that Kingdom*. London, 1678 [*Nouvelle Relation en Forme de Journal, D'un Voyage Fait en Egypte*. Paris, 1677].

Vaughan, Henry. *The Works of Henry Vaughan*. Edited by L. C. Martin, 2nd ed., Clarendon, 1957.

Walpole, Horace. *The Castle of Otranto. Three Gothic Novels*, edited by Peter Fairclough, Penguin, 1968, pp. 37-146.

Woolf, Virginia. *Collected Essays*, vol. 2. The Hogarth P., 1966.

——. *To the Lighthouse*. Edited by David Bradshaw, Oxford World's Classics, Oxford UP, 1992. Editis, 2006.

Wordsworth, Christopher. *Memoirs of William Wordsworth*. 2 vols. London, 1851.

Wordsworth, William. *The Letters of William and Dorothy Wordsworth*. Edited by E. de Selincourt, 2nd ed., 8 vols., Clarendon, 1967-93.

——. *The Poetical Works of William Wordsworth*. Edited by E. de Selincourt and Helen Darbishire, 2nd ed., 5 vols., Clarendon, 1952-63. 本文中の引用はこのテクストに基づく。

——. *The Poems of William Wordsworth*. Edited by Jared Curtis, 3vols., Humanities-

Ebooks, 2014.
——. *The Prelude or the Growth of a Poet's Mind*. Edited by E. de Selincourt, 2nd ed., revized by Helen Darbishire, Clarendon, 1959.
——. *The Prelude 1799, 1805, 1850*. Edited by Jonathan Wordsworth, M. H. Abrams, and Stephen Gill, Norton, 1979. 本文中の引用はこのテクストの1805年版に基づく。
——. *The Prelude: The Four Texts* (1798, 1799, 1805, 1850). Edited by Jonathan Wordsworth, Penguin, 1995.
——. *The Prose Works of William Wordsworth*. Edited by W. J. B. Owen and Jane Worthington Smyser, 3 vols., Clarendon, 1974.
Z (i.e., John Lockhart and John Wilson). 'Cockney School of Poetry: No IV'. *Blackwood's Edinburgh Magazine*, August 1818, pp. 519-24.

アプレイウス『黄金のロバ』上　呉茂一訳、下　呉茂一・国原吉之助訳、岩波文庫、1956-57 年。

『イェイツ　エリオット　オーデン』平井正穂、高松雄一編、筑摩世界文学大系 68、1975 年。

ウルフ、ヴァージニア「灯台へ」鴻巣友季子訳、『世界文学全集 II -01、灯台へ・サルガッソーの広い海』池澤夏樹編、河出書房新社、2009 年。

エリオット『エリオット全集』全 5 巻、深瀬基寛ほか訳、中央公論社、1971 年。

オドリコ『東洋旅行記』家入敏光訳、光風社、1990 年。

キーツ『エンディミオン ── 物語詩』西山清訳、鳳書房、2003 年。

──『キーツ詩集』中村健二訳、岩波文庫、2016 年。

コウルリッジ『対訳コウルリッジ詩集』上島建吉編、岩波文庫、2002 年。

──『文学的自叙伝』東京コウルリッジ研究会訳、法政大学出版局、2013 年。

サウジー『タラバ、悪を滅ぼす者』道家英穂訳、作品社、2017 年。

──『ネルソン提督伝』上下、山本史郎訳、原書房、2004 年。

──「魔界のサウジー」『夜の勝利 ── 英国ゴシック詞華撰 II』高山宏編訳、国書刊行会、1984 年。

シェリー『対訳シェリー詩集』アルヴィ宮本なほ子編、岩波文庫、2013 年。

ダンテ・アリギエリ『神曲』全 3 巻、原基晶訳、講談社学術文庫、2014 年。

ブルース『ナイル探検』17・18 世紀大旅行記叢書 10、長島信弘、石川由美訳、岩波書店、1991 年。

プルースト『失われた時を求めて』吉川一義訳、全 14 巻、岩波文庫、2010-19 年。

ブレイク『対訳ブレイク詩集』松島正一編、岩波文庫、2004 年。

ポウプ『人間論』上田勤訳、岩波文庫、1950 年。

マクニース『秋の日記』辻昌宏、道家英穂、髙岸冬詩訳、思潮社、2013 年。

——『ルイ・マクニース詩集』高岸冬詩、道家英穂、辻昌宏訳、思潮社、2013 年。

マルコ・ポーロ『東方見聞録』1、2、愛宕松男訳注、東洋文庫、平凡社、1970-71 年。

マンデヴィル、J.『東方旅行記』大場正史訳、東洋文庫、平凡社、1964 年。

ミルトン『失楽園』上下、平井正穂訳、岩波文庫、1981 年。

——『ミルトン英詩全訳集』上下、宮西光雄訳、金星堂、1983 年。

ワーズワス『逍遥』田中宏訳、成美堂、1989 年。

——『対訳ワーズワス詩集』山内久明編、岩波文庫、1998 年。

——『ワーズワス・序曲』岡三郎訳、国文社、1991 年。

第二次資料

Abrams, M. H. *The Mirror and the Lamp*. 1953 / Norton, 1958.
——. *Natural Supernaturalism*. Norton, 1971.
Ackroyd, Peter. *T. S. Eliot*. Hamish Hamilton, 1984.
Auerbach, Erich. *Dante: Poet of the Secular World*. Translated by Ralph Manheim, Chicago UP, 1961.
——. *"Figura", Scenes from the Drama of European Literature*. Translated by Ralph Manheim, Peter Smith, 1959, pp. 11-76.
——. *Mimesis*. Translated by Willard R. Trask, 1953 / Princeton UP, 2003. [邦訳 E. アウエルバッハ『ミメーシス』篠田一士、川村二郎訳、筑摩書房、1967]。
Barth, Karl. *The Epistle to the Romans*. Translated by Edwyn C. Hoskyns, Oxford UP, 1933. [邦訳 カール・バルト『ローマ書講解』上下、小川圭治、岩波哲男訳、平凡社、2001]。
Beer, J. B. *Coleridge the Visionary*. 1959 / Collier Books, 1962.
Bloom, Harold. 'The Internalization of Quest-Romance'. *Romanticism and Consciousness*, edited by Harold Bloom, Norton, 1970, pp. 3-24.
Bolton, Carol. *Writing the Empire: Robert Southey and Romantic Colonialism*. Pickering & Chatto, 2007.
Bornstein, George. *Transformations of Romanticism in Yeats, Eliot, and Stevens*. Chicago UP, 1976.
Butler, Marilyn. 'Plotting the Revolution: The Political Narratives of Romantic Poetry and Criticism'. *Romantic Revolutions: Criticism and Theory*, edited by Kenneth Johnston et al., Indiana UP, 1990, pp. 133-57.
Chandler, James. *England in 1819*. Chicago UP, 1998.
Colvin, Sidney. *John Keats*. Macmillan, 1918.
DNB (Oxford Dictionary of National Biography), online. Oxford UP, 2022.

Doke, Hideo. 'Images of Paradise in Coleridge's "Kubla Khan"'. *Voyages of Conception: Essays in English Romanticism*, Japan Association of English Romanticism, 2005, pp. 188-99.

Ellis, Steve, '*Four Quartets*'. *The New Cambridge Companion to T. S. Eliot*, edited by Jason Harding, Cambridge UP, 2017, pp. 103-15.

Encyclopædia Britannica. *Encyclopædia Britannica Ultimate Reference Suite*, Encyclopædia Britannica, 2015.

Fleissner, Robert F. *Sources, Meaning, and Influences of Coleridge's Kubla Khan*. Edwin Mellen Press, 2000.

Friederich, Werner P. *Dante's Fame Abroad, 1350-1850*. Edizioni di Storia e Letteratura, 1950.

Fulford, Tim. 'Coleridge's Sequel to *Thalaba* and Robert Southey's Prequel to *Christabel*'. *Coleridge, Romanticism and the Orient*, edited by David Vallins, Kaz Oishi and Seamus Perry, Bloomsbury, 2013, pp. 55-70.

Gardner, Helen. *The Composition of Four Quartets*. Faber and Faber, 1978.

Gill, Stephen. *William Wordsworth: A Life*. Clarendon, 1989.

Gish, Nancy K. *Time in the Poetry of T. S. Eliot*. Macmillan, 1981.

Goslee, Nancy Moore. 'The Visual and Plastic Arts'. *John Keats in Context*, edited by O'Neill. Cambridge UP, 2017, pp. 126-35.

Guskin, Phyllis J., 'The Context of Witchcraft: The Case of Jane Wenham (1712)'. *Witchcraft in England*, edited by Brian P. Levack, vol. 6 of *Articles on Witchcraft, Magic and Demonology*, Garland Publishing, 1992, pp. 94-117.

Huxley, Robert, editor. *The Great Naturalists*. Thames & Hudson, 2007.

Jack, Ian. *Keats and the Mirror of Art*. Clarendon, 1967.

Johnston, Kenneth R. *Wordsworth and The Recluse*. Yale UP, 1984.

Jones, Stanley. 'B. R. Haydon on Some Contemporaries: A New Letter'. *The Review of English Studies* 26, 102, 1975, pp. 183-89.

Kelley, Theresa M. 'Keats, ekphrasis, and history'. *Keats and History*, edited by Nicholas Roe, Cambridge UP, 1995, pp. 212-37.

Kitson, Peter J. *Forging Romantic China*. Cambridge UP, 2013.

——. 'Milton: The Romantics and After'. *A Companion to Milton*, edited by Thomas N. Corns, Blackwell Publishing, 2001, pp. 463-80.

Kramer, Kenneth Paul. *Redeeming Time; T. S. Eliot's Four Quartets*. Cowley Publications, 2007.

Leask, Nigel. 'Kubla Khan and Orientalism: The Road to Xanadu Revisited'. *Romanticism*, 4:1, 1998, pp. 1-21.

——. *Curiosity and the Aesthetics of Travel Writing, 1770-1840*. Oxford UP, 2002.

Lindenberger, Herbert. *On Wordsworth's Prelude*. Princeton UP, 1963.

Lovejoy, Arthur O. 'The Chinese Origin of a Romanticism'. *Essays in the History of Ideas*. Johns Hopkins UP, 1948, pp. 99-135.

Lowes, John Livingston. *The Road to Xanadu*. Constable, 1927.

McKinnon, William T. *Apollo's Blended Dream: A Study of the Poetry of Louis MacNeice*. Oxford UP, 1971.

Moorman, Mary. *William Wordsworth, A Biography: The Early Years 1770-1803*. Clarendon, 1957.

——. *William Wordsworth, A Biography: The Later Years 1803-1850*. Clarendon, 1965.

Newlyn, Lucy. *Paradise Lost and the Romantic Reader*. Clarendon, 1993.

O'Neill, Michael, 'Contemporaries (I) (and Immediate Predecessors)'. *John Keats in Context*, edited by O'Neill, Cambridge UP, 2017, pp. 229-37.

Parker, William Riley. *Milton: A Biography*. 2 vols., Clarendon, 1968.

Patch, Howard Rollin. *The Other World*. 1950 / Octagon Books, 1980.

Perkins, David. 'The Imaginative Vision of *Kubla Khan* on Coleridge's Introductory Note'. *Coleridge, Keats, and the Imagination*, edited by J. Robert Barth and John L. Mahoney, Missouri UP, 1990, pp. 97-108.

Roe, Nicholas. *John Keats and the Culture of Dissent*. Clarendon, 1997.

——. *John Keats: A New Life*. Yale UP, 2012.

Saglia, Diego. 'Words and Things: Southey's East and the Materiality of Oriental Discourse'. *Robert Southey and the Contexts of English Romanticism*, edited by Lynda Pratt, 2006; Routledge, 2016, pp. 167-86.

Schneider, Elizabeth. *Coleridge, Opium and Kubla Khan*. Chicago UP, 1953.

Shears, Jonathan. 'Wordsworth's English Poets'. *The Oxford Handbook of William Wordsworth*, edited by Richard Gravil and Daniel Robinson, Oxford UP, 2015, pp. 449-66.

Southam, B. C. *A Student's Guide to the Selected Poems of T. S. Eliot*. Faber and Faber, 1968.

Spurr, Barry. '"Anglo-Catholic in Religion": T. S. Eliot and Christianity'. *The New Cambridge Companion to T. S. Eliot*, edited by Jason Harding, Cambridge UP, 2017, pp. 187-201.

Stein, Edwin. *Wordsworth's Art of Allusion*. Pennsylvania UP, 1988.

Stallworthy, Jon. *Louis MacNeice*. Norton, 1995.

Thomas, Keith. *Religion and the Decline of Magic*. 1971 / Penguin, 1991.

Thomson, Heidi. 'Fanny Brawne and Other Woman'. *John Keats in Context*, edited by M.

O'Neill, Cambridge UP, 2017, pp. 38-46.
Vendler, Helen. *The Odes of John Keats*. Harvard UP, 1983.
Wheeler, K. M. *The Creative Mind in Coleridge's Poetry*. Harvard UP, 1981.
Wordsworth, Jonathan. *William Wordsworth: The Borders of Vision*. Clarendon, 1982.
Wu, Duncan. *Wordsworth's Reading 1770-1799*. Cambridge UP, 1993.
——. *Wordsworth's Reading 1800-1815*. Cambridge UP, 1995.
Zakai, Avihu. *Erich Auerbach and the Crisis of German Philology*. Springer, 2017.

クルマン、O.『キリストと時』前田護郎訳、岩波書店、1954［原著 Oscar Cullmann, *Chiristus und die Zeit*. Zwite Auflage. Zollinkon-Zürich: Evangelischer Verlag A. G., 1946.］。

佐野仁志「プロデュースされた「モダニスト」」、高柳俊一、佐藤亨、野谷啓二、山口均編『モダンにしてアンチモダン —— T. S. エリオットの肖像』研究社、2010、pp. 187-207。

塩谷清人「十八世紀英文学におけるダンテ」『國學院雜誌』第九十巻 第十一号、特集ダンテ、1989. 11、pp. 167-72。

高山宏『魔の王が見る —— バロック的想像力』ありな書房、1994。

道家英穂『死者との邂逅 —— 西欧文学は〈死〉をどうとらえたか』作品社、2015。

富士川義之『風景の詩学』白水社、1983, 2004。

森山泰夫注解、T. S. エリオット『四つの四重奏曲』大修館書店、1980。

注

はじめに

1 Wordsworth, *The Prose Works*, vol. I, p. 123.
2 Wordsworth, *The Poetical Works*, vol. V. pp. 1-6.
3 *Biographia Literaria* (1983), vol. I, p. 304.
4 *Biographia Literaria* (1983), vol. II, p. 6.
5 'A Vision of The Judgment', *The Complete Poetry and Prose*, p. 555, 565, 554, 'Annotations to Wordsworth's Poems', Ibid., p. 665, 'Annotations to Berkeley's Siris', Ibid., p. 663.
6 'Letter to Benjamin Bailey, 22 November 1817'. Letters no. 43.
○7『序曲』の巻および行は特に断りのない限り、1805年版による。
8 Wordsworth, *The Poetical Works*, vol. V, p. 2.
9 *A Defence of Poetry, Shelley's Poetry and Prose*, p. 513, 535.
10 *Modern Poetry*, p. 41, 113, 178, 197, pp. 201-02.

第一章

○1 原文は 'modern landscape'。ラスキンの本のタイトルも慣用に従って『近代画家論』としたが、原題は *Modern Painters* である。19世紀のラスキンにとって 'modern' な時代とは、おおよそ18世紀なかば以降を指すと考えられ、歴史上の区分としての「近代」より狭い。
2 Lindenberger, p. 272.
3 Auerbach, *Dante*, pp. 159-60, p. 169.
○4 Auerbach, '*Figura*', pp. 64-76.『神曲』に登場するキャラクターが、来世においてその本質を明らかにしているというアウエルバッハの主張は説得力があるものの、キリスト教の予型論を根拠にするのは強引な印象を受ける。予型論とは本来、旧約聖書の出来事や人物が新約聖書の出来事や人物を予示し、さらにそれらが終末を予示するという歴史観で、それを生前の個人とその死後の運命に当てはめているからである。「フィグーラ」の別の箇所でアウエルバッハは、終末のモデルは、歴史においては人間に隠さ

れているが、神においてはすでに成就していて永遠に存在していると述べている（pp. 58-59）。アウエルバッハが『神曲』の解釈に予型論を援用したことには批判も多かった（Zakai, pp. 63-64）。

5 Auerbach, *Dante*, p. 87, 90, 133.

6 Auerbach, *Mimesis*, p. 191.

7 Auerbach, *Mimesis*, p. 191, 193, pp. 200-01.

8 Auerbach, *Mimesis*, p. 202.

9 *Biographia Literaria* (1983), vol. II, p. 126.

10 Moorman, *Early Years*, p. 39.

○11 *The Prelude* (1959), p. 559 の E. de Selincourt による注。1805 年版では、想像力が「私の歌の進行する … その前に」(l. 526) 湧き起こったとあるが、1850 年版ではこの部分が削除されている。それによってワーズワスには、1790 年アルプス越えを体験中に想像力が湧き起こったと読めるように書き替える意図があったのではないかとの指摘が *The Prelude* (1995), p. 595 の Jonathan Wordsworth による注にある。

12 'On Poesy or Art', *Biographia Literaria* (1907), vol. 2. p. 257.

第二章

○1 Wu, *Wordsworth's Reading 1770-1799*, p. 43. コウルリッジがダンテ講義を行ったのは 1818 年である。彼は 1814 年に Cary が『神曲』全訳を出したことに触発され、それを用いて講義した。塩谷， p.172. ただしコウルリッジはすでに詩的霊感を失っていたので、コウルリッジの詩にはダンテの影響は見られない。Friederich, p. 243. 'Letter to Savage Landor', 21 January, 1824, *The Letters of William and Dorothy Wordsworth: The Later Years*, part I, pp. 245-46.

2 Robinson, vol. III, p. 464. Christopher Wordsworth, vol. II, p. 470.

3 Stein, pp.10-11. Shears, p. 450. Abrams, *Natural Supernaturalism*, p. 22.

4 Jonathan Wordsworth, p. 106. Kitson, 'Milton', p. 471. Shears, p. 462.

5 Newlyn, p. 85.

6 Jonathan Wordsworth, pp. 105-06.

7 *The Prelude* (1959), pp. 568-69 の注。

8 Ibid., p. 569. *The Prelude* (1995), p. 610 の注。

9 Patch, pp. 173-74.

10 'Preface to The Excursion', Wordsworth, *The Poetical Works*, vol. V, pp. 3-6.

○11 このダーウェント川の記憶がよみがえる一節（271-85行）は、もともと1798年10月に書かれ、二部構成の1799年版『序曲』の冒頭部分をなしている。「喜びの序」（1-54行）は1799年11月に書かれ、あいだの部分（55-271行）は1804年1月になって執筆された。従って都市から解放され、自伝的回想詩を思いつくまでの一連の流れは、あとから作られたものである。また「『隠者』の趣意書」の執筆時期も1800年で、ダーウェント川の一節より遅い。しかし「このためだったのか」で始まるダーウェント川の一節は、詩の執筆に行き詰まっていたことが前提になっている。『隠者』の構想自体は1798年の初めからあり、その企ての困難さがダーウェント川の記憶の蘇生により打開された事実を、ワーズワスは『序曲』（1805および1850年）で文学的な効果をねらったかたちで表現したと考えられる。Jonathan Wordsworth, pp. 36-37. *The Prelude*（1995）の年譜（pp. xii-xiii）および注（p. 556）参照。

12 Wordsworth, *The Poetical Works*, vol. V, p. 2.

○13 地球の自転を表す同じ表現は、『ルーシー詩篇』の「まどろみが私の心に封をした（'A Slumber Did My Spirit Seal'）」で、ルーシーが死んで自然と一体化し、「岩や石や木々と共に、地球の日周のコースを回転している（Rolled round in earth's diurnal course）」（7-8行）という一節にも見られる。

○14 彼は1638年夏と39年春にフィレンツェに滞在し、いずれかの折に、宗教裁判所の監視のもと、フィレンツェ郊外の屋敷に住むガリレオと面会した。Parker, p. 172, pp. 178-79, p. 829.

15 Newlyn, p. 240.

○16 「シンプロン山道」の風景が、明確に把握できない超常的な存在を指し示す象徴（シンボル）であるのに対し、「スノードン登山」の風景は、自然に内在し、かつその背後にある超常的な存在を示すという点で象徴（シンボル）であると同時に、人間の想像力という具体的なものを表す点で寓意（アレゴリー）であると言える。

17 'Letter to Thomas de Quincy', 6 March, 1804, *The Letters of William and Dorothy Wordsworth: The Early Years*, p. 454.

18 'Letter to Sir George Beaumont', 1 May, 1805, *Ibid.*, pp. 586-87.

○19 3篇の詩は 'St. Paul's', 'To the Clouds', 'Composed when a probability existed of our being obliged to quit Rydal Mount as a Residence', *The Poems of William Wordsworth*, vol. II, pp. 291-97. The Poetical Works, vol. V, p. 363の注、Johnston, p. xvii, Jonathan Wordsworth, p. 366参照。

20 *The Prelude*, X. 879-86. Jonathan Wordsworth, p. 364. *The Poetical Works*, vol. V, p. 369の注。

21 Jonathan Wordsworth, pp. 146-47.

第三章

○1 例外が高山による訳業「魔界のサウジー」である。高山はイギリスでもほとんど忘れられていたサウジーを、ゴシック文学の系譜にある重要な詩人と位置づけた。

2 Bolton, p. 174.

3 Thomas, p. 525, pp. 531-33. Guskin, pp. 94-99.

4 Walpole, pp. 39-40. 道家、pp. 142-43.

5 Taylor, I, p. 371.

6 *Biographia Literaria* (1983), vol. II. p. 6.

7 Bloom, pp. 3-24.

8 Taylor, I, p. 502.

9 *Thalaba the Destroyer* (2004), II. 84-85, 219-22, XI. 1-9.

10 Peacock, p. 15.

11 Saglia, pp. 176-80.

12 Huxley, pp. 59-62.

13 *Thalaba the Destroyer* (2004), p. 223. Vansleb, p. 64.

14 *Thalaba the Destroyer* (2004), p. 211. Leonardus, pp. 67-68, 77-78, 91-92.

15 *Thalaba the Destroyer* (2004), pp. 282-83. Darwin, p. 106. Odoricus, p. 162.

16 高山『魔の王が見る』p. 35.

17 Bruce, vol. IV, pp. 553-56.

○18 サウジーとコウルリッジは1797年12月に仲違いするが、1799年夏に関係を修復し、互いに実り多い創作活動をした。Fulfordは (1) 未定稿の「クブラ・カーン」をサウジーが読んで、そのなかのイメージを『タラバ』に取り入れた、(2) 執筆中の『タラバ』から、コウルリッジがイメージを拝借して「クブラ・カーン」に取り入れた、(3) コウルリッジとサウジーが互いの詩の草稿を参照し合うなかからそれぞれの詩が生まれた、という三つの可能性を指摘し、そのどれもがありうるとしている。Fulford, pp. 55-66.

19 *Poetical Works* I, Part 1. p. 511.

20 Fulford, p. 65. Perkins, p. 105. Wheeler, p. 27.

第四章

1 'Notes on Milton', *Lectures and Notes*, p. 525.

2 Lowes, p. 375. Fleissner, p. 42.

○3 サウジーは第5巻246行目の注（p. 246）で、『世界全史』(*An Universal History*, vol. I, pp. 113-14）からヒート（現イラク西部、ユーフラテス川沿いの町）にある瀝青の泉についての記述を引用し、それが実在するものであることを示している。ただ、その記述には誇張が見られ、『タラバ』の詩の本文はそこに脚色を施してさらに超自然的な風景を現出している。

○4 Schneider, pp. 142-43. サウジーは『タラバ』第6巻345行の注（p. 256）でタベルニエがエレバン（現アルメニアの首都）にある「橋のなかの部屋」を訪れたことに言及（Tavernier, vol. I, p. 13)、386行の注（p. 257）ではChardin（pp. 239-49）とOlearius（p. 288）から同種の橋についての記述を引用している。上島は「クブラ・カーン」の 'midway' を川の中流もしくは 'mighty fountain' と 'lifeless ocean' との中間としている（『対訳コウルリッジ詩集』p. 200)。

5 *Purchas his Pilgrimage*, p. 415.

6 Butler, p. 148. Leask, 'Kubla Khan and Orientalism', pp. 4-5.

7 Marco Polo, p. 56. マルコ・ポーロ 1. p. 87-94.

○8 *Thalaba the Destroyer* (2004), pp. 259-60. Odoricus, pp. 171-72. オドリクス（オドリコ・ダ・ポルデノーネ）は13、4世紀イタリアのフランチェスコ会修道士で、アジアの伝道に従事し、この伝説を直接聞いたものと思われる。Mandeville, pp. 277-80. マンデヴィルは14世紀イギリスの著述家。東洋各地を旅行したと称したが、その旅行記はオドリクスなどの著作を脚色したにすぎない。サウジーは注で彼のことを「あの臆することのない大ぼら吹き」と紹介している。

9 Perkins, p. 101. Fulford, p. 65.

10 Leask, '*Kubla Khan and Orientalism*', p. 5.

○11 Lowes, p. 360. Coleridge, Notebooks, vol. I, 1840 16. 223. *Hakluytus Posthumus or Purchas His Pilgrimes*, vol. XI, p. 208. ハクルート（Richard Hakluyt, 1552頃–1616）は同時代の旅行記編纂者。パーチャスはその遺稿を入手しこの著書に取り入れた。

12 Bruce, vol. III, p. 644, pp. 563-64, p. 600. Lowes, p. 372, 377.

13 Bruce, vol. IV, p. 66. Lowes, p. 378.

14 Coleridge, *Notebooks*, vol. V, 6423 46. 6. Beer, p. 69.

15 Bruce, vol. III, pp. 301-05. Leask, *Curiosity and the Aesthetics*, p. 56, pp. 91-92.

16 'Letter to William Hazlitt, 7 January 1806', *The Letters of Charles and Mary Anne Lamb*, vol. II, p. 199. Leask, *Curiosity and the Aesthetics*, pp. 57-60, 94-95, p. 99.

17 Perkins, p. 105. Wheeler, p. 27.

18 *Biographia Literaria* (1983), vol. I, p. 304, vol. II, p. 6.

第五章

1 Barrow, p. 127.

2 *The Prelude* (1959), pp. 568-69 の注。

3 Butler, p. 148. Leask, 'Kubla Khan and Orientalism', pp. 4-5.

4 Wu, *Wordsworth's Reading 1800-1815*, p. 13, 172, 197. Kitson, *Forging Romantic China*, p. 201.

5 Leask, 'Kubla Khan and Orientalism', pp. 6-8. Lovejoy, pp. 110-22.

○6 Chambers, pp. 39-44. 引用は「クブラ・カーン」の内容により近い 1773 年の第 2 版から。

7 Chambers, p. 21.

8 Leask, 'Kubla Khan and Orientalism', p. 9. Kitson, *Forging Romantic China*, p. 188.

○9 アフリカから連れてきた巨人に、その林間の草地を守らせよう。
そこに蛇を這わせ、そこでタタールの娘たちが戯れるようにしよう。
もしこれらに事欠くなら、シャーロット・ヘインズから、
戯れたり、刺激したりすることにたけた娘たちを連れてこよう。

William Mason. *An Heroic Epistle to Sir William Chambers*, ll. 77-80.

シャーロット・ヘインズは、ロンドンの有名な売春宿のオーナー。

10 *Purchas his Pilgrimage*, p. 415.

11 *Biographia Literaria* (1983), vol. I, p. 304.

12 *Poetical Works* II, part 1, pp. 673-74.

13 Lowes, pp. 356-413.

14 *Biographia Literaria* (1983), vol. II, p. 617, 126.

15 Blake, p. 665. 富士川、pp. 49-50。

16 'Annotations to Berkeley's *Siris*', Blake, p. 664.

第六章

1 B. R. Haydon to Edward Moxon (?), 29 November 1845. *The Keats Circle*, vol. II, pp. 143-44.

2 B. R. Haydon to Mary Russell Mitford, 12 February 1824. Jones, p. 189.

3 Moorman, *Later Years*, pp. 316-18. Gill, p. 327. Roe, *A New Life*, p. 196.

○4 本書第五章で述べたように、自然崇拝の傾向のゆえにワーズワスはブレイクから「異教の哲学者」と言われ、ラスキンからもオーソドックスなキリスト教の自然観から逸脱していることを批判されている。だがワーズワスはキーツのようにギリシア神話の世界を賛美することはなかった。ただし1814年にはギリシア神話に取材した 'Laodamia' を書いており、チャールズ・ラムからワーズワスらしからぬ作品と言われている（*The Poetical Works*, vol. II, p. 519）。

5 Roe, *Culture of Dissent*, pp. 66-67, *A New Life*, pp. 22-23.

6 Z, p. 522.

7 Jack, p. 282. Baldwin, p. v, vi.

8 Vendler, pp. 50-51.

○9 Chandler, p. 420. このふたつの詩の影響関係を示すものとしては、ほかにも 'shadowy thought'（l. 65）が「『隠者』の趣意書」の 'shadowy ground'（l. 28）のエコーであるとの指摘がある。O'Neill, p. 229.

○10 キーツは1818年10月27日の手紙で詩人の資質とは「自己がないこと」であるとし、それはワーズワスの「自我の強い崇高さ」とは異なると言う。キーツがモデルにするのは、どんな登場人物も自在に描けるシェイクスピアで、そのような詩人を「カメレオン詩人」と呼んで称える。キーツ自身も物語詩の『ハイペリオン』執筆時には、サトゥルヌスやオプス（ローマ神話の農耕の神とその妻の実りの神）のキャラクターを考えることにわれを忘れて没頭したという（To Richard Woodhouse. *Letters*, no. 118）。だが実際にはキーツは自我が強く、結核の兆候としての喉の痛みに悩まされた1819年前半にはますます自意識過剰になっていったように思われる。『ハイペリオン』は途中で挫折し、1819年8月、彼は新たに『ハイペリオンの没落』に着手するが、そこでは神話に取材した物語に入る前に、詩の意義を模索して苦悩する詩人自身の姿が描かれる。そしてその部分が、やはり未完に終わったこの作品の半分以上を占めている。「ナイチンゲールによせるオード」(1819年5月）では、ナイチンゲールの歌声に感情移入することで自我の呪縛から逃れようとするが、ナイチンゲールは飛び立ち、

詩人は孤独な自己に引き戻されてしまう。「秋によせる」(1819年9月)に至り、キーツはようやく自我から解放されたように思われる。ただしその後も恋人ファニー・ブローンへの嫉妬をむき出しにした「ファニーによせる」(1820年初め？) などの詩を書いている。

11 To Benjamin Bailey, 22 November 1817. *Letters*, no. 43.

○12 Jack, p. 219. Colvin, p. 416.「エルギン・マーブルズ」は、駐オスマン帝国大使だったエルギン卿が、強引にイギリスに持ち帰ったパルテノン神殿のフリーズを初めとするギリシアの彫刻群。

13 Colvin, pp. 415-16, Plate XI, XII. Jack, p. 218, 284.

14 Goslee, p. 132.

○15 'To Fanny'. To Fanny Brawne, February (?) 1820, *Letters*, no. 231. Thomson, pp. 44-45. だがそれが顕著になるのは1820年になってからで、「ギリシア壺のオード」を書いた19年の5月の時点でキーツがどの程度焦燥感をつのらせていたのかははっきりしない。ほかに1820年5月（？)、7月5日（？)、8月（？）のファニー宛の手紙（*Letters*, no. 261, 271, 277）参照。

16 To Benjamin Bailey, 13 March 1818, *Letters*, no. 67.

17 Jack, p. 287. *Complete Poems*, p. 470の注。

○18 キーツはワーズワスの 'Tintern Abbey' に人々の苦悩に対する共感を感じ取り、それにならおうと考えていた。To J. H. Reynolds, 3 May 1818, *Letters*, no. 80.

19 Kelley, p. 230.

第七章

1 Abrams, *Natural Supernaturalism*, p. 79.

○2 ワーズワスが「時のスポット」の例として挙げているのは、以下に述べるふたつのエピソードだが、1799年版で語られるほかの幼年期のエピソードも「時のスポット」と見なされることが多い。そのなかには本書第一章で扱った「ボート盗みのエピソード」(1799, First Part, 81-129. 1805, I. 372-426）や第二章で論じた「スケートのエピソード」(1799, First Part, 150-85. 1805, I. 452-89）が含まれる。

3 *The Prelude* (1995), p. 648の注。

○4 Abrams, *The Mirror and the Lamp*, p. 67. Henry Vaughan, 'The Retreat'. ワーズワスは、イザベラ・フェニックに対し、前世の観念は直観的なもので、信ずるよう勧めるにはあまりに漠然としているとしつつ、「霊魂の不滅」に

ついてのこの詩を根拠づけるためにそれを用いた旨のことを述べている。The Fenwick Note to 'Ode: Intimations of Immortality from Recollections of Early Childhood', *The Poetical Works*, vol. IV, p. 464.

5 The Fenwick Note, *The Poetical Works*, vol. IV, p. 463.『対訳ワーズワス詩集』pp. 120-21 の注。

○6 ワーズワスと同じように回想の世界に至福の感覚を求めたプルーストは『失われた時を求めて』の「見い出された時」において、次のように述べている。思い出は忘却によって現在と切り離されているが、その空気をかつて吸ったことがあるがゆえに、不意に新たな空気を吸わせてくれる。詩人たちはもっと純粋な空気で楽園を満たそうとしたが、それはむなしい努力に終わった。「すでに吸ったことのある空気でなければ、あのすべてを一新する深い感覚を与えてくれないだろう。なぜなら本当の楽園とは失われた楽園にほかならないからである」(Proust, IV, p. 449)。

7 Bornstein, p. 154.

○8 佐野は、『荒地』がモダニズムの代表作になった背景に、宗教を嫌うパウンドの関与があったこと、しかし完成した『荒地』には、聖書やアウグスティヌスの『告白』からの引用があり、そこに懐疑しつつイエスの存在を希求するエリオットの姿勢が見られることを指摘する。佐野、pp. 197-200, 204-06。

○9 エリオットが勤めていたロイズ銀行は、セント・メアリ・ウルノス寺院に近く、彼はその鐘の音をよく耳にしたという。*The Poems of T. S. Eliot*, vol. I, p. 617 の注。

10 'the ninth hour', Luke 23: 44. Southam, p. 92.

11 森山、p. 55, 57。

○12 地下鉄の駅は、エリオットの自宅近くのグロスター・ロード駅がモデルになっている。*The Poems of T. S. Eliot*, vol. I, p. 917 の注。

○13 扉、通路、庭園のイメージは、ルイス・キャロル『不思議の国のアリス』の第1章からヒントを得たという。地下の部屋でアリスが小さな扉を開けると、ネズミ穴ほどの細い通路があってその向こうに美しい庭園が見える。Gardner, p. 39.

○14 Ricks と McCue は、19 行目についての注に、「霊魂不滅のオード」に影響を与えたヘンリー・ボーンの宗教詩「もと来た道」のほうを引いている。*The Poems of T. S. Eliot*, vol. I, p. 910.

○15 この「幸福の瞬間」は「安寧の感覚」とか、「成就、達成、安心、愛情」といったものや「おいしいディナー」ではなく、「突然の光明（the sudden

illumination)」であるとエリオットは言う。ここで彼は、親交のあったヴァージニア・ウルフの小説『灯台へ』(1927 年)を意識しているものと思われる。ウルフの母ジュリアをモデルにした、主人公のラムジー夫人は不可知論者で、信仰の代わりに家族や友人との心のつながりに拠り所を求めている。第 1 部のクライマックスをなすディナーの場面では、ラムジー夫人は食卓に集った人々の心をひとつにまとめようと必死に努める。ばらばらだった皆の気持ちがひとつになると夫人は「安心」の境地に達し、「平安と休息」の感覚を味わう。そして「こうした瞬間から、未来永劫に残るものが作られる」のだと考える(*To the Lighthouse*, I, chap. 17, p. 85)。だが実際に残ったのは、ディナーのひとときではなかった。第 3 部で、画家のリリーは絵を描きながら、亡くなったラムジー夫人によって作り出された「友情と好意に満ちた瞬間」を回想する。それはある日、皆で浜辺に行ったとき、ラムジー夫人は岩のそばに座って手紙を書き、その前でタンズリーが無邪気にも小石を投げて波の上でスキップさせる水切り遊びを始め、リリーもそれに加わった、という何気ない出来事だった。リリーにとってタンズリーはいやな奴だったが、このときは、ラムジー夫人の前で、「精一杯気持ちよく振る舞うようになり、」ふたりは「急にしっくり」したという。岩陰にただ座って、手紙を書いているだけのラムジー夫人が、「すべてを単純化し」、それによって「怒りも、いらだちも、古いぼろ切れのようにはがれ落ちてしまう」のである。(手紙を書いていた夫人は、顔を上げて波間に何か見つけると「あれは 'lobster pot'(ロブスターを採るかご)? ひっくり返ったボート?」(III, chap. 3, p. 132)と聞くが、「ドライ・サルヴェイジズ」(1. 23)には海が浜辺に「ちぎれた引き網、こなごなの 'lobsterpot'、折れた櫂」などを打ち上げるとの一節がある。)夫人は、長い年月を経ても、完全に残っているあるものを作り出した。リリーは、この回想体験が、「人生の意義とは何か」という問いに対するひとつの答えとなりうる可能性を示唆する。

> 大いなる啓示は決して来なかった、おそらく大いなる啓示は、決して来ることはないだろう。ただあるのは、小さな日々の奇蹟、光明(illumination)、暗闇のなかで思いがけなく点けられたマッチ。今のもそのひとつなのだ。(III, chap. 3, pp. 132-33)

ウルフ自身をモデルとする不可知論者のリリーには、人生の意味を明確にしてくれる宗教的な啓示が与えられることはない。ただ日常性のなかに

あって、ひときわ輝きを放っていつまでも記憶に残る出来事が、それに代わる慰めをわずかながらも与えてくれるのである。エリオットは、そのような「日々の奇蹟、光明」を再び宗教的に意味づけようとしている。

○16 Gish, p. 95. しかし一方、「イースト・コウカー」第5部には、エリオットが『伝統と個人の才能』(‘Tradition and the Individual Talent’, *Selected Essays*, p. 14) で文学史に関して述べた、「伝統」や「歴史的感覚」を人生や歴史に敷衍したような主張が見られる。そこでエリオットは、歳を重ねるにつれて「生者と死者の織りなす紋様はより複雑」に見えてくると言い、また前後から切り離された孤立した瞬間だけがあるのではなく、人生は生涯にわたって燃え続けるのであり、それはひとりの人間の生涯に限られるのではなく、遠い昔の人間からあてはまると言う (ll. 19-25)。

○17 Andrewes, p. 204. ただし、幼子イエス・キリストを指す ‘the Word without a word’「言葉を持たない言葉 (ロゴス)」をエリオットは、‘The word within a word’「言葉のなかの言葉」に替えている。

18 Andrewes, p. 206.

○19 ‘Preface’ to *For Lancelot Andrews*, p. 7. Spurr は、エリオットが、ある時期にキリスト教に改宗したと考えるのは誤りであり、当初からの傾向が次第に強まっていったと見るべきであると主張している。pp. 188-89.

○20 ‘The point of intersection of the timeless / With time’ Ricks と McCue は、この言葉の出典としてカール・バルトの『ローマ書講解』の一節を挙げている (*The Poems of T. S. Eliot*, vol. I, p. 985)。バルトは「ローマの信徒への手紙」第1章4節の「私たちの主イエス・キリスト」について、「これが福音であり、歴史の意味である。この名においてふたつの世界が出会って、別れ、既知と未知のふたつの面が交錯する (intersect)」と述べる。既知の面とは、救いを必要とする、「人間と時間と事物の世界、われわれの世界」であり、それが未知の面である「父の世界、根源的な創造と最終的な救済の世界」と「交錯する」。Barth, p. 29.

○21「バーント・ノートン」第5部でエリオットは、詩と音楽を論じ、それらは時間芸術であって時間の流れのなかでしかその姿を示せないが、作品自体は、読まれる前 (演奏される前) も、読まれたあと (演奏されたあと) も常に存在していると述べている。芸術家の創作行為を神の創造行為になぞらえる考え方は古くからあるが、ここでは芸術家と作品の関係が、予型論に基づく神と世界の関係とのアナロジーでとらえられている。

○22 Auerbach, ‘*Figura*’, pp. 58-59. 予型論のこのような解釈に対し、クルマンは『キリストと時』(1946) において、原始キリスト教では、神の「永遠」は

素朴に無限の時間と考えられており、「永遠」を、時間を超越した無時間ととらえるのはギリシア的な時間観であって、受肉を「時のうちに入り込んだ永遠」とする考え方はキリスト教本来のものではない、と批判している。p. 30, pp. 45-47, p. 164. この説に従えば、「『岩』の合唱」の歴史観のほうがキリスト教本来のものとなる。

23 Gardner, p. 160.

○24 14 行目の「契約（covenant）」も神とイスラエル人との約束という宗教的ニュアンスを伴う。

25 'What Dante Means to Me', *To Criticize the Critic*, p. 128.

26 Julian of Norwich, *Revelation of Divine Love*, chap. XXVII, p. 33.

27 Gardner, p. 69. 森山、p. 135。

28 *The Poems of T. S. Eliot*, vol. I, p. 1038 の注。Gardner, p. 216.

29 Kramer, pp. 165-68. Ellis, p. 106.

30 *The Poems of T. S. Eliot*, vol. I, p. 1037 の注。

第八章

1 McKinnon, p. 46.

○2 マクニースの詩のテクストにはいずれの版にも行数が示されていないので、『秋の日記』は章（section）、他の作品は連の番号等で示す。

3 *The Strings Are False*, p. 125.

4 *Modern Poetry*, pp. 45-46.

5 *Modern Poetry*, p. 50.

6 To Anthony Blunt, 7 February 1927, *Letters*, p. 151.

7 Blake, 'Annotations to *The Works of Sir Joshua Reynolds*', *The Complete Poetry and Prose*, p. 641. *Modern Poetry*, pp. 181-82.

8 *Modern Poetry*, p. 113, 41, 178.

9 *Modern Poetry*, p. 150, pp. 181-82.

○10 マクニースが感情移入の対象の例に挙げている「飲み残しの滓」は、「ナイチンゲールによせるオード」第 1 連の「まるで毒人参を飲んだか、たった今、にごった阿片液を澱（おり）まで飲み干して、レーテ川に沈んだかのよう」（ll. 2-4）への引喩（アリュージョン）である。

○11 Woolf, 'The Leaning Tower', *Collected Essays*, vol. 2, p. 171. MacNeice, 'The Tower that Once', *Selected Literary Criticism*, p. 123.『アドネイアス』は夭折したキーツの死を悼むエレジーだが、そのキーツ像にはシェリー自身が投影

されている。

12 *Modern Poetry*, p. 202.

13 *Modern Poetry*, pp. 201-02. 'Poetry To-day', *Selected Literary Criticism*, p. 25.

14 Shelley, *Poetry and Prose*, p. 531. *Modern Poetry*, p. 70.

15 Shelley, *Poetry and Prose*, p. 513, 535. *Modern Poetry*, p. 197.

16 *Modern Poetry*, 'Preface'. Eliot, 'Tradition and the Individual Poets', *Selected Essays*, p. 22.

○17 *Collected Poems*, p. 791.「はしがき」の原語は 'Note'。補足的な「注」というより序文の性質を持ち、*Collected Poems*（2007）では Appendix 7 'Prefaces and Introductions by Louis MacNeice' にほかの詩集の序文と共に収録されている。邦訳（髙岸・道家・辻訳）でも「はしがき」とした。

終章

1 *Letters*, p. 312. Stallworthy, p. 252.

2 *Modern Poetry*, p. 12.

3 *The Poems of T. S. Eliot*, vol. I, pp. 1037-38 の注、vol. II, 'Textual History', pp. 539-40.

4 'London Letter [5]', *Selected Prose*, pp. 135-36.

○5 'Little Gidding' は 1942 年 10 月 15 日の *New English Weekly* 誌上で最初に発表された（*The Poems of T. S. Eliot*, vol. I, p. 989 の注）。E. R. Dodds 編の *The Collected Poems of Louis MacNeice* には、目次と本文において 'Brother Fire' に 'November, 1942' の日付がついている。

○6 マクニースは「私の考えでは、第一次世界大戦後のイギリスの詩の歴史はエリオットとエリオットからの反動の歴史である」('Poetry To-day', *Selected Literary Criticism*, p. 39）と述べるなど、エリオットの詩を強く意識していた。

7 'To Hayward, 3 Sept 1942', *The Poems of T. S. Eliot*, vol. I, pp. 893-94 の注。

8 *The Letters of T. S. Eliot*, vol. 6, no. 6624.

補 遺

1 ジェホールの庭園 ──『序曲』第８巻

Gehol's famous gardens — *The Prelude* VIII

ワーズワス

私の心が初めて
美の感覚に目覚めた
あの地域は美しかった ── その妙なる美しさは
一万本の木を擁する、かの楽園、
ジェホールの有名な庭園を凌いでいた。
地上最大の帝国のなかから場所を選りすぐり
タタール人の王朝の楽しみのために作られたその庭園は
実在する、あの巨大な城壁（中国の途方もない土塁！）のかなたにあり
無数の人々が忍耐強く駆使した技術と
恵み深い大自然の惜しみない援助のたまものだった。
景色に景色が連なり、絶えず変化し、
柔和、壮大、あるいは華やかに、宮殿や歓楽の
館（ドーム）がきらめき、木陰なす谷間に
東洋の僧院があり、日当たりのよい丘は
寺院をいただく。橋、ゴンドラ、
岩、洞窟、葉の生い茂る木立、これらの色調が、
互いに溶け合ってなじむようにしつらえられ ──
その色の違いは、丹念に目で追っても追いきれぬほど
微妙な変化を見せ、ほとんど消えかかり、また消えてしまう、
　　　　　　　　　　　　　　── かと思うと、
熱帯に棲む鳥の羽のように並んだ色と色とが、
強烈でかつきらびやかに、しかも少しも不調和ではなく

対照を際立たせている。
山々はすべての上にそびえ、すべてを包み込み、
そして流れ、落ち、あるいは眠るようによどむ水が、
風景全体を限りなく豊かにしている。
だがこれよりも遥かに美しいのだ、
私が育ったあの楽園は。

2 霊魂不滅のオード

ODE: Intimations of Immortality
from Recollections of Early Childhood

ワーズワス

子どもは大人の父である。
願わくば、私の一日一日が
自然への敬虔の念によってつながれんことを。

1

かつては牧場も木立も小川も
大地も、目に映るあらゆる景色が
私には
天上の光をまとい、
夢のなかの栄光とみずみずしさに包まれて見えた。
だが今はかつてとは異なる。
どちらを向いても
昼であれ夜であれ、
かつて見ていたものをもはや見ることはできない。

2

虹はかかっては消え、

薔薇は美しく、
雲ひとつない夜には
月が嬉しそうにあたりを見渡す。
星のきらめく夜の湖は
美しく澄みわたり、
曙光は栄光と共に射してくる。
だが私は知っている、どこに行っても
栄光は地上から失せたと。

3

今、鳥は喜びの歌をさえずり、
小太鼓の音に合わせたかのように
子羊が跳びはねるが、
私にだけは悲しい思いが訪れていた。
折しも、詩を口ずさめば悲しみは和らぎ、
私は再び力を得る。
滝は断崖からラッパのように轟く、
もう悲しみでこの喜びの季節を損なわせたりはしない。
私には聞こえる、木霊が山々に満ち、
眠りの野辺から風が吹いてきて、
大地全体が華やぐ。
陸も海も
陽気さに身を任せ、
五月の心をもって
すべての獣(けもの)が憩う。
喜びの子よ、
私のまわりで叫べ、おまえの歓声を聞かせてくれ、幸せな牧童よ！

4

祝福された生き物たちよ、私は聞いた、
君たちが互いに呼び合うのを。私には見える

大空も君たちの喜びにあずかり、共に笑いさざめくのが。
わが心も君たちの祝祭に加わり、
頭には花の冠をいただく。
君たちの満ちあふれた喜びを感じる —— すべて感じる。
ああ不幸なことだ、私だけ沈んでいるとは、
この美しい五月の朝、
大地は着飾り、
子どもたちは
至るところ
見渡すかぎりのあちこちの谷間で
みずみずしい花々を摘んでいるというのに。太陽は暖かく輝き、
赤子は母親の腕のなかで身を躍らせる。
私には聞こえる、喜びと共に聞こえる！
—— だが多くの木のなかに、かつて目にした
一本の木と、ひとつの野原があって
共に失われたものについて語るのだ、
足もとのパンジーも
おなじ話を繰り返す。
あのヴィジョンに満ちたきらめきはどこに消えたのか、
栄光と夢は今いずこにと。

5

誕生はただ眠りと忘却にすぎず、
われらと共に生まれ出た魂、われらの命の星は、
かつてどこかに沈んで、
遥かかなたより来るのだ。
だが全くの忘却ではない、
全裸でもない、
栄光の雲を曳きつつ、
われらの故郷なる神のもとより来るのだ。
われらの幼きとき、天国はわれらのめぐりにある！

やがて牢獄の影が
育ちゆく少年を覆い始めるが、
それでも少年は
光をとらえ、それがどこから射すのかを知り、
喜んでその光を見る。
若者となると、日々、東方から遠ざかる
旅を強いられるが、なお自然の司祭であり、
壮麗なヴィジョンに
道すがら伴われている。
ついに大人となると、ヴィジョンは消えていき、
日常の光のなかに色あせていくのに気づく。

6

地上の世界はみずからの喜びで膝の上を満たし、
自身特有の願いを持ち、
母親のような心、
いやしからぬ目的を持って、
親切な育ての親として最善を尽くして
養子として寄寓する人間が
かつて知っていた栄光と
あとにしてきた天上の宮殿を忘れるよう努める。

7

新たな喜びに包まれた、あの子どもを見よ、
こびとのように小さい六歳のいとし子を！
見よ、自ら作った物に囲まれ、
母親からキスを浴びせかけられてむずかり、
父親のまなざしの光に照らされているのを。
見よ、その子の足もとにある、設計図や海図、
人生についての夢の断片、
それらは覚えたての技で作った物。

　　　　結婚やお祭り、
　　　　喪や葬式、
　　　　　　それが今この子の心をとらえ、
　　　　それについて歌を作る。
　　　　　　やがて言葉がうまく使えるようになると
仕事や愛、あるいは争いを語るようになる。
　　　　だが遠からず
　　　　これも捨て去られ、
　　　　新たな喜びと誇りをもって
この小さな役者はまた別の役を学ぶ。
おりおり、自らの「喜怒哀楽を表す舞台」を、
よぼよぼの老人まで含む、あらゆる役柄、
人生が随員として連れてくる役柄で満たす。
　　　　あたかもその子の天職は
　　　　果てしない模倣ででもあるかのように。

8

幼子よ、そのいたいけな外見にもかかわらず
　　　　君は無限の魂を宿している。
君は最高の哲学者。受け継いだものをいまだに
保持し、盲人のなかにあって目が開かれ、
耳を閉ざし口を閉ざしながら永遠の深淵を読み取り、
永遠の精神に永久にあずかっている——
　　　　偉大なる預言者、祝福された予見者よ！
　　　　君にこそ真理は宿り、
その真理を求めて、われらは生涯を費やすのだ、
暗闇に、墓のような暗闇のなかに迷いながら。
君の上には、不滅の精神が
太陽のようにかかり、それは奴隷に対する主人のごとく
除くことのできない存在。
幼子よ、君は存在の高い地位にあって

天与の自由の力を得、いまだ栄光に輝いているのに、
なぜ歳月に、避けがたいくびきをもたらすよう
あくせくと求めるのか、
自分が受けた祝福に盲目的にあらがいながら。
すぐに君の魂はこの世の重荷を背負うようになり、
慣習がずっしりとのしかかるだろう、
霜のように重く、ほとんど生命そのもののように根深く。

9

　　嬉しいことだ、燃えさしのなかに
　消えずにいる火があり、
　　人の本性がこんなにもはかないものを
　　なお忘れずにいることは。
過去の年月への思いが私の心のなかに
絶えざる祝福を生む。私が感謝し称賛するのは
最も祝福に値すると思われるものに対してではない。
喜びと自由、幼少期の素朴な信条、
何かに没頭しているときも、休んでいるときも
子どもの胸には、いつも新たな希望が羽ばたく。
　　これらのために私は
　　感謝と称賛の歌をささげるのではなく、
　感覚や外界の事物に対する、
　抜け落ち、消え去るものに対する
執拗な問いかけに、
　はっきりと理解できぬ世界のなかで動く
存在に対する漠たる不安に、
人間性が不意を襲われた罪人のように
震え恐れる高貴な本能に感謝と称賛をささげる。
　　あの最初の感情、
　影のようにとらえがたい回想は、
　それらが何であろうと、

今もなお、われらの日々を照らす光の泉であり、
今もなお、われらがものを見る主要な光なのだ！
われらを支え、いつくしみ、その力で
騒々しい年月を、永遠の沈黙の存在における
刹那と思わせたまえ。その存在は常に目ざめ
滅びることのない真理。
その真理を、無気力も、狂おしいまでの努力も、
大人も少年も、
喜びと反目するどんなものも
完全に廃棄し滅ぼすことはできない！
だから穏やかな天候の季節には、
ずっと内陸にいても、
われらの魂は、われらをこの世にもたらした、
あの不滅の海を見、
瞬時にそこに戻って、
浜辺で戯れる子どもを眺め、
永遠に轟く潮騒を聞くことができるのだ。

10

だから歌え、鳥たちよ、歌え、喜びの歌を！
子羊は跳びはねるがよい、
小太鼓の音に合わせたかのように！
われらも思いにおいて君たちの仲間に加わろう、
笛を吹く者、遊ぶ者、
今日、心から
五月の喜びを感じている者たちよ！
かつてあんなにもきらめいていた輝きが、
いまや私の視界から永久に消し去られたからといって、
それがなんだというのだ、
草には輝き、花には栄光あるときを
決して呼び戻せないからといって。

　　　　われらは悲しむまい、むしろ
あとに残ったものに力を見い出すのだ。
　　　　かつて存在したがゆえに永遠にあり続けるはずの
　　　　原初的な共感に。
　　　　人間の苦しみから湧き起こる
　　　　心和らぐ思いに。
　　　　死のかなたに目を向ける信仰、
賢明な心をもたらす成熟に。

11

おお、泉よ、牧場よ、丘よ、木立よ、
われらの互いの愛が引き裂かれるような予感は捨てよ！
私は心の奥底で、君たちの力を感ずる。
私がひとつの喜びを失ったのは、
君たちのより習慣的な支配のもとで生きるためにすぎない。
私は波立ちながら流れ下る小川を愛する、
小川のように軽やかに歩き回った頃にも増して。
明けたばかりの朝日の無垢な輝きは
　　　　いまも美しい。
沈む夕日のまわりに群がる雲は、
人のはかなさを見てきた目には
落ち着いた色合いを帯びて見える。
人生の競走を経験することで、新たな勝利が得られる。
生きるよすがとなる人の心のおかげで、
その優しさ、喜び、恐怖のおかげで、
つつましく咲いている花でさえ
しばしば涙にあまる深い思いを私にもたらす。

3 水 仙

The Daffodils

ワーズワス

谷を越え山を越えて空高く流れゆく雲のように
私はひとりさまよい歩いていた。
すると突然、目の前に現れたのは
黄金色に輝く、たくさんの水仙の群れ。
湖のほとり、木々の下で
そよ風に吹かれ、踊っていたのだ。

天の川に輝きまたたく
星々のように連なって
水仙の花々は入江の岸に沿って
はてしない列をなして延びていた。
ひと目見ただけで目に入った、一万本もあるかと思う花々が
首を振りながら、妖精のように踊っていた。

入江の波も踊っていたが、水仙の歓喜は
きらめく波にまさっていた。
そんな愉快な仲間を得たら
詩人は陽気にならざるをえない。
私は見つめに見つめた、だがその光景が
どんな恩恵をもたらしたのか、考えもしなかった。

というのも、むなしい気分、ふさぎ込んだ気分で
ふしどに横たわっているとしばしば、
あの水仙の群れが、わがうちなる目に光るのだ、
それは孤独にあっての至福。
そして私の心は喜びに満たされ、

水仙と共に踊り出す。

4　虹

The Rainbow　　ワーズワス

私の心は躍る、空に
　　虹のかかるのを見るとき。
幼い頃もそうだった、
大人になった今もそうだ、
歳をとってもそうありたい、
　　そうでなかったら死んだほうがましだ。
子どもは大人の父である。
願わくば、私の一日一日が
自然への敬虔の念によってつながれんことを。

5　クブラ・カーン

Kubla Khan　　コウルリッジ

ザナドゥにクブラ・カーンは
堂々たる歓楽の館（ドーム）の造営を命じた。
そこから聖なる川アルフが、
人には計り知れぬ、いくつもの洞窟をくぐり
日の当たらぬ海に注いでいた。
そのために五マイル四方の肥沃な土地が
城壁や塔で囲われた。

あちらにはくねくねと流れる、幾筋もの小川で輝く庭園があり、
たくさんのかぐわしい木々が花を咲かせていた。
こちらには太古からの丘と森が
日のあたる緑地を囲んでいた。

だがおお、あの深く謎めいた (romantic) 亀裂は何だ、
杉の山肌を切り裂いて緑の丘を斜めに走っている！
荒々しい (savage) 場所だ！　神々しく、魔法にかかったようで
まるで欠けてゆく月のもと
魔物の恋人を慕って泣き叫ぶ女が出没しそうな場所だ。
この亀裂は絶えずふつふつと煮えたぎり、
あたかも大地がせわしなく喘ぐかのように、
そこから力強い噴泉が刻々と噴き出していた。
その素早く間欠的な噴出のなか
岩の巨大なかけらが放物線をなして飛ぶさまは、跳ね返る霰(あられ)か
殻竿(からざお)に打たれた籾殻(もみがら)のようだった。
そしてこの踊りはねる岩のなかを、時を同じくして絶えず
亀裂は刻々と聖なる川を噴きあげていた。
五マイルにわたり迷路のようにうねりながら
森や谷を抜けて聖なる川は流れた。
やがて人には計り知れぬ洞窟に至り
生き物の棲まぬ海にごうごうと音をたてて沈んだ。
その轟音のなか、クブラは遠くに聞いた、
戦争を予言する先祖たちの声を！

歓楽の館(ドーム)の影が
川の中程の波間に浮かび、
そこでは噴泉からと洞窟からの
調べが入り交じって聞こえた。
それはたぐいまれな造化の奇蹟だった、
氷の洞窟を擁する、日のあたる歓楽の館(ドーム)は！

ダルシマーを弾く乙女を
私はかつて幻のなかで見た。
それはアビシニアの娘で
ダルシマーを奏でながら
アボラ山のことを歌っていた。
もし彼女の曲と歌とを
心中によみがえらせることができたなら
どんなにか深い喜びに満たされ、
朗々と響きわたる楽の音によって、
私はあの館（ドーム）を空中に築くのに、
あの日のあたる館（ドーム）を！　あの氷の洞窟を！
するとそれを聞いた者は皆そこにそれを見、
皆叫ぶだろう、気をつけろ！　気をつけろ！
あいつのきらめく目、あの風になびく髪、
あいつのまわりに輪を三重に描き、
恐れ畏んで目を閉じよ、
あいつは神々の甘露を口にし
楽園のミルクを飲んだのだから。

6　プシュケーによせるオード

Ode to Psyche　　　キーツ

おお女神よ！　心地よく強いられ、甘美な記憶から絞り出された
　この調子はずれの歌をお聞きあれ。
そしてあなたの秘密を歌って、
　あなた自身の柔らかな耳の奥にまで響かせることをお許しください。
今日私は確かに夢に見た、それとも覚めた目で見たのか、

あの翼をつけたプシュケーを。
私は何も考えず、森のなかをさまよっていた、
すると突然、驚きのあまり気も遠くなったが、
美しい男女が、並んで横たわっているのが目に入ったのだ。
深い草むらのなか、頭上を屋根のように覆う
木の葉はそよぎ、花々は震えていた。近くには
ほとんど目につかないが小川が流れていた。
もの言わず、冷たい根を張る花々、花芯のかぐわしい、
青い花、白銀の花、つぼみが紫の花々に囲まれて、
ふたりは草のしとねの上で、静かに寝息をたてていた。
腕は絡み合い、翼も重なり合っていた。
唇は触れてはいなかったが、別れを告げたりはせず、
眠りの柔らかい手によって引き離されていたが、
夜明けの愛がやさしく目覚める時分には
さらに多くの口づけを交わすつもりのようだった。
翼をつけた少年には見覚えがあった。
だが、幸せな幸せな小鳩よ、あなたは誰なのか？
彼の貞淑な恋人プシュケーではないか！

おお、オリンポスの色あせた神々のなかで、
最後に生まれ、誰よりも美しい姿のあなた。
瑠璃色の夜空に輝く月の女神（ポイベー）よりも
空に浮かぶ愛の蛍、宵の明星（ヴェスパー）よりも美しい。
これらより美しいのだ、あなたには神殿もなく、
花々を積みあげた祭壇もないが。
あなたのために、処女の聖歌隊がいて
真夜中に甘いうめき声を挙げることはない。
歌声も、リュートも、笛もなく、鎖で吊った香炉が揺れて
甘い香りが立ち昇ることもない。
社も、森も、神託もなく、
夢幻境をさまよう、唇の蒼ざめた預言者の熱狂もない。

最も輝かしい者よ！　あなたは古代の人々の誓いを受けるには遅すぎて、
素朴で信心深い人たちから竪琴を奏でてもらうにもあまりに遅すぎた。
その頃は、神々の依代（よりしろ）として森の枝は神聖で、
大気も水も火も神聖だったのだ。
だが、そんな幸福な敬虔さから遥かに時代がくだった
今日にあっても、あなたの輝く翼が、
色あせたオリンポスの神々のなかで羽ばたくのを
私は見、この目に霊感を受けて歌うのだ。
だから私をあなたの聖歌隊にし、
真夜中に甘いうめき声を挙げさせてください。
あなたの歌声、あなたのリュート、あなたの笛にし、揺れる香炉から
立ち昇る甘い香りにしてください。
あなたの社、森、神託にし、
夢幻境をさまよう、唇の蒼ざめた預言者の熱狂に私を変えてください。

そう、私はあなたの祭司となって、どこか
私の心のなかの未踏の領域に神殿を建てよう。
そこでは心地よい苦痛によって新しく育った枝なす想念が
風を受け、松に代わってつぶやくようにしよう。
それら黒々と生い茂る木々はあたり一面に伸び
険しい尾根を幾重にも重ねる山々をやさしく包むだろう。
西風、小川、小鳥、蜜蜂の子守歌によって
苔のしとねに横たわる樹の精（ドリュアス）たちは眠りにつくだろう。
そしてこの広々とした静けさのなかに
私は薔薇の聖所を設け
活動する脳髄の藤棚で飾ろう。
蕾、釣鐘花、名もない星形の花、
「空想」という庭師が思いつく限りの花々で飾ろう。

この庭師は花を作るとき、同じものは決して作らないのだ。
そして陰なす想念が獲得しうる
すべてのやさしい喜びを、
情熱的な愛の神を迎え入れるための
明るい松明、夜も開け放たれた窓を、あなたのために用意しよう。

7　ギリシア壺のオード

Ode on a Grecian Urn　　キーツ

1

汝、いまだ陵辱されざる、静寂の花嫁よ、
汝、沈黙と緩やかな時の養女よ、
花に彩られた物語を、私たちの作る詩よりももっと美しく、
このように表現できる森の歴史家よ、
葉に縁どられたどんな伝説が、おまえの姿にまとわりついているのか？
神々や人間たち、あるいはその両方の？
テンペやアルカディアの谷の？
これはどんな男たち、神々なのか？　いやがっているのはどういう娘たちか？
狂おしいまでの追跡、逃れようともがく様子は何なのか？
何の笛や小太鼓なのか？　この激しいエクスタシーは何なのか？

2

聞こえるメロディーは美しい、だが聞こえないメロディーは、
さらに美しい。だから、やさしい笛よ、吹き続けよ。
感覚の耳にではなく、もっと親密に、
魂に向かって、調べのない歌を吹いてくれ。

美しい若者よ、木々の下で、君は歌をやめることはできないし、
　木々が葉を落とすこともない。
　　大胆な恋する男よ、決して君は口づけをすることができない、
あともう少しで届きそうなのに —— でも嘆くことはない。
　　彼女は色あせはしない。君は至福を得られないが、
　永遠に君は愛し続け、彼女は美しいままだ。

3

ああ、幸せな、幸せな枝よ、君たちは
　葉を落とすことはないし、春に別れを告げることもない。
幸せな音楽家よ、君は倦むことなく
　永遠に新しい歌を永遠に吹き続ける。
さらに幸せな恋よ、さらに幸せな、幸せな恋よ！
　永遠に熱く、しかもまだ楽しみが残っている。
　　永遠に焦がれつづけ、永遠に若い。
それは生きている人間の情熱に遥かにまさる。
　こちらが後に残すのは、深い悲しみに沈む心や飽き飽きした心、
　　燃える額や、干からびた舌。

4

生け贄の儀式に向かうこの人々は誰なのか？
　どんな緑の祭壇に、おお、謎めいた祭司よ、
空に向かって鳴くあの雌牛を連れていこうとしているのか？
　雌牛のつややかな脇腹を花綱で飾って。
この聖なる朝、この人たちが出払ってきたのは
　どこの小さな町か、それは川べりにあるのか、海辺なのか、
　　それとも平穏な城塞に守られた山の上にあるのか？
小さな町よ、おまえの通りは永遠に
　静まり返っているだろう。そしてなぜおまえが
　　　　　　　　　　　うち捨てられているのか、
　　戻って話すことのできる者はひとりもいない。

5
おお、アッティカの形よ！　美しい姿よ！
　そこには森の木々の枝や踏みしだかれた草とと共に
大理石の男たちや娘たちが絡み合うように浮彫りにされている。
　沈黙した形のおまえは、永遠がそうするように
われわれを困惑させ、（日常的な）思考の外に連れ出すのだ。
冷たい牧歌よ！
いま生きている世代を老齢が滅ぼすとき、
　　おまえは、われわれのかかえる苦難とは異なる苦難のなかに
あっても、
　人間の友であり続け、彼らに言うのだ、
「美は真にして、真は美なり」と。それが
　おまえたちがこの世で知っているすべてで、知っておくべき
すべてだ。

8　非情の美女

La Belle Dame sans Merci　　キーツ

1
おお、何に苦しんでいるのか、鎧の騎士よ、
ひとり、蒼ざめてさまよっているとは。
菅は枯れて湖から消え、
　鳥も鳴かないのに。

2
おお、何に苦しんでいるのか、鎧の騎士よ、
　そんなに憔悴し、そんなに悲しみに暮れて。

リスの穀倉はいっぱいで、
　収穫は終わったのに。

3
あなたの額に百合が見える、
　苦悩と熱でじっとり汗ばみ、
あなたの頬には色あせた薔薇が
　見る間にしおれていく。

4
私は牧草地で女性に出会った、
　とても美しい、妖精の子だ、
髪が長く、足どりは軽く、
　まなざしは野性的だった。

5
彼女のために花の冠を作った、
　腕輪やかぐわしい花の帯も。
彼女は恋人のように私を見て、
　甘い声でうめいた。

6
ゆっくり歩む馬に彼女を乗せ、
　一日中、彼女ばかり見ていた、
横向きに座って身をかがめ
　妖精の歌を歌っていたから。

7
彼女は私のために甘い草の根や、
　野生の蜂蜜や甘露を見つけ、
知らない言葉で確かに言った、

「とっても愛してる」と。

8

彼女は私をエルフの岩屋に連れていき、
　涙を流して、とてもつらそうにため息をついた、
私はその野性的な目を閉ざした
　四度口づけをして。

9

彼女は私を寝かしつけ、
　私は夢を見た —— ああ、いまいましい！
それが私の見た最後の夢、
　寒い丘の中腹で。

10

私が見たのは蒼ざめた王や王子たち、
　蒼ざめた戦士たち、みな死人のように蒼ざめていた。
彼らは叫んだ、「非情の美女が
　おまえをとりこにした！」と。

11

私は見た、薄闇のなかに彼らのひからびた唇が
　恐ろしい警告を発して大きく開くのを。
そして目が覚めるとここにいた、
　寒い丘の中腹に。

12

だから私はここを離れず、
　ひとり、蒼ざめてさまよう。
菅は枯れて湖から消え、
　鳥も鳴かないのに。

9　ナイチンゲールによせるオード

Ode to a Nightingale　　キーツ

1

私の心はうずき、鈍いしびれが私の感覚を
　痛めつける。まるで毒人参を飲んだか、
たった今、にごった阿片液を澱(おり)まで
　飲み干して、レーテ川に沈んだかのよう。
おまえの幸福な運命をうらやむからではない。
　おまえの幸福を感じて私も幸福に浸っているから。
　　木々のなかにいる軽やかな翼のドリュアス（木のニンフ）よ、
　　　調べ豊かな、ブナの緑の
　そして無数の陰なす一郭で
　　おまえが喉をいっぱいに膨らませ、夏を歌っているから。

2

ああ、一杯のワインがほしい。長い年月
　地中深く掘られた酒蔵で冷やされ、
フローラと田園の緑、ダンスと
　プロヴァンスの歌と日焼けした歓楽の味わいのあるワイン。
ああ、広口グラスに暖かい南国をいっぱいにたたえ、
　本物の赤いヒポクリネ（ミューズの霊泉）が入っていて、
　　縁(ふち)では珠なす泡がぱちぱちとはぜ、
　　　飲み口を赤紫に染めるワイン。
それを飲んで、人知れずこの世を去り、
　　おまえと共にほの暗い森のなかに消えていきたい。

3

遥か遠くへ消え、溶けて、すっかり忘れたい。

葉陰にいるおまえが知らないこと ——
この世の倦怠、狂乱、いらだち。ここでは
人は座って互いのうめき声を聞き、
中風病みが、残り少ない悲しい最後の白髪を震わせ、
若者は蒼ざめ、亡霊のようにやせて死んでいく。
ここではものを思えば悲しみでいっぱいになり
鉛色の絶望に陥るだけ。
ここでは美しい女性は輝く瞳を維持できず、
新しい恋人が明日を越えてその瞳に憧れ続けることはない。

4
消えろワインは！　私はおまえのところに飛んでいくのだ。
豹が引くバッカスの車ではなく、
詩的霊感の目に見えぬ翼に乗って。
もうろうとした頭はたじろぎ、尻込みするけれど。
すでにおまえと一心同体。夜はやさしく、
月の女神が玉座についていることだろう、
まわりを星の妖精たちに囲まれて。
だがここにある光は
天から射してきて、緑の暗がりと曲がりくねった苔むす道に吹く
微風と戯れるだけ。

5
私には見えない、足もとにどんな花が咲いているのか、
木の枝にどんな柔らかな香りの花がついているのか。
けれど、かぐわしい暗闇のなかで、ひとつひとつの花を当ててみる。
花の季節にふさわしい今月が
草や灌木や野生の果樹に与える花々を。
白い山査子(さんざし)、牧歌的な野薔薇、
すぐにしぼんで、葉に覆われたすみれ。
そして五月なかばの花の長女、

　今を盛りの麝香（じゃこう）薔薇、ワインのような露をためて、
　　夏の夕暮れにはそこに羽虫がたかることだろう。

6

暗がりのなかで耳を澄ます。これまで何度も
　私は安らかな死になかば本気で恋をして、
いくつも詩を作っては、やさしい名で死に呼びかけ、
　私の息を大気のなかに静かに引き取れと頼んできた。
今いつにもまして死ぬことが豊かなことに思われる。
　おまえがこんなにも恍惚として
魂を注ぎ出しているあいだ、
この真夜中に苦痛もなく生を終えることが。
　なおもおまえは歌い続け、私は耳が聞こえなくなり、
　　おまえの歌を高らかな挽歌として、土くれと化していく。

7

おまえは死ぬために生まれたのではない、不滅の鳥よ！
　どんな飢餓の時代の人間もおまえを踏みつけることはなかった。
この過ぎゆく夜に私が聞いている声を
　遥か昔、皇帝や道化も耳にした。
おそらくは同じ声が、
悲しみに暮れるルツの心にも響いたことだろう。
　郷愁のあまり、異郷の麦畑で涙を流したときに。
　　危険な怒濤に向かって開け放たれた
魔法の窓を魅了したのも同じ声、
　もの寂しい妖精の国の城で。

8

もの寂しい！　この言葉が鐘の音のように
　私をおまえから孤独な自我に呼びもどす。
さらば！　空想はだまし好きのエルフだというが

　評判ほどうまく欺くことはできない。
さらば！　さらば！　おまえの悲しげな歌声が消えていく、
　近くの牧草地を過ぎ、静かな小川を越えて、
　　丘を上がって。そして今では次の谷間に
　　　深く埋もれてしまった。
　あれは幻だったのか、それとも白日夢か？
　　音楽は消えた。私は目覚めているのか、眠っているのか？

10　秋によせる

To Autumn　　キーツ

1

霧と果実が豊かに実る季節よ、
　成熟する太陽の親しい友よ、
おまえは太陽と謀って、茅葺き屋根の軒をつたう
　ぶどうのつるに実をたわわにならせ、
苔むす田舎屋の木をりんごでしならせ、
　すべての実を芯まで熟れさせる。
　　ひょうたんを膨らませ、はしばみの殻を
　甘い仁(にん)で太らせる。蜜蜂のために遅咲きの花々に
次々と蕾をつけさせ、
やがて蜜蜂は暖かな日々に終わりはないと思い込む、
　　夏が彼らの巣をねっとりとあふれさせるので。

2

収穫した作物のなかにおまえの姿を見なかった者はいようか？
　戸外におまえを探す者は、ときどき
おまえが穀倉の床にのんびりと座り、

　実をふるい分ける風に髪をふんわり吹き上げられているのを
　　　　　　　　　　　　見つけるだろう。
あるいはケシの香りに眠気を誘われ、
　半分しか刈り取っていない小麦畑で眠り込んでいるかもしれない。
　　おまえの鎌は放置され、次の切り株とからみついた花はそのままだ。
またときには、落ち穂拾いの人のように、
　籠をのせた頭を小川に傾げた姿勢をしっかり保っている。
　あるいはりんご絞り機のそばで、しんぼう強く
　　おまえは最後の果汁がしたたるのを何時間も何時間も
　　　　　　　　　　　　見ているだろう。

3

春の歌はどこにあるのか？　ああ、春の歌はどこに？
　それは考えるな、おまえにはおまえの音楽がある。
棚引く雲が静かに暮れゆく日に彩りを添え
　刈り株畑を薔薇色に染める頃、
悲しげに歌う聖歌隊さながら、小さな羽虫の群れが
　川柳のあいだから嘆きの声を挙げ、微風が吹いたり
　　止んだりするたび、高く上がったり沈んだりする。
すっかり成長した子羊が丘の背から大きな声で鳴く。
　生け垣のこおろぎが歌う。すると静かな高い声で
　駒鳥が庭の畑からぴいぴい言う。
　　そして、群れ集うつばめが空でさえずる。

11　真冬の春　「リトル・ギディング」第1部

Midwinter spring　— *Little Gidding* I　　T・S・エリオット

真冬の春はそれ独自の季節
日没にかけて濡れそぼちはしても永遠の。
時のなかに宙づりになって、極と熱帯のあいだにある。
短い一日が、霜と火で最も明るく輝くとき、
つかの間の太陽が氷を燃えたたせる、池や溝の表面で、
心を熱くする風のない寒気のなか、
鏡のような水面に反射する
昼下がりの目もくらむまばゆい光。
そして燃えたつ枝や火桶の火よりもさらに強い輝きが
もの言わぬ魂を突き動かす。風はない、しかし五旬祭(ペンテコステ)の火が
一年のこの暗い季節に現れた。溶け出してまた凍る間に
魂の樹液は震え動く。土の匂いはなく、
生き物の匂いもしない。今は春だ、
しかし時の契約にはない春。いまや生け垣は
いっとき白くなる、つかの間の花、
雪の花で。それは夏の花よりも
急に咲く花。芽吹きもせず、しおれもせず、
生成のしくみのうちにはない。
夏はどこにあるのか、あの想像を超えた
ゼロの夏は？

12　リトル・ギディング　第5部

Little Gidding V

T・S・エリオット

われわれは探求をやめない、
そしてすべての探求の終わりは
出発したところに到着することで、
そのときその場所を初めて知るのだ。
知らないのに記憶にある門をくぐり、
この地上で最後に発見するのは
旅の始まりだったところ。
とても長い川の源では
隠れた滝の声、
そしてりんごの木の葉陰の子どもたち、
探さないから知られないが、
聞こえてくる、かすかに聞こえてくる、
海のふたつの波の静けさのなかに。
さあ早く、ここだよ、いま、いつも——
完全に単純な状態
(それはすべてを犠牲にして得られる)
そしてすべてはよくなるであろう、そして
すべての様(さま)はよくなろう
そのとき炎の舌は抱き寄せられ
結ばれて火の冠となり
そして火と薔薇がひとつになる。

13　虎

The Tyger　　ブレイク

虎よ、虎よ、輝き燃える、
夜の森のなかで、
いかなる不滅の手、あるいは目が
おまえの恐ろしい均整をつくりえたのか。

遠くのいかなる深海か大空で
おまえの目の炎は燃えていたのか。
いかなる翼によって、彼は空高く昇ろうとしたのか。
いかなる手で、その炎をつかもうとしたのか。

そしていかなる肩、いかなる技が
おまえの心臓の筋肉をねじりえたのか。
そしておまえの心臓が鼓動を始めたとき、
いかなる恐ろしい手が、いかなる恐ろしい足が。

いかなるハンマーが、いかなる鎖が、
いかなる溶鉱炉におまえの脳があったのか。
いかなる鉄床（かなとこ）が、いかなる恐ろしい把握が
その極限の恐怖をつかみえたのか。

星々がその槍を投げ下ろし、
その涙で天をぬらしたとき、
彼はおのれの作品を見て微笑んだのか。
子羊をつくったそのお方がおまえもつくったのか。

虎よ、虎よ、輝き燃える、

夜の森のなかで、
いかなる不滅の手、あるいは目が
おまえの恐ろしい均整を敢えてつくったのか。

14　西風へのオード

Ode to the West Wind　　シェリー

1

おお、荒々しい西風よ、秋の存在の息吹よ、
その目に見えぬ存在から、死んだ木の葉が
吹き散らされる、魔術師から逃れる亡霊たちのように、

黄色、黒、蒼白、熱病の赤、
疫病にかかった無数の者たち。おお、おまえが
暗い冬の寝床へと運んでいくのは

羽のある種子たち、そこに冷たく低く横たわり
どれも墓のなかの死体のようだが、やがて
おまえの空色の妹、春風が

クラリオンを夢見る大地の上に吹き鳴らし
(戸外で草を食(は)むよう羊たちを追いたてるが如く甘い蕾を駆り立てて)
生き生きとした色と香りで野山を満たすのだ。

荒々しい精霊よ、あらゆるところを吹きすさぶ
破壊者にして保存者よ、聞け、おお、聞け！

2

おまえの気流に乗って、屹立する空の動乱のなかを
ちぎれ雲が、大地の朽葉のように吹き散らされ、
天と大海のもつれた枝から引き離され、

雨と稲妻の先触れとなる。気流のうねる
青い波浪の上に、
あたかも猛り狂うマイナス（バッカスの巫女）の頭に

逆立つ、色鮮やかな髪のように、ほの暗い
水平線の縁から天頂の高みまで、
近づく嵐の巻き毛が広がる。おまえは死にゆく年の

挽歌。それに合わせてとばりを降ろすこの夜は、
巨大な墓所の丸天井となり、
おまえが力の限り凝縮した暗雲が

円蓋をなして、その重い大気から
黒い雨と炎、そしてひょうが炸裂するだろう。おお、聞け！

3

おまえは青い地中海を
夏の夢から目覚めさせた。それは
水晶のような潮流の渦巻きにあやされ、

バイアエ湾の軽石の島のそばで
まどろみつつ見ていた、古い城や塔が
海中の、より強烈な日差しのなかで震えるのを。

すべて空色の苔と花々に覆われ
美しくて、思い描けば気が遠くなる！　おまえに

道をあけるため、大西洋の水平の海原は

自ら深く裂け、遥か下では
海の花と大海の樹液のない葉をまとった
海草の森が、おまえの声を

聞く、するとたちまち恐怖で色あせて
震え、落葉する。おお、聞け！

4
私がおまえの運ぶ枯葉だったら
おまえと共にすばやく飛んでいく雲だったら
私は波で、おまえの力の下であえぎ、

おまえの推進力を分かち持ち、ただ奔放さにおいてだけ
おまえに劣るのだったら、おお制御されえぬものよ！
私が少年の頃のように

天を放浪するおまえの友であって
当時と同じように、おまえの天空の速さをしのぐことも
夢ではないと思えたなら、これほど必死にはならなかっただろう

ぬきさしならぬ必要性からおまえと共にありたいと祈ることに。
おお！　私を引き上げよ、波のように、木の葉のように、雲のように！
私は人生のいばらの上に倒れている！　私は血を流している！

時間の重荷が鎖でしばり屈服させる
あまりにおまえに似た者を。飼いならされず、すばやく、誇り高い者を。

5
私をおまえの竪琴にしてくれ、あの森のように。

私の言の葉が森の枯葉のように散っていこうとも！
騒々しいまでのおまえの力強い調べが

私からも森からも深い秋の音を
甘美だが悲しい音色を響かせるだろう。猛り狂う精霊よ
私の精神となれ！　私となれ、荒ぶるものよ！

私の死んだ思想を枯葉のように
宇宙に吹き散らし、新しい生命をもたらせ！
そして、この詩の魔力によって

まき散らせ、くすぶる炉から
灰や火花を、私の言葉を人類へ！
私の唇をとおしてまだ目覚めぬ大地に

預言のラッパを吹きならせ！　おお風よ、
冬来たりなば春は遠からずや。

15　だからもうさまよい出るのはやめよう

So, We'll Go No More A Roving　　バイロン

1

だからもうさまよい出るのはやめよう
こんなに遅い夜更けには、
心はいまだ愛に燃えたち、
月は明るく照らすけれど。

2

剣はさやが破れたあとまで残り、
魂は胸をすり減らす、
だから心は息継ぎをしなければならぬ、
恋も休息せねばならぬ。

3

夜は恋するためにあり、
すぐに夜は明けてしまうけれど、
もうさまよい出るのはやめよう
月明かりに誘われて。

16　かげろう

Mayfly　　マクニース

今日の気分を示すバロメーター、かげろう
百万の中の一匹として上下に揺れ動く
ジグを踊る他のかげろうとせいぜい同じ
太陽の下で五月のたった一日しか生きられない。

田舎者たちが白鑞（しろめ）のジョッキを傾けると、泡が
宝石のように輝く水辺で陽射しを浴び花を咲かせる。
南国の娘よ、日光を呼び寄せ
きみの胸元に巣ごもりさせよう。はかないキンポウゲは
陽気に笑いを飲み干すカップのよう。

黄色い歓楽の一飲み。笑いさざめくさざなみ。
葦のまわりで口をとがらせ、ささやく川の唇。

水の上でいちゃつき、気を引こうとするかげろうは
何回も楽しそうにエレベーターで上下する。

「ぼくたちが大きくなったら、もっといい大人になって
しっかりした考えを身につけるんだ。
キンポウゲはカップを差し出すのをやめ
ビールの泡は吹き飛んで、暑気はもう踊りをやめ
エレベーター遊びも魅力を失い、五月は
六月の歌に変わる —— でもぼくたちかげろうの悩みは
大人になれる望みがないこと」

彼らには望みがない、でも許された時間を
彼らは薄くのばして、澄んだ音を響かせる。
同じくぼくたちの人生の縒り糸も、たいして長くはないから
やはり時間をしなやかにのばして
眩い波の上でとりとめもなくダンスを踊ることにしよう。

物事に感情移入しすぎるのはやめよう
飲み残しの滓とか、枯れた花のカップとか
通り過ぎていく時間といった感傷的誤謬など。
時間を通り過ぎていくのはぼくたちの方 —— 時間は石でできていて
花崗岩のスフィンクスの長い列のように傍観しているだけ。

時間を通り過ぎていくのはぼくたちだ、ぼくたちは、
かげろうにダンスをさせ、タゲリのとさかを立たせるサーカスの団長だ。
ショーはまもなく閉幕となり、派手な衣装も着られなくなるけれど、
この夏が終わったら一緒に死のう、
いつもきみの胸のそばにいたいから。

（髙岸冬詩 訳）

17　ブラザー・ファイアー

Brother Fire　　マクニース

ぼくらのブラザー「ファイアー」が意気盛んで、
ロンドンの通りを跳ね回り、何百万のブリキ缶をひきずって
ガチャンガチャンと音を立てた時、ぼくらは影の声を聴いた、
「犬に骨をくれてやれ」── それでぼくらの骨をくれてやった。
来る夜も来る夜も、ぼくらはやつがよだれをたらし、人間生活の
梁と、頂辺(てっぺん)のない塔の頂辺をガリガリ嚙み砕くのを見た。

やつの大喰らいは、ぼくらには四旬節の食事。
ぼくらははだかで、火花の乳をもらうが、凍えていた、
囚人のような ── 黒、黄、赤の ── 縞があり
灼熱の空気の格子の中に入れられていたのだが。
こうしてぼくらは、離乳させられ、
自然な世界を望むが、ぼくらの死を望む「意志」を知ることになった。

ああ繊細な歩行者、あぶあぶとしゃべり、弁証家の「火(ファイアー)」よ、
ああぼくら自身の敵であり、ぼくらと生き写しのイメージよ、
警戒警報解除後の朝、
おまえが本源的な喜びをもって、店を略奪し、
街区や尖塔に群がって、歌っているとき、
おまえの考えはぼくらの考えにこだましていたのではないか？
「破壊しろ！　破壊しろ！」と。

（辻昌宏 訳）

18　スロー・ムーヴメント（ゆっくりとした楽章・律動）
Slow Movement　　マクニース

目覚めると、彼は列車のなかにいた。アンダンテの動き、
早朝の日差しがホスチアとなって見知らぬ野原を祝福し
そしてきのうは帳消しになっている、座席の下に押し込まれた
　きのうの新聞を除いては。

朝はまだとても早い、これはゆっくりとした楽章だ。
ヴィオラ奏者の手が、水槽のなかの魚のように
上昇し、体を揺らしながら留まり、
　目に見えぬ水草を食べに、さっと泳ぎ去る。

大きな白い霧のうねりが急に窓にかかり
谷を越えて展開する。ぼくたちに手を振ってくれる子どもたちは
まだ起きていない ── ぼくたちは観客なしに通り過ぎる、
　声なき使徒信条を編みながら。

そして名も知らぬ向かいの少女はまだ眠っていて
その目の色もわからない。
その目は太陽の泉か、願いをかける月か、
　だが朝はまだとても早い。

楽章が終わる、列車は金鳳花（キンポウゲ）の野原の真ん中で
停車した、弦楽器の音はやみ、
銀色の魚の群は水槽の底を
　モザイクのように埋め尽くしてあぶくひとつ出てこない……

そして次の演目が何であるのかぼくたちは知らない、

もし、水温計の赤い線がメーターの一番上に来たら、魚は水槽のなかで
力強くしだいに（アッチェランド・コン・フォルツァ）テンポを早めて狂乱し、眠っていた少女は目を開けて
　そうすることでぼくたちの目を開かせるだろう。

著者略歴

道家英穂（どうけ ひでお）

1958年生まれ。早稲田大学第一文学部卒。東京大学大学院博士課程単位取得退学。現在、専修大学文学部教授、イギリス・ロマン派学会理事。著書に『死者との邂逅――西欧文学は〈死〉をどうとらえたか』（作品社、2015年）、翻訳にロバート・サウジー『タラバ、悪を滅ぼす者』（作品社、2017年）、ルイ・マクニース『秋の日記』（共訳）、『ルイ・マクニース詩集』（共編訳、共に思潮社、2013年）、テリー・イーグルトン『批評の政治学――マルクス主義とポストモダン』（共訳、平凡社、1986年）などがある。

詩と世界のヴィジョン

イギリス・ロマン主義から現代へ

2023年7月19日　初版第1刷発行

著者　道家英穂

発行者　下中美都

発行所　株式会社　平凡社
〒一〇一-〇〇五一
東京都千代田区神田神保町三-二九
電話　〇三-三二三〇-六五八〇（編集）
〇三-三二三〇-六五七三（営業）

印刷　株式会社東京印書館

製本　大口製本印刷株式会社

本文組　細野綾子

落丁・乱丁本のお取り替えは小社読者サービス係まで直接お送りください。（送料は小社で負担いたします）

ISBN 978-4-582-83930-2
https://www.heibonsha.co.jp/